KB154052

파우스트 박사의 오류

김연경
소설집

파우스트 박사의 오류

강

차례

I

파우스트
박사의
오 류

*

　(……) 인생이란 우리에게 지독히 하찮거나 평범한 행복을 줄
따름이면서 그 대가로 얼마나 많은 것을 요구하는가. 가령, 내 것
도 아닌 남의 사상을 두고, 그것이 남의 사상임을 인지하지도 못
한 채, 고리타분한 말을 늘어놓고, 마흔이 넘어 3학점짜리 강좌
하나를 얻으려고 애면글면하고 (……) 한마디로 평범한 중치 학
자의 지위를 얻기 위해 나는 20여 년을 밤낮없이 공부했고 홀어
머니를 죽음으로 몰아갔고 병 같지도 않은 병을 앓았고 처자식을
사정없이 괴롭혔고 기억하기도 싫을 만큼 촌스럽고 치사한 짓을
저질렀다. (……) 진정한 철학자는 자신이 철학자임을 의식하기

보다는 그저 철학함을 살 뿐이리라. 나는 철학자가 아니라 대학이라는 제도 안에 머물고자 한, 철학을 전공했기에 철학과 교수가 되려고 발버둥 친 생활인에 불과했다."

— 최승휴의 유서 중

11월 말, 아침 7시가 좀 지난 시각이었다. 김점순은 하얀 면장갑에 분홍색 고무장갑을 야무지게 낀 다음 텅 빈 화장실로 들어섰다. 간밤에 잠을 푹 자서 컨디션이 좋았다. 날도 포근했다. 마침 태양이 화장실 안에 긴 빛줄기를 드리우며 하루 일과를 시작하려는 참이었다. 김점순은 커다란 비닐봉지를 들고 벽 모서리를 돌아 변기 쪽으로 다가갔다. 창가, 햇빛이 환히 비치는 가운데 그녀는 반쯤 구겨지다시피 널브러져 있는 시커먼 형상을 발견했다. 그녀의 입에서 비명이 터져 나온 것은 3초쯤 뒤였다. 그녀는 쏜살같이 수위실로 달려갔다.

경찰이 도착했을 때는 날이 훤히 밝아 있었다. 막 출근한 조교가 학과장에게 전화를 걸었다. 아예 핸드폰이 꺼져 있었다. 그제야 그가 오후 1시는 되어야 하루 일과를 시작한다는 사실이 상기되었다. 1교시 수업을 맡은 한 강사가 나타났다. 박철진을 맞이한 것은 불과 어제만 해도 엄연히 사람이었으나 이제는 흉물스러운 시체로 변한 친구, 아니 친구의 시체였다.

최승휴는 K대학교 인문대학 철학과 강사였다. 그는 S동의 조그만 주택에 살았고 아내와 열 살짜리 딸이 있었다. 그의 아내 송수진은 조그만 중소기업에 다녔으며 월수입은 200만 원 안팎이었다. 최승휴는 K대학을 비롯하여 두어 군데에서 강의를 했다. 그의 수입은, 물론 방학을 빼고, 평균 200만 원은 거뜬히 넘었다. 작년에는 모 국가기관의 프로젝트 사업에 선정이 되어 연구교수라는 직함을 얻었다. 매달 세금을 제하고도 200만 원이 넘는 돈이 인건비로 꼬박꼬박 들어왔다. 연구 활동비는 따로 책정됐다. 사십대 초반의 남성의 수입치고 민망한 수치는 아니었다. 박사급 인력들만 놓고 봐도 여느 강사들보다 못할 것은 없었다. 다만, 다들 죽겠다고 하면서도 대략 살고 있는데 그는 진짜로 죽어버렸다. 물론, 세상에는 일부러 죽는 사람이 많았다. 그럼에도 그가 세간의 관심을 끈 것은 하필이면 시간 강사였기 때문, 마침 언론이 비정규직, 이른바 사각지대에 놓인 자들의 문제에 촉각을 곤두세웠기 때문이다.

기자들은 연신 학과 사무실로 전화를 하고 그냥 들이닥치기도 했다. 최승휴의 선후배들, 즉 동료 강사들은 어디론가 자취를 감추었다. 교수들은 연구실에 칩거하거나 아예 출근하지 않았다. 장례식이 끝나자 슬슬 강의 얘기가 나왔다. 동료의 죽음은 유감스럽고 비통한 일이었지만 다음 학기에 강의 자리 하나가 빈다는 사실을 잊을 만큼은 아니었다. 그들의 관심은 도무지 언제 날지도 모르는 교수 자리와는 달리 명백히 존재하고 있는 그 강의 자리를 누가 가질 것인가로 쏠렸다. 다들 신경이 곤두섰다. 이렇게 하찮은 문제로 신경이 곤두선다는 사실에 덤으로 짜증이 났다. 불안과 짜증이 가라앉자 우울해졌다. 다음 순서는 내가 아닐까. 이런 망측한 생각은 이내 안도의 한숨로 이어졌다. 어쨌거나 그건 그의 일이지, 내 일은 아니다. 언젠가는 내 일이 될 수도 있겠지만 적어도 지금은 아니다. 어쩐지 그가 액땜을 해준 것 같았다.

결국, 최승휴가 학생이자 선생으로서 20여 년 동안 인문대의 땅을 밟았다는 사실은, 그 땅이 지금도 이렇게 있고 많은 사람이 그 위를 오간다는 사실과 비교하면, 아무런 의미도 없었다. 그렇기에 학과 차원에서 그를 위한 모종의 기념비를 세워둘 필요가 있었다. 그가 번역하던 책을 각자 조금씩 맡아 끝내자는 제안이 나왔다. 박철진이 총책임을 맡고 강사 두 명에 교수가 한 명 더 합세했다. 물론 그 한 명의 교수는 그들 모두의 은사로서 이름으로만 존재하는 자였다.

박철진의 머릿속에서 최승휴의 마지막 모습이 몇 번이나 재생되었다. 분명히 멈출 수 있는 지점이 있었다. 그날 학교에 가지만 않았어도, 그리하여 둘이 함께 있어야 되는 고통을 안겨주지만 않았어도, 설령 그것이 불가피했을지언정 그렇게 연구실에 혼자 남겨두지만 않았어도…… 그러다 보면 필름은 더 과거로 돌아갔다. 가령 곤드레만드레 취한 채 술집 앞에 퍼질러 앉아 개랑 잤느냐고 묻다가 하루키의 소설과 왕가위의 영화에 대해 떠들던 학창 시절이 있었다. 하지만 회상의 끝은 변함없이, 낡은 화장실 벽의 철창에 긴 줄을 드리우고 그 줄의 끄트머리로 만든 올가미에 목을 감은 채 시커먼 그림자처럼 구겨져 있던 최승휴의 모습이었다. 지금이라도 당장 일을 때려치우고 싶지만 어쩔 수 없이 출근했다가 어디 해골 더미 옆에서 어설픈 낮잠을 청하는 저승사자의 모습이 저렇지 않을까 싶었다. 자기 아들을 잃은 양 서럽게 울고 있던 중년 청소부의 모습도, 또 당혹감에 사로잡힌 박철진 자신의 모습도 떠올랐다. 사실 그의 감정은 애도와는 거리가 멀었다. 차라리 그것은 애증과 선망을 갖고 오랜 시간 지켜봐온 분신의 최후를 목도했을 때 느낄 법한 감정에 가까웠다.

그런데 신문기사에 등장한 '최모 씨'(42, K대학교 강사)라는 이름은 상당히 낯설었다. 언론은 이 낯섦을 불식시키겠다는 듯 수시로 그의 이름을 언급했다. 42년에 걸친 그의 인생의 유일한 목적이 시간 강사의 억울함을 호소하기 위해 화장실의 쇠창살에 목을 매다는 데 있던 것처럼 보였다.

1

의식이 들자마자 최승휴는 세상이 멍멍한 소리로 가득 차 있음을 느꼈다. 완연한 늦가을 태양이 그의 눈을 찔렀다. 햇살마저도 윙윙 소리를 내는 것 같았다. 눈을 뜨고 시계를 봤다. '11'이라는 숫자보다 더 놀라운 것은 초침이 움직이는 소리였다. 창밖에서 차 소리, 사람 소리가 들려왔다. 그 소음도 그의 귀를 때리기가 무섭게 도화지를 덮은 수채화 물감에 한두 방울의 물을 떨어뜨린 것처럼 희뿌옇게 번졌다. 요 며칠째 이명이 잦아들 생각을 안했다. 몸을 일으키려 하자 눈 밑의 살갗이 파르르 떨려왔다. 입술 언저리와 광대뼈 사이에서도 경련이 일었다. 불쾌한 아침의 연속이었다.

집은 텅 비어 있었다. 아내는 일찌감치 출근했고 딸아이는 학교에 갔다. 그는 이른바 서재로 가서 컴퓨터를 켰다. 오늘의 첫 줄을 번역하기에 앞서 커피 한 모금을 마시고 담배 한 대를 피웠다. 인터넷 창을 열고 메일도 확인했다. 스팸뿐이었다. 성질이 났다. 지금쯤은 발표가 나야 되는데. 하지만 떨어졌다는 메일이 오지 않았다 함은 아직은 붙을 가능성이 있다는 의미이기도 했다. 창을 연 김에 그는 이런저런 사이트를 돌아다녔다.

2년 전에 학위를 받고 온 친한 후배가 생각났다. 그 역시 최승휴처럼 교수 임용 심사 결과를 기다리는 중이었다. 전공은 러시아 문학이었다. 논문이라곤 단 두 편밖에 없고 강의 경력도 거의 없는 후배가 2차까지 올라갔다. 논란의 여지가 없거나 적어도 적을 법한 자를 들러리로 세운 상황이었다. 최승휴는 그럼에도 그 후배가 거의 명명백백한 상황을 뒤집고서 혹시나 덜컹 채용이 될까 봐 불안했다. 물론, 그 자신도 채용이 될 경우라면 상관없었다. 하지만 그렇지 않은 경우라면…… 이 지점에서 그는 저도 모르게 욕을 내뱉었다. 사람이 이 정도까지 치졸해질 수 있다니! 결국 오전 중에 그가 번역한 양은 한 쪽을 간신히 넘겼을 따름이다. 딸아이 마중도 나갈 겸 그는 책상에서 일어났다.

한 노인이 폐지를 가득 실은 리어카를 끌고 골목길을 지나갔다. 비스듬하게 얹힌 종이 박스 하나가 벽에 부딪치며 바닥에 떨어졌다. 그런데도 노인은 귀가 어두운지 묵묵히 리어카만 계속 끌었다. 최승휴는 종이 박스를 주워 올리면서 제법 큰 소리로 말을 걸었다.

"저어기요……"

노인이 뒤를 돌아보았다. 멍한 시선이었다. 최승휴가 종이 박스를 원래 자리에 올려주는 동안에도 그의 표정은 변하지 않았다. 고맙다는 말도 없었다. 노인은 조용히 몸을 돌리고 가던 길을 계속 갔다. 최승휴는 큰길까지 그의 뒤를 따르는 형국이 됐다. 횡단보도 건너편에서 딸아이가 손짓하며 방방 뛰고 있었다. 길을 건너오자마자 솔미는 아빠의 손부터 잡았다.

"아빠, 발표 났어?"

최승휴는 흠칫 놀랐다. 그 놀라움의 언저리로 또다시 이명이 들려왔다.

"어, 뭐?"

"에이, 엄마가 얘기해줬단 말이야. 아빠 교수 된다고."

그는 아내를 탓했다. 아니, 결과가 발표되기도 전에 아내에게 얘기해버린 자신이 미워졌다.

"에이, 아빠, 표정이 왜 그래? 삐졌어? 주영이 엄마가 강사랑 교수는 하늘과 땅 차이라고 그랬거든. 하지만 괜찮아. 아빠 이제 교수 되는 거잖아? 아빠 교수 되면 엄마가 닌텐도 사준다고 약속했어."

"그건 남자애들이 하는 거잖아?"

"에이, 무슨 그런 촌스러운 소리를 해? 주영이도 갖고 있단 말이야."

"닌텐도 있으면 매일 오락만 하는 거 아니야? 사람은 책을 많이 읽어야 훌륭한……"

최승휴의 입에서는 구태의연한 소리가 기계적으로 흘러나

왔고 솔미는 금방 정색했다.

"책은 뭐하러 읽어? 나 대신 아빠가 많이 읽는걸. 아빠, 만두 먹자!"

이 동네에서 소문난 만두 전문 분식점이었다. 최승휴는 김치만두와 고기만두를 한 접시씩 시켜놓고 딸의 종알거림을 들으며 간간이 분식점 주인을 바라보았다.

그는 주방 맞은편, 거리와 면한 쪽 조리대 앞에 서서 만두를 빚고 있었다. 간밤에 해놓은 반죽에서 한 옴큼을 떼어 만든 만두피가 하얀 천 위에 균일한 간격으로 놓여 있었다. 그는 왼쪽 손바닥에 만두피를 놓고 오른손에 버터나이프 같은 것을 쥐고서 만두소를 만두피 위에 담은 다음 양손으로 크게 한 번 눌러 덮었다. 이어, 만두피가 서로 만나는 부분을 몇 번에 걸쳐 요령껏 누르고 매만져 조글조글한 주름을 만들었다. 그렇게 만두 하나를 빚는 데 걸리는 시간은 정확히 9초였다. 제법 말랐지만 탄탄한 그의 몸은 손의 움직임과 손끝의 섬세한 떨림에 따라 춤을 추듯 미묘하게 진동했다. 어깨 너비만큼 벌어져 바닥에 딱 붙은 두 발은 절대 움직이지 않고 엉덩이가 조금씩 씰룩대고 각각의 동작에 따라 다리와 상체가 파들파들 떨렸는데, 그 모습이 약간은 우스웠다. 하지만 정작 그는 전혀 개의치 않고 오로지 만두의 크기와 모양새에만 신경을 썼다. 그럴수록 그의 춤사위는 더 우스워졌다. 바로 이 무심한 우스움이 그와 그의 일을 숭고하게 만들었다. 최승휴는 아무도 읽지 않는 논문을 쓰고 5백 부도 팔리지 않는 철학서를 번역하고 학점을 따기 위해 강의실에 앉아 있는 아이들 앞에서 광대놀음을 하는 자신이 퍽이나 하찮은 존재로 여겨졌다. 지난 7년간 별다른 회의 없이 지속되어온 이 일보다 더 무서운 것은 이런 자각, 이런 느낌이었다.

"아, 맞다! 아빠, 이제 연봉도 생기는 거야?"

"응?"

"강사는 연봉도 없잖아?"

"아니야, 아빠 지금도 연봉은 있어. 연구교수잖아."

"쳇, 나도 다 알아. 주영이 엄마가 그랬어, 교수 앞에 무슨 말이 붙으면 다 가짜 교수래."

솔미는 아빠가 이미 교수가 된 것이나 다름없기 때문에 이 정도 얘기는 아무렇지도 않게 해도 된다고 생각했다.

최승휴는 얼굴도 모르는 그 주영이 엄마를 증오했다. 세상이 통째로 나를 멸시하고 있다는 느낌이 들었다. 복수의 욕망이 꿈틀거렸다. 그래, 여봐란듯 교수가 되어 이 모든 것을 설욕하자! 이런 생각이 드는 찰나, 실소가 터져 나왔고 거의 동시에 가소로운 자위의 말이 무조건 반사처럼 생성되었다. 고대 희랍이라면 나도 디오게네스쯤은 됐겠지, 18세기 쾨니히

스베르크라면 칸트가 될 수밖에 없었을 테지. 하지만 21세기 서울이라니……

2

공고가 난 것은 지난 9월 말이었다. 날이면 날마다 나는 공고도 아니었고 하필이면 그가 몇 학기나 강의를 한 데다가 연구교수 직함까지 걸어놓은 T대학이었다. 세부 전공도 들어맞았다. 주위에서는 은근히 분위기를 조성했다. "최승휴 박사, 이번에 낼 거지?" "딱 봐도 선배가 내정자던데요?" 과묵한 편인 박철진도 입을 댔다. "독일 고전철학이라고 명시한 걸 보면……" 그러는 박철진은 전공이 희랍철학이라서 애초 지원 자격이 없는 셈이었다. 더욱이 T대학에서는 강의를 한 적도 없고 딱히 탐나는 자리도 아니었다.

최승휴는 얼굴이 화끈거리고 몸이 달떴다. 모든 것이, 마침 지난달에 논문이 발표됐고 번역서가 출간됐다는 평범한 사실조차 그를 T대학의 교원으로 만들기 위해 하늘이 미리 정해놓은 것만 같았다. 달콤한 몽상이 시작됐다. 거봐, 꾸준히 기다리다 보면 역시 자리는 나는 거야. 이런 생각은, 이 자리가 내 자리가 되어야 할 텐데, 라는 바람으로 이어졌다. 그 바람은 순교를 불사할 만큼 맹목적인 믿음을 낳았다. 이 자리는 내 자리다! 하지만 발표가 연기될수록 그는 경망스러운 신도, 냉담자가 되어갔다. 급기야 독실한 회의론자, 심드렁한 무신론자, 무성의한 불신자가 될 참이었다.

그러자 몇 년 전 '4'와 '0'이라는 숫자가 안겨준 공포가 상기되었다. 어딘가 묵직하고 멋스러운 구석이 있는 '마흔'(불혹이 아닌가!)과는 달리 눈앞에 그려지는 두 개의 아라비아 숫자는 영 재수 없었다. 학위를 받은 지 몇 년이 지났건만 그는 여전히 시간 강사에 모 국가기관에 목줄을 매달고 있는 개 신세였다. 그래도 왠지 '40'의 고비를 넘기 전에는 꼭 교수가 될 것 같았다. 물론 쉰 살이 넘도록 강사 노릇을 하는 사람도 많았다. 그러나 그건 죽음에 대한 삼단논법과 비슷했다. 사람은 죽는다, 카이사르는 사람이다, 고로 카이사르는 죽는다. 하지만 막상 죽음을 목전에 둔 사람에게 카이사르는 아무런 의미가 없다. 나는 보편적인 존재로서의 사람, 즉 카이사르가 아니라 극히 개별적이고 특수한 존재로서의 사람, 그냥 '나'이기 때문이다.

해가 지고 바람이 불 듯 '40'이 찾아왔다. 역시나 그와 같은 사소한 일상을 배경으로 그는 여전히 시간 강사였다. 자기가 시간 강사로 죽을 수도 있다는 사실에도 덤덤해졌다. 그다음해 연구교수가 되었을 때는 좀 과장하자면 극락의 기쁨을 맛보았다. 번역서의 이력 소개란에 'T대학교 연구교수'라는 말을 넣을 때는 푸근함마저 느꼈다. 그러나 한 해가 지나자 슬슬 불안해졌다. 올해, 적어도 내년에 자리가 나지 않으면 또다시 목줄을 잡기 위해 안간힘을 써야 했다. 아내가 보다 더 안정된 직업을 가졌다면, 하는 아쉬움도 생겼다. 이 얼마나 비윤리적인 가정인가! 결혼 전부터 살림과 육아에만 전념하겠다는 아내였다. 그가 자리만 잡으면 둘째를 갖자고 한 것이 엊그제 같다. 썩 내키지 않는 직장 생활을 계속하는 것은 오로지 생계 때문이었다. 공고가 났을 때 가장 달뜬 건 당연히 그녀였다.

"거기 주은석 교수, 전에 당신이랑 밤새워 술 마셨던 사람이잖아? 많이 예뻐한다며?"

"그 양반이랑 술 마신 사람이 한둘이야. 특별한 얘기도 없었어. 그냥 내보라는 정도였지."

"아이, 당신 바보야? 그 말이 그 말이지. 자기가 밀어주겠다는 거잖아?"

"그런지 아닌지는 결과가 나와봐야 알아. 그 양반 혼자 뽑는 것도 아니고."

이후 아내는 며칠 동안 얌전했다. 그가 서류를 준비하느라 오만상을 다 쓰고 있을 때는 더 그랬다. 하지만 원서를 제출한 다음날에는 다른 식으로 기대를 풀어놓았다.

"있잖아, 보금자리 아파트, 한번 넣어볼까?"

"순위에서 너무 밀리잖아."

"강남, 서초야 그렇지만 하남은 해볼 만하지."

"분양을 받는다고 쳐도 중도금을 어디서 마련해?"

"그야 대출을 받으면 되잖아."

"내후년이면 연구교수도 끝나는데?"

"뭐, 그야 그렇지만…… 사람 일은 어찌될지 모르잖아. 거왜 있잖아, 말이 도망을 쳤는데 여러 말을 데리고 돌아왔고 그 말 타다가 아들이 다리를 다쳤지만 그 덕분에 전쟁에 안나가게 됐고……"

"어휴, 그런 식으로 계속 꼬이기만 하는 인생도 많아."

"에이, 그건 그 사람들 얘기고 당신은 잘 풀리는 인생이잖아, 안 그래?"

아내는 빙긋 웃기까지 했다.

3

기다리고 기다리는 소식은 고도의 출현처럼 연기에 연기를 거듭했다. 이명은 더 깊은 울림을 냈고 얼굴의 경련도 잦아졌다. 최승휴는 지금 이 순간을 가히 최악의 순간으로 꼽는 데일말의 주저도 없었다. 사람들 앞에서는 온갖 죽을상을 지었고 입만 열면 죄다 넋두리였다.

송수진은 그것을 위대한 철학자의 실존적인 고뇌로 받아들였다. 남편은 고액 연봉의 회사원과는 질적으로 다른 존재였다. 감탄사 하나만 내뱉어도 뭔가 의미심장한 아포리즘이었다. 한숨만 내쉬어도 깊고 깊은 사유의 여운이었다. 하지만 최근 들어 이런 맹목적 믿음에 마냥 몰입하기 힘든 순간이 있었다. '배부른' 소크라테스의 현모양처가 될 줄 알았는데, '배고픈' 소크라테스 옆에서는 역시 악처가 될 수밖에 없었다. 그럴수록 그녀는 자신의 속물스러움을 탓하고 남편에게 더 잘해주려고 애썼다. 9시가 다 돼서 저녁을 먹는 남편의 식습관도 말하자면 저 실존적 고뇌의 불가피한 결과라고 생각하려고 애썼다. 식사를 끝낸 남편이 싱크대 앞으로 가자 송수진은 거의 호들갑을 떨다시피 말렸다.

"또 밤늦도록 공부할 거 아니야? 잠깐이라도 쉬어."

설거지를 한 뒤에는 마그네슘을 내놓았다.

"삼십 분 지났나? 두 알을 먹으면 너무 독할까?"

"뭐하러 이런 거까지 신경 써, 바쁜 사람이?"

"약국 들르는 데 시간 얼마나 걸린다고……"

최승휴는 아내의 배려와 위로가 고마웠지만 그것이 또 다

른 굴레로 다가왔다. 그는 아무 말도 하지 않았다. 송수진이
잔잔하고 따뜻한 미소를 띠며 말했다.

"교수 안 되면 또 어때? 그만큼 공부했으면 설마 무슨 일이
든 못하겠어?"

말은 이렇게 했지만 돌아서는 송수진의 얼굴에는 체념과
회의가 가득했다. 그래, 세상에 우리 남편만큼 공부에 목숨
건 사람은 없다. 그는 정녕 위대한 철학자다. 그렇다 치자. 그
러나 너무 위대하기 때문에 오히려 가장 쓸모없는 존재다. 대
학이 아니라면 철학자는 어디서 일용할 양식을 구할까. 하지
만 깊이 생각할 겨를도 없이 그녀는 곯아떨어졌다.

컴퓨터의 화면과 마주한 최승휴는 정신이 또록또록했다.
본격적인 집필에 앞서 담배 한 대를 물었다. 귓속의 울림은
소리 없는 아우성이나 다름없었다. 좀전에 복용한 마그네슘
탓인지 속도 메스껍고 현기증이 났다. 불과 두서너 문장을 쓰
는 동안에도 눈 밑과 입술 언저리, 귓바퀴 주변의 살갗이 몇
번이나 파르르 떨렸다. 몇 줄 쓰지 않은 논문은 뒤엉킨 실타
래처럼 보였다. 습관적으로 인터넷 창을 열었다. 이리저리 떠
돌다 보니 어느덧 한 시간이 지나갔다. 다시 논문 파일로 돌
아왔지만 한 문장도 더 써지지 않았다. 그는 일기장 파일을
열었다. 한참을 멍하니 앉아 있다가 뭔가는 써야 할 것 같아

서 한 문장을 썼다.

"아무 일도 없었다."

그러고 또다시 논문 파일로 돌아왔다. 대여섯 대의 담배가 꽁초가 되어 재떨이에 차곡차곡 쌓여갔다. 한 단락이 써졌다. 절대 담배의 힘으로 쓰인 것은 아니었지만, 담배가 없었더라면 쓰이지 못했을 것이라고 그는 생각했다. 논문이 또다시 턱 막히자 또다시 일기장으로 갔다. 한 문장을 더 썼다.

"존재했다."

어디선가 본 듯한 문장들이지만 출처가 잘 생각나지 않았다. 그 때문인지 논문 파일을 클릭할 힘이 없었다. 다시 인터넷 창을 열고 글자와 그림의 향연을 멍하니 응시했다. 떨어질 기회라도 한 번 갖길 바랐지만 이토록 허무할 수가. 그는 책상 옆에 세워둔 와인 병을 열었다. 없는 형편에도 절대 포기할 수 없는 호사였다. 와인이 들어가면 몸이 조금씩 달아오르면서 막혔던 글이 뚫리는 것 같은 착각도 덩달아 들었다. 하지만 오늘은 그것도 효과가 없었다. 두 잔의 와인 때문에 이명과 경련만 더 심해졌다.

결국 최승휴는 세 시간 동안 논문을 한 장도 채우지 못하고 아내 옆으로 갔다. 눈을 감아도 떠도 보이는 것은 어둠뿐이었다. 눈이 따끔따끔하고 목이 칼칼해지면서 담배 생각이 절실

해졌다. 매캐하고 뽀얀 담배 연기로 이 어둠을 밝히리라! 그
러나 니코틴이 더 들어가면 밤을 꼴딱 새울 것이 분명했다.
참자, 참자, 그만 자자, 자자…… 최승휴는 스스로를 달랬지
만 해소되지 않은 욕망에 짜증만 증폭되었다. 아내가 미워졌
다. 나는 잠을 이루지 못해 이렇게 애를 끓이는데 저 여자는
저렇게 푹 자고 있다! 최승휴는 자기가 정말 이기적인 놈이라
고 생각했다. 그래본들 불면에 시달리는 자기 자신과 잠 속에
함몰한 아내와 기어코 이겨내야 하는 이 새하얀 어둠에 대한
증오는 사라지지 않았다.

4

수업은 오후 1시였다. 이번 학기 그가 맡은 강좌의 수강생
은 열 명을 간신히 넘었다. 학생들은 두세 명씩 번갈아가며
결석했다. 강의실 분위기는 착 가라앉아 있었다. 『실천이성비
판』에 대해 얘기해야 하지만 실천도, 이성도, 비판도 그 누구
의 관심사도 아니었다. 심지어 강사인 최승휴조차 그 문제는
뒷전이었다. 그래서 더 학생들을 닦달하게 됐다.

"누구 요약해볼 사람 없나?"

역시나 조용했다. 대역죄인의 흉내를 내며 고개를 숙이기

28

도 했다. 최승휴는 한 학생의 이름을 불렀다.

"죄송한데요, 못 읽었습니다."

어조가 너무 당당하여 '죄송한데요'라는 말이 어색하게 들릴 정도였다. 학생들은 돈을 내고 학교에 다니고 따라서 수업을 들을 권리가 있듯 예습을 하지 않을 권리도 있다. 실제로 학생들은 대체로 예습을 하지 않는다. 하지만 오늘따라 최승휴는 유난히 무안했고 그러자 목소리에 힘이 들어갔다.

"아니, 그 한 시간도 낼 수 없었나?"

"그게…… 다른 수업 발표가 있었습니다."

학생은 허리를 빳빳이 세우고 말했다. 이쯤 되면 거의 쿠데타 수준이었다. 굳이 무슨 수업이었는지 물어볼 필요도 없었다. 그의 수업 바로 뒤에 있는 전공 필수 수업, 담당 교수는 학과장이었다. 같은 3학점 강의이고 또 같은 전공과목이라도 엄연히 차이가 있었다. 무엇보다도 『실천이성비판』을 읽고 말고가 이 아이들에게 무슨 상관인가. 윤리학에 전혀 무관심해도 충분히 윤리적일 수 있다, 아니 그렇기에 더 윤리적일 수 있다! 최승휴는 짧은 순간 속에서 끓어올랐던 말을 속으로 삭이며 나지막하게 내뱉었다.

"다음부터는 꼭 읽어 오도록! 자, 오늘 얘기할 내용은 소통의 문제를 칸트의 윤리학의 관점에서 어떻게 풀어볼 수 있느냐, 하는 것인데……"

관성에 이끌려 말문을 열었으나 오늘 강의는 최승휴가 생각하기에도 엉성하기 짝이 없었다.

강사실로 돌아오자 기다리고 기다리던 소식이 도착해 있었다. "귀하의 뛰어난 연구 성과와 교육 능력에도 불구하고 한정된 자리 때문에 채용하지 못하고…… 귀하의 연구와 교육 활동에 무궁한 발전이 있기를 바라마지 않으며……" 어투가 너무 정중해서 오히려 희극적이었다. 아니, 가당찮았다. 곁들여 모두의 예상을 뒤엎고 1차 심사를 통과한, 그리고 앞으로의 심사 역시 무난히 통과할 것으로 보이는 사람은 뜻밖에도 프랑스 철학 전공자였다. 하지만 언제부터 언질이 있었는지(실은 그런 것은 전혀 없었을 수도 있다!) 최근 2, 3년간 그가 발표한 논문은 들뢰즈의 칸트론, 들뢰즈의 니체론 등이었다. 「칸트의 비판 철학 다시 읽기: 들뢰즈의 관점으로」「니체 철학의 현대적 해석: 들뢰즈의 『니체』를 중심으로」 등. 이런 논문의 저자는 분명히 독일 철학, 심지어 독일 고전철학 전공자이기도 했다.

기다림의 고문이 너무 길었던 탓일까. 최승휴는 너무 가뿐해서 스스로도 놀랐다. 우울한 건 송수진 쪽이었다. 그래도 남편의 의연하고 담담한 태도에 이내 마음을 다잡았다. 부부 사이에는 간만에 말 없는 대화의 시간이 찾아왔다. 퍽이나 긴

뜨겁고 고요한 정사의 끝에 최승휴는 정신의 오르가슴과 몸의 카타르시스를 맛보았다.

　다음날 눈을 떴을 때 최승휴가 맨 처음 지각한 것은 주말 아침의 정적이었다. 그 정적을 뚫고 세상의 소리가 또렷하고 명징하게 들려왔다. 솔미가 퍼즐을 확 쏟아내는 소리, 아내가 종종걸음을 치며 거실과 부엌을 오가는 소리, 마룻바닥에 뭔가 플라스틱 물건이 톡 떨어지는 소리…… 드디어 이명이 사라졌다! 그동안 그토록 불길하고 흐리멍덩한 소리를 어떻게 견뎠을까. 밤마다 잠을 설치며 교수로서의 자신의 삶을 그려보고 저녁 6시가 되기 전까지 하루 종일 합격 전화나 문자를 기다리던 것이 상기되었다. 웃음이 나왔다.
　다음날, 그는 학교에서 러시아 문학을 전공하는 후배를 만났다.
　"그럼, 신분상의 변화는 없고?"
　"기적이라는 게 그렇게 쉽게 일어나나요, 어디? 형은요?"
　후배의 말이 그에게, 아주 찰나였지만, 지복을 안겨주었다.
　"네 말대로지, 뭐. 기적은 역시 안 일어나더라고."
　후배의 얼굴에도 아주 섬세한 기쁨이 번졌다. 최승휴는 상대방의 얼굴에서 조금 직전 자신의 표정을 보는 것만 같았다. 이 동정 없는 세상에서 유일한 동정은 동병상련과 공도동망의 처지가 될 때만 생기는 것인가. 후배는 갑자기 목소리를 높이며 호들갑을 떨었다.

"에이, 나야 원래 들러리였지만 형은 왜요? 그동안 들인 공이 얼만데……"

"그러게 말이다."

최승휴는 그 스스로도 의아했다. 구구절절이 넋두리를 늘어놓게 될 줄 알았는데 정작 하고 싶은 말이 별로 없었다. 어제처럼 웃음만 나왔다. 좀 부끄럽긴 했지만 그마저도 익살스러웠다. 솔직히 기대의 권리 정도는 누구든 가질 수 있으니까.

5

기말고사가 있던 날 최승휴는 병원에 실려갔다. 의사가 진단서에 기재한 병명은 급성위장염이었다. 그는 이 병 아닌 병으로 꼬박 일주일을 병원에 누워 있어야 했다. 물조차 마시지 못하고 24시간 내도록 링거를 꽂고 살았다. 대신 책을 읽지 않아도, 논문을 쓰지 않아도, 번역을 하지 않아도, 고로 담배를 피우지 않아도, 포도주를 홀짝대지 않아도 됐다. 요양이나 다름없었다. 요양 중인 사람을 방문하는 사람은 물론 하나도 없었다. 그래도 전화를 걸어준 사람은 한 명 있었다. 박철진이었다.

"논문 하나 썼다고 유세냐? 장사 하루이틀 할 것도 아니고 몸 관리를 어떻게 하는 거야? 네가 무슨 대기업 간부냐, 잘나가는 연예인쯤 되나, 어?"

친구가 아줌마처럼 늘어놓는 수다스러운 충고가 정겹게만 들렸다.

다음주, 최승휴는 학교에 갔다. 아이들의 기말고사 답안지를 채점하고 보고서를 읽었다. 몇 장 되지 않지만 그렇기에 더 소중하게 여겨졌다. 오랜만에 박철진과 잡담을 나누니 가슴이 확 트이는 것도 같았다. 다음 학기 강의도 배정받았다. 수강생이 많이 몰리는 인기 교양 강좌였다. 연구교수 신분도 적어도 1년은 더 유지할 수 있다. 공고도 그랬다. 1차에서 떨어진 것이 차라리 다행이었다.

입원했다는 사실에도 큰 의미를 부여했다. 밤새도록 깨어 있다 보면 어두운 생각이 들고 그것이 불면을 가져오고 불면이 또 대낮도 몽롱한 환상의 세계로 만드는 악순환이 계속된다. 이 악순환을 종식시켜야 한다. 원래도 그는 유물론자였지만, 이번에는 정말로 몸을 움직여야겠다고 생각했다. 물질적 여건이 바뀌면 정신적, 심리적 여건은 자연스레 바뀌게 마련이다. 하지만 현재로서는 그것이 불가능하다. 당장 내 몸을 바꿔서 생각을 바꾸도록 유도하자. 그의 결심에 아내와 딸도 적극 동참해주었다. 방학이 되자마자 그는 동네 헬스클럽에 등록했다. 그것도 모자라 정신과까지 찾았다. 정신분열증일 줄 알았는데, 그러길 은근히 바랐는데, 우울증이었다. 인간의 몸이 수분과 단백질과 탄수화물 등으로 이루어졌음을 증명하듯 약을 복용하면 음습한 느낌이 싹 사라졌다.

6

1월부터 최승휴는 담배를 피우지 않았다. 대신 솔미와 함께 사탕, 캐러멜, 스낵을 먹었고 수시로 오이와 당근과 사과를 씹어댔다. 담배를 불러오는 커피도 끊고 우유와 녹차, 인삼차, 유자차를 번갈아가며 마셨다. 항상 생수병을 들고 다녔고 생활 패턴도 바꾸었다. 매일 아내와 같은 시간에 일어났고 이른 아침부터 번역에 매달렸고 기계적으로, 또 의무적으로 책을 읽고 내용을 정리했다. 목이 칼칼해지면서 숨이 막히고 가래가 끓어올랐다. 일주일쯤 뒤 가래와 기침이 잦아들자 몸이 화끈화끈해지면서 군데군데 시뻘건 두드러기가 생겼다. 하지만 한 달쯤 지나자 몸의 금단 증상은 모두 사라졌다. 규칙적인 생활과 숙면 덕분에, 몸의 일부임이 명백한 머리의 청정도는 최고조에 달했다.

하지만 신기한 노릇이었다. 이명이 들리고 속이 쓰리고 카페인과 알코올로 인해 정신이 몽롱해졌을 때에는 그나마 몇 줄이라도 쓸 수 있었는데, 이제는 단 한 줄도 쓸 수 없었다. 지난 학기말쯤에 논문의 도입부는 써놓은 상태였다. 소통의 윤리학을 새로이 정립하되 당위로서의 윤리학을 어떻게든 극복하자는 쪽으로 논의를 진행시킬 의도였다. 하지만 머릿속에서는 잡생각만 끓어올랐다. 또 언제쯤 공고가 날까, 평생 이대로 보따리 장사를 하다 늙어 죽는 건 아닐까, 과연 나란 인간은 어린 시절의 꿈과는 달리 오직 밥벌이 하나를 위해 지금껏 공부를 해온 것일까…… 그때마다 손가락이 근질근질해오고 입술이 달싹거렸다. 흡연의 유혹은 더욱더 거세졌다. 모든 문제가 당장 담배만 한 대 물면 다 해결될 것만 같았다. 그 환상을 쫓으려는 듯 열심히 클릭을 했다. 그것도 모자라 온갖 물건을 주문했다. 아내의 보디로션, 딸의 백팩, 자신의 양말, 심지어 도마와 채칼…… 그래도 허함은 사라지지 않았다.

그는 헬스클럽으로 달려가 열심히 러닝머신 위를 달리고 아령과 역기를 들었다. 가히 유물론은 위대하여 그 순간만은 잡생각이 사라졌다. 하지만 다시 책상 앞에 앉자 모든 것이 반복되었다. 사유의 궤적을 전혀 기록할 수 없는 상황에서 건강이, 아니, 살아 있음이 무슨 의미가 있나. 담배와 커피를 저

버린 채 일신의 안녕을 도모하느니 차라리 그 모든 것과 더불어 철학에 헌신하다가 장렬히 전사하는 것이 낫겠다는 사악하고 거짓된 유혹이 모락모락 피어올랐다. 저 한 개비 귀신은 그가 지금 논문을 이어가지 못하는 것이 오직 자기를 멀리했기 때문이라고 속닥댔다. 그것은 이명처럼 흐리멍덩한 울림이 아니라 나지막하면서도 묵직한 정언명법이었다. 숙면도 달갑지 않았다. 머릿속 상념으로 인해 잠 못 이루는(실은 너무 늦게까지 잔 탓이요 지나친 흡연으로 인해 속이 쓰렸던 탓이다!) 고독한 천재에서 규칙적으로 먹고 자고 싸는 동물이 됐다는 엉터리 자괴감은 대체 어디서 오는 것일까. 그 출처를 찾지 못하자 신경질이 났다. 딸에게도 곧잘 언성을 높였다.

"밥 먹을 때는 허리를 펴라고 했지? 그렇게 쪼그리고 앉아 있으면 소화가 안 된다고 몇 번을 말했어?"

솔미도 오늘은 터져버렸다. 숟가락을 탁 내려놓고 대거리를 했다.

"그러는 아빠는? 완전히 할아버지처럼 구부정하게 있잖아!"

최승휴는 한숨을 푹 내쉰 뒤 조용한 목소리로 말했다.

"아빠의 나쁜 버릇을 너한테는 안 물려주려고 그러는 거잖아."

솔미도 아빠를 따라 한숨을 푹 내쉰 다음 눈동자를 데굴데굴 굴리며 동화책을 읽듯 나긋나긋하게 아빠를 타일렀다.

"아빠, 내 말 잘 들어. 아빠가 교수 못 된다고 사람이 아닌 것도 아니고, 조연이 할머니의 아들이 아닌 것도 아니고, 송 수진의 남편이 아닌 것도 아니고, 최솔미의 아빠가 아닌 것도 아니야. 그렇지? 그냥 내가 닌텐도를 못 살 뿐이지만, 어른이면 어른답게 지긋이 기다려봐. 그래도 못 되면 그냥 안 되면 되는 거잖아. 내 숙제나 좀 봐줘, 아빠."

식탁에서 내려간 딸은 공책을 갖고 왔다. 군데군데 맞춤법이 틀린 건 물론이거니와 숫제 비문의 향연이었다. 최승휴는 이 조숙한 딸의 머릿속에 든 생각이 너무도 심오한 것이어서 설익은 문장력이 감당을 못한다는 달콤한 착각에 빠졌다.

"솔미야, 아빠가 네 생각을 대충 추측해보면, 삶에 지나친 기대를 걸기보다는 비루하고 진부할지라도 하루하루를 성실하게 사는 편이 낫다는 얘기인 것 같으니까……"

그러면서 딸내미가 쓴 문장에 빨간 줄을 쫙 긋고 그 밑에 새로운 문장을 쓰기 시작했다. 솔미는 더럭 성질을 냈다.

"아빠, 지금 뭐하는 짓이야! 아빠는 그냥 아빠 논문이나 써! 받침이나 봐달라고 했지, 누가 새로 써달라고 했어?"

"하지만 이 문장은 아빠가 보기엔 영,"

"에이, 나도 자존심이 있단 말이야! 나 숙제 안 할래!"

솔미는 이때를 놓치지 않고 심히 토라지는 시늉을 했다.

"숙제하기 싫으니까, 요 녀석이 정말!"

"어라! 그러는 아빠는? 내가 모를 줄 알아? 아빠, 솔직히
말해봐, 담배 피우고 싶지? 그렇지? 정 그러면 담배꽁초라도
줍든지!"

딸이 무심코 농담처럼 내뱉은 말이 그에게는 무슨 계시처
럼 들렸다.

다음날부터 최승휴는 딸아이와 함께 동네를 돌며 담배꽁초
를 주웠다. 새로 뜯은 종이 곽에 든 담배는 뽀얗고 늘씬하고
순결했지만 길바닥에 널브러진 그 흔적들은 징글징글한 벌레
같았다. 꽁초 하나를 주워 비닐봉지에 담을 때마다 그는 흡
연의 추억을 되새겼다. 추억들은 지천에 널려 있었다. 적절
히 태운 다음 얌전히 불을 끈 말쑥한 꽁초, 이로 잘근잘근 씹
어 필터가 완전히 뭉개진 데다가 길바닥이나 벽에 문질러 우
그러진 꽁초, 불을 붙이자마자 껐는지 다시 불을 붙이고 싶은
충동이 이는 장초, 불을 거꾸로 붙여 필터만 망가진 순결한
청상 같은 꽁초 등.

"우리 아빠는 담배 끊고, 동네는 깨끗해지고."

솔미는 정말 재미있다는 듯 종알댔다. 그때 폐지 수레를 끌
며 그들 곁을 지나가던 한 할머니가 조그만 슈퍼 앞에서 조용
히 정지했다. 그녀는 과자 박스를 펴서 수레에 얹고 굵은 고

무 밧줄로 다시 동여맨 다음 가게 옆, 나지막한 계단 위에 쪼그리고 앉았다. 그러고는 바지 호주머니에서 담배를 꺼내 물었다. 최승휴는 한동안 자리를 떠나지 않고 그 옆에 서 있었다. 막 태어난 싱싱한 담배 연기가 코를 간질였다. 콧속으로 들어간 연기는 어느새 몸속으로 들어가 핏속, 뼛속으로 스며들었다.

"뭐해, 아빠? 이제 놀이터로 가야지, 응?"

딸아이의 말에 달콤한 끽연의 환상이 그야말로 담배 연기처럼 사라지고 말았다. 그러자 추악한 간접흡연의 현실이 그를 위협했다. 그는 폐지 더미 옆에 쪼그려 앉아 있는 노파가 너무 미웠다. 나는 이렇게 초인적인 인내를 발휘하여 담배를 참고 있는데 저 노파는 저토록 천연덕스럽게, 저토록 맛있게 담배를 피우고 있다. 저 속물스러운 '웰-빙'의 논리를 우아하게 짓밟으면서 니코틴과 타르를 몸속에 처바르고 있다. 팔순은 족히 됐을 텐데도 목숨 따위는 안중에도 없다. 그는 푸석푸석하고 성긴 머리카락으로 뒤덮인 그녀의 머리통을 마구 때려주고 싶은 충동이 일었다. 그의 입에서 무심코 한마디가 튀어나왔다.

"아, 죽겠다, 정말!"

"쳇! 담배 많이 피워서 죽는 사람은 있어도 담배 못 피워서 죽는 사람은 없을걸!"

솔미의 말대꾸는 언제 들어도 그 버르장머리 없음이 가히 압권이었다. 그것이 또한 아비의 눈에는 천재의 예후로만 보였다. 딸내미의 천재성을 키워주기 위해 그는 대화술, 산파술을 동원했다.

"솔미는 아빠가 어느 날 갑자기 죽어버리면 어떡할 거야?"

"음, 경우에 따라 다를 텐데, 갑자기 어떤 식으로 죽는데?"

이 질문에 최승휴는 잠깐 생각을 하다가 우물대며 말했다.

"뭐, 갑자기 큰 병에 걸리거나 사고를 당하거나……"

"그러면 조연이 할머니의 무덤 옆에 곱게 묻어주고 많이 울고 그다음엔 엄마랑 같이 사는 거지. 아빠도 아빠 엄마 옆에 묻혀 있는 거니까 덜 외로울 거고."

딸의 대답이 사뭇 진지해서 최승휴는 또 입을 열었다.

"그럼 아빠가 스스로 죽으면?"

"어라, 자살? 그러면 불에 태워버리고, 나는 조금도 울지 않고, 그다음에 엄마랑 단둘이 같이 사는 거지. 하지만 아빠는 조연이 할머니 옆으로 가지 못해. 자살하고서 무슨 면목으로 자기 엄마 옆에 누워 있을래?"

또박또박 잘도 떠들던 솔미는 잠깐 입을 다물었다가 무척 진지한 표정으로 최승휴를 쳐다보았다.

"아니, 그런 소리는 왜 해? 재수 없게. 아빠 진짜로 죽고 싶어?"

"글쎄, 아빠는 요즘 죽고 싶을 만큼 힘든 것 같아."

"흥! 진짜로 죽을 사람은 그런 말도 안 해. 엄살떨지 마. 아빠도 담배 피우고 싶어 죽겠지만 나도 닌텐도가 없어서 죽을 것 같단 말이야."

'닌텐도'라는 말에 최승휴는 또다시 우울해졌다. T대학에서 다음 학기에도 강의를 두 개나 주고 시간표까지 하루로 몰아준 것은 위로 차원에서였다. 달리 말해 그가 자리를 잡기엔 영 글러터진 무능력자, 영원한 들러리임을 암시하는 것은 아닐까. 딸의 손에 이끌려 걸음을 떼면서도 이런 생각을 멈출 수 없었다.

7

해가 바뀐 뒤에도 최승휴는 담배꽁초를 줍고 있었다. 넘쳐 나는 쓰레기통 옆의 꽁초들 때문에 그 옆의 플라타너스가 유난히 싱그러워 보였다. 신록의 계절에서 녹음의 계절로 넘어가는 찰나, 눈부시게 아름다운 5월의 어느 날이었다. 그는 저도 모르게 혼잣말처럼 내뱉었다.

"아, 자살하기 딱 좋은 날이다."

같이 점심을 먹고 강사실로 올라가던 박철진이 가당찮다는 듯 코웃음을 쳤다.

"다 늙은 주제에 웬 헛소리냐?"

"하긴, 내가 죽은들 누가 알아나주겠어?"

이토록 낯뜨거운 소리가 이토록 천연덕스럽게 나오다니 최승휴 스스로도 놀랐다.

"이 정도면 거의 의식의 퇴행인걸. 사춘기냐? 헬스나 열심히 해. 쓰레기 청소도 더 열심히 하고."

박철진이 히죽거렸다. 웃음이 좀 잦아들었을 때 그는 무거운 목소리로 이렇게 덧붙였다.

"야, 승휴야, 우리가 언제까지나 모범생일 필요가 있냐……"

"그렇게 건전한 사고방식을 가진 녀석이 아직 장가도 안 가고, 거참. 하루 종일 비좁은 원룸에 틀어박혀 있으면 정말 미쳐버릴 것 같지 않냐?"

"그럴 것 같으니까 매일 이렇게 나오는 거다. 너는 딸까지 있으니 더 미치지 말아야지. 야, 막말로 무슨 소설을 쓴다고 쳐도 너 같은 놈을 자살하게 만드는 게 나 같은 놈을 그렇게 만드는 것보다 몇 배는 더 힘들겠다. 멀쩡한 사십대 초반 가장의 자살에 어떻게 동기 부여를 해야 되냐? 마누라가 바람나서? 사업 실패? 생활고 비관? 우는소리 하지 말고 착하게 살아."

박철진은 여전히 지난 학기 임용 탈락의 상처를 안고 있는 것처럼 보이는 친구를 다독였다. 그라고 해서 유달리 삶에 초연해서도, 또 남달리 우정이 깊어서도 아니었다. 다른 대학도 아닌 모교에, 즉 K대학교에 조만간 자리가 날 것임을 제법 믿음직한 출처를 통해 접한 까닭이었다. 물론 그 자리가 자신의 것이 된다는 보장은 없었지만 그 소식을 막 접한 이 순간만큼은 짧은 여유를 만끽할 수 있었다. 한편, 최승휴는 또 그 나름으로 친구와 수다를 떨면서 생활인의 자리에서 철학자의 자리로 옮겨온 것 같은 흐뭇한 느낌이 들었다.

여름 방학이 시작되자 최승휴는 가뿐한 마음으로 짐을 꾸렸다. 해외 출장비로 책정한 연구비도 쓸 겸 독일에 다녀올 계획이었다. 아내와 딸은 그가 노천카페에 앉아 에스프레소를 마시며 걸출한 석학들과 가볍게 지적인 담론을 나누는 장면을 상상하는 것 같았다. 유럽 땅에 발만 내디디면 각종 사르트르들과 카프카들이 쌍수를 들고 "아이고, 너 왔냐!"라며 반겨줄 것이라고 말이다.

하지만 독일에 도착한 그가 제일 먼저 간 곳은 한국인이 경영하는 민박집이었다. 누군가는 만나야겠기에 몇몇 후배들과 자리를 마련했으나 분위기는 맹하고 쭈뼛했다. 지도교수를 만나는 일도 썩 내키지 않았지만 이미 메일을 보내놓은 터라 전화를 했다. 그 부인과의 통화를 통해 그가 얼마 전 사망했음을 알게 되었다. 애도를 표하고 수화기를 내려놓았다. 마음이 홀가분했다.

많은 시간을 최승휴는 뮌헨 거리를 돌고 서점 안을 기웃거리는 데 보냈다. 이로써 현지답사, 독일 철학 연구 및 교육 현황을 살펴본다는 명분은 충족됐다. 자료 수집 차원에서, 인터넷 서점으로 얼마든지 주문할 수 있는 책도 몇 권 샀다. 고서점에서 오랫동안 갖고 싶었던 책을 발견했을 때는 쓸쓸한 우울함이 느껴졌다.

8

여느 학기와 별반 다를 바 없는 학기의 시작이었다. 맡은 강좌도 비슷했다. 나름의 변화를 주기 위해 커리큘럼을 바꾸었다. 플라톤의 『국가』 대신 아리스토텔레스의 『니코마코스 윤리학』, 칸트의 『순수이성비판』 대신 『판단력비판』, 들뢰즈 대신 데리다. 이 정도만 해도 사뭇 달라 보였다. 하지만 진짜 다른 일은 그의 바깥에서 일어났다.

9월 말, 뜻밖에도 공고가 났다. 최승휴에게만 뜻밖이었고 알 만한 사람은 진작 다 아는 사실이었다. 결과적으로, 함께 술잔을 기울이는 동안에도 그는 철저히 외톨이였던 셈이다.

왜 아무도 얘기해주지 않은 것일까. 서럽고 억울했다. 하지만 곧 건전한 상식이 백일을 넘긴 아이처럼 대가리를 빳빳이 세웠다. 누구도 너한테 그런 걸 미주알고주알 알려줄 의무는 없거든? 더군다나 천기누설의 위험을 무릅쓰고 굳이 상대의 기분을 망치는 악취미를 가진 사람도 없거든? 아니, 다들 너 따위는 안중에도 없거든? 그의 내부에서는 하나마나 한, 하지만 하지 않고는 못 배기겠는 말들이 부글부글 끓었다. 그의 바깥도 만만치 않았다.

흉흉하고 살벌한 분위기였다. 이른바 내정자, 즉 박철진은 어디서 복병이 튀어나올지 몰라 전전긍긍했고, 이른바 들러리들은 혹시나 하는 기대에 들떴다. 이 당신들의 천국에서 최승휴는 완전히 배제되었다. 사람들은 그를 피했다. 적어도 그에게는 그렇게 여겨졌다. 그것도 아주 섬뜩하고 징그러운 벌레 같은 것도 아니고 정반대로, 보는 것은커녕 차마 듣기도 싫을 만큼 처참한 폭력에 무방비 상태로 노출됐고 그 흔적을 고스란히 간직한 채 만신창이가, 반쯤 병신이 된 사람을 대하는 투였다. 참담했다. 세계로부터 완전히 방기된 채 굴욕의 괄호 속에 묶여버렸다는 배신감은 그 무엇으로도 해소되지 않았다. 다들 촉각을 곤두세우고 있던 그때, 길바닥에 널브러진 담배꽁초를 줍고 팔자 좋게 뭔헨 거리나 배회하다니. 그는 세상을, 아니 자신을 용서할 수 없을 것 같았다. 박철진과는 가급적 마주치지 않는 것이 바람직한 관계가 되어버렸다.

집안도 싸늘했다. 송수진은 속으로 남편에게 눈을 흘겼다. 매일 그렇게 공부만 하더니 왜 그쪽으론 논문 한 편 쓰지 않았냐는 것이다. 물론, 그녀도 대체로 자리란 특정 전공이 아니라 그 자리에 앉을 어떤 사람을 염두에 두는 것임을 모르지 않았다. 그럴수록 더더욱 속이 상했다. 저렇게 밤낮없이 공부만 하는 사람을 싹 빼돌리는 세상이라니, 도무지 세상에 진리라는 것이 있느냔 말이다. 송수진은 남편이 측은해서 견딜 수가 없었다. 엎친 데 덮친 격으로 친정어머니가 뇌졸중으로 쓰러졌다. 그녀는 병간호를 하겠다며 휴가를 내고 솔미와 함께 거제도로 내려갔다. 목구멍이 턱턱 막히는 상황에서 벗어날 수 있는 좋은 핑계였다.

최승휴야말로 숨통이 탁 트이는 기분이었다. 그의 일거수 일투족을 지켜보며 숨 쉬는 것도 조심하던 존재들이 사라졌으니 말이다. 담배꽁초를 주우며 그리고 러닝머신 위를 달리고 무뚝뚝한 운동 기구와 씨름하며 억눌렸던 흡연의 욕구도 그냥 그대로 발산해버렸다. 그동안의 노력과 시간이 너무나 무색하게도, 불과 하루 만에 그는 다시 씩씩하고 당당한 골초로 돌아갔다. 이번 임용 공고 덕분에 담배를 다시 피울 무한한 권리를 부여받은 것 같았다. 이제 최승휴는 니코틴과 카페인과 알코올로 사는 인간이었다.

두 달쯤 뒤 최승휴는 거의 폐인 수준이었다. 중간에 딸과 아내가 돌아왔지만 이미 비탈길로 치닫기 시작한 무서운 가속도를, 이십여 년 동안 축적된 관성의 힘을 막아낼 수는 없었다. 눈은 시뻘겋게 충혈되고 피부는 까칠까칠하고 푸석푸석했다. 이명과 경련은 진작 부활한 터였다. 솔미의 깜찍한 궤변에도 집중할 수 없었다. 눈치 빠른 딸은 또 자기 나름으로 나약한, 아니 나약해지기로 작정한 아빠가 눈꼴사나웠다. 쳇, 담배 하나도 못 끊는 주제에! 시위 차원에서 일요일인데도 일부러 놀러 나가자는 소리도 안 했다.

갑갑함을 견디다 못한 최승휴는 집을 나왔다. 일요일 오후 2시, 오랜만에 학교나 가볼까 싶었다. 사실 그는 요즘 수업이 끝나면 강사실에 들르지 않고 곧장 학교를 떴다. 그러면서도 집에 혼자 있는 시간을 줄이려고 영화관이나 헬스장이나 공원 같은 곳에서 많은 시간을 보냈다. 한데 비어 있을 줄 알았던 강사실에 박철진이 나와 있었다. 오랜만의, 또 뜻밖의 해후, 두 친구 모두에게 반갑지만 불편하고 또 불편하지만 반가운 해후였다. 그들은 얼마간 등을 돌리고 앉아 각자 할 일을 했다. 늪보다 더 질척거리고 묵직한 분위기였다. 먼저 침묵을 깬 것은 최승휴였다.

"저녁 먹자."

"어? 야, 너는 가족도 있는 놈이 누구 속에 염장 지르냐? 주말은 가족과 함께, 몰라?"

박철진은 애써 농담을 생각해냈다. 하지만 어색한 심사가 반영되어 어조도 얄궂고 목소리도 필요 이상으로 컸다. 가뜩이나 심란한데 애매한 미안함과 안쓰러움까지 덧붙은 상황이었다.

"그래도 오랜만에 봤잖아? 저 밑에 부대찌개 어떠냐?"

최승휴는 자기가 왜 이리 치근대나 싶으면서도 한 번 터진 물꼬를 막을 길이 없었다. 박철진은 최승휴가 눈치 없게, 아니 충분한 눈치에도 불구하고 이렇게까지 뻗대자 오히려 마음이 가뿐해졌다.

"실은 나 지금 나가봐야 돼. 저녁 약속이 있어서."

그러고서는 일단 가방부터 챙기면서 무슨 약속이 있는지를 곱씹었다. 아무래도 마땅한 약속이 떠오르지 않자, 아니, 지어낼 수 없자 다시 미안하고 안쓰러운 마음이 들었다.

"언제 술이나 한잔하든지. 촌스럽게 밥이 뭐냐."

강사실을 벗어나자 박철진은 뱃속의 악성 종양을 발라낸 것처럼 후련했다.

혼자 남겨진 최승휴도 한동안 고독과 자유를 만끽했다. 잠시 후에는 매점에 가서 김밥과 사발면, 담배 한 갑을 사 왔다.

썰렁한 강사실에서 끼니를 때우고 복도 밖, 베란다로 나가 담배를 연거푸 피웠다. 다시 강사실로 돌아왔을 때도 흡연의 욕구는 완전히 해소되지 못했다. 그는 강사실과 베란다를 몇 번씩이나 오갔다. 혼미한 와중에도 '건물 내 금연'의 원칙을 지켜야 한다는 준법정신은 기괴할 정도로 투철했다.

그는 컴퓨터 앞에 앉아 뭔가를 끼적였다. 최근 들어 논문은커녕 일기조차 한 자도 쓸 수 없었는데, 담배도 물 수 없는 이 불편한 공간에서 손가락이 날개라도 돋친 듯 생기롭게 움직였다. 글이 완성되자 출력하여 꼼꼼하게 교정을 봤다. 그 일을 무려 세 번이나 되풀이했다. 단어 하나, 구두점 하나도 고심의 대상이었다. 특히 "기억하기도 싫을 만큼 촌스럽고 치사한 짓"이라는 어구에 포함된 두 형용사는 '유치하다' '야비하다' '비열하다' '졸렬하다' '창피스럽다' 등 수많은 형용사를 제치고 발탁된 것이었다.

마침내 만족할 만한 글이 나왔을 때 그는 자리에서 일어났다. 그리고 거의 10년째 강사실의 그의 책상 밑에 쌓여 있는 학위 논문을 묶어놓은 노끈을 풀어 손에 쥐고 화장실로 갔다. 여자화장실이었다. 실수였을 리는 없고 당최 왜 그랬을까. 목에 줄을 감아 묶고 그 끝을 쇠창살에 매다는 일은 흡사 변기 앞에 서서 왼손으로 흘러내리는 바지춤을 잡고 오른손으로 성기를 살짝 붙잡은 채 소변을 보는 것처럼 아주 자연스럽게 이루어졌다. 아내와 딸이 떠올랐다. 내일 점심은 뭘 먹을까, 간만에 아내의 아침밥을 차려주면 어떨까, 솔미의 자명종 건전지를 갈아줄 때가 되지 않았나, 솔미는 정말로 울지 않을까…… 그러나 정작 숨이 끊어지기 직전 그의 눈앞에 나타난 것은 지난 5월, 그의 눈을 부시게, 숫제 시리게 했던 싱그러운 플라타너스였다.

9

이듬해 1월 초, 박철진은 최승휴의 무덤을 찾았다. 교수 임용이 이른바 파투가 났음을 알게 된 다음날이었다. 복병은 어디 숨어 있다가 튀어나오는 것일 뿐만 아니라 없다가 생겨나는 것이기도 했다. 그 복병이 그와 팽팽한 줄다리기를 했고 학과에서는 적임자 없음이라는 결론을 내놓았다. 자세한 속사정이야 그도 알 수 없었다. 억측과 상상이 머릿속을 헤적였다. 공개 강의에서 심사자 역할을 맡았던 은사와 선배들의 얼굴이 시시각각 그의 눈앞을 어지럽혔다. 때론 우스꽝스러운 분장을 하고서 꿈자리까지 들쑤셔놓았다. 꿈이든 생시든 그들이 내뱉는 말은 모두 대답과 해결을 요구하는 질문이자 과제였다. 그것을 풀어가는 과정에서 담배꽁초가 쌓이고 쌓여 거대한 산을 만들었다. 이 모든 괴로움을 녀석은 다른 식으로, 아마 훨씬 더 고통스럽게 감내했으리라. 친구의 무덤 앞에서 그는 이런 생각을 했다. 하지만 집으로 돌아오는 길에는 오직 자신의 괴로움만 생각했다. 그 누구도 온전히 공유할 수는 없는 그것. 무조건 이 시간을 살아내는 수밖에 없었다. 간간히 출몰하는 최승휴의 잔영을 맞이하는 것도 오롯이 자신의 몫이었다.

박철진이 논문을 쓰다가 라면을 끓여 먹고 있을 때였다. 국물을 들이켠 뒤 콧물을 훌쩍하는데 갑자기 최승휴가 나타났다. 그는 능글맞은 어조로 말했다. "그러게 장가를 가라니까. 무슨 청승이냐. 농심은 너한테 상 줘야 돼." 박철진은 죽었으면 곱게 꺼질 것이지 뭐 잘났다고 환영의 모습을 하고 나타나느냐고, 무슨 주책이냐고 응수해주고 싶었다. 그러나 처음 당한 일이라 꽤나 당황하여 어물쩍댔다. 그사이에 최승휴는 사라져버렸다.

두번째는 강의실 앞에서였다. 막 강의를 끝내고 나오는데, 최승휴가 말쑥한 정장 차림을 하고 서 있었다. 톡톡한 트렌치코트 위에는 고급스러운 머플러가 드리워져 있었다. 와인색 바탕에 회색 줄무늬, 포근하면서도 부들부들해 보이는 질감, 머플러 끄트머리에 붙은 직사각형의 태그, 그 위에 잔글씨로 적힌 '캐시미어 100%'. 환각이 이렇게까지 또렷할 수 있다니!

설마 환각이 아닌가? 두번째 생각을 확인하려는 듯 박철진은 입을 열었다. "그거 얼마짜리냐?" 상대방은 꼭 이런 질문을 기다렸다는 듯 곧바로 응수했다. "인마, 돈이 문제가 아니야. 솔미가 사줬거든." 그러고는 뭐가 그리 수줍은지 얼굴을 살짝 붉히며 배시시 웃었다. 오래전 "나, 어젯밤에 수진 씨랑 같이 있었다"라고, 그리고 "나, 아빠 됐다"라고 말했을 때 지었던 웃음과 비슷했다. 박철진은 그 얘기를 하려고 했지만 최승휴는 이미 건물을 나가는 중이었다.

"야, 승휴야! 좀 기다려!"

박철진은 친구를 잡으려고 마구 달려나갔다. 밖으로 나왔을 때 최승휴는 이미 보이지 않았다. 온몸이 오싹하고 으스스해졌다.

그러나 최승휴의 출현이 빈번해질수록 이 모든 것이 참 유치하게 생각되었다. 마지막으로 나타났을 때 최승휴는 하숙생 시절처럼 후줄근한 차림에 고개를 푹 숙이고 서 있다가 그냥 사라졌다. 그때 박철진은 최승휴의 낡아빠진 청바지 자락에 묻어 있는 싯누런 똥에 시선을 꽂아두었다. 시큼한 냄새가 나긴 해도 구린내와는 거리가 먼, 아직 엄마 젖만 먹는 갓난애의 똥이었다. 그 똥냄새가 밤새도록 콧구멍 속을 떠나지 않았다. 다음날 그는 퀭한 눈을 하고서 병원으로 달려갔다.

정신분열증이었다. 우울증이 아니라서 기뻤다. 그는 자기가 상상으로만 탐내던 일을 최승휴는 실제로 실행에 옮긴다는 생각을 자주 해왔다. 선망을 넘어선 질투가 생기는 것도 당연했다. 박철진은 최승휴와는 다른 방식으로 삶과 맞서보겠다는 오기가 생겼다. 최승휴의 담배꽁초와 러닝머신이 박철진에게는 종교로 나타났다. 처음에는 주일 미사 때만 성당 안을 기웃거렸다. 얼마 지나지 않아 신부와 수녀가 직업적인 전도열을 불태웠다. 박철진은 2월경부터 예비 신자 모임에 나갔다. 거기서 한 사람을 만났다. 오랜 연인과 막 헤어진 삼십대 초반의 여자로 어느 제약 회사의 연구원이었다. 그들이 '펠릭스'와 '파우스티나'라는 세례명을 얻는 시간은 곧 서로의 인연을 믿어가는 시간이기도 했다.

어느덧 최승휴의 환영은 코빼기도 보이지 않았다. 그렇다고 하느님의 존재가 눈앞에 현현하는 일도 없었다. 그러나 여자 친구만은 그가 원할 때 언제든지 눈앞에 있었고 손을 뻗어 만질 수도, 입을 맞출 수도 있었다. 연애하느라 최승휴의 번역 원고를 손볼 여유가 없었다. 애도의 감정으로 매달리기엔 번역이란, 특히 남의 번역이란 너무 버거운 작업이었다. 더욱이 지난 임용 건 때문에 은사와의 관계도 껄끄러워져서 일 자체가 무산될 기세였다.

김점순은 그해 11월 말 아침 화장실의 공포를 오래도록 잊지 못했다. 그 이후로 그녀는 한동안 인문대를 떠나 있었다. 자연대의 화장실과 복도를 청소하는 동안 환갑을 맞이했다. 요즘 세상에 환갑 못 넘기는 사람이 누가 있냐며 자식들은 그냥 다 같이 밥이나 한끼 먹자고 했다. 저희들끼리 의논해서 고른 곳이 뷔페 스타일의 패밀리 레스토랑이었다. 저희들과 손자 손녀는 신이 났지만 김점순은 좀 마뜩잖았다. 가뜩이나 매일, 그것도 하루 종일 계단을 오르락내리락하는 판국에 밥 먹을 때도 추접스럽게, 또 불쌍하게 접시 들고 음식을 주우러 다녀야 하는 것이 일단 싫었다. 그렇다고 음식이라도 멀쩡하면 모를까, 얄궂게 망쳐놓은 고기, 무성의하게 찢어놓은 푸성귀, 허옇고 시뻘건 가짜 고기 조각, 찰기도 윤기도 없는 국수, 쳐다만 봐도 속이 울렁대는 희멀겋고 시뻘건 꿀꿀이죽 같은 국물이 전부였다. 이런 것도 사람 먹는 음식이냐고 호통을 치려다가 자식새끼들한테 미움 받을까 봐 꾸역꾸역 뱃속에 처넣자니 서럽기도 했다.

"어머니, 거기에는 키위 드레싱을 뿌리면 맛있어요."

두 며느리가 세트로 옹알대며, 김점순이 주워 담은 푸성귀 더미 위에 시퍼런 물을 부어주었다. 저 쓸개 터진 것 같은 똥

물은 대체 뭐냐는 생각이 들었다. 그래도 재산 한푼 못 남겨 줄 시어머니를 챙겨주려는(적어도 그런 시늉이라도 하는) 모양새가 기특해서 실실 웃어주었다. 쓸개 맛이 날 줄 알았던 시퍼런 물도 다래 맛이 나서 다행이었다. 아무리 그래도 집으로 가는 내내 김점순은 속이 영 니글거렸다. 집에 도착하자마자 그녀는 냉장고에서 물김치를 꺼내 속에다 들이붓다시피 꿀꺽꿀꺽 마셨다. 속이 가라앉자 최근 그녀를 괴롭혀온 근심이 또 마수를 뻗쳤다.

기어코 '6'과 '0'이 닥쳤다. 배운 것도 없고 가진 것이라곤 몸뚱어리밖에 없는 중년 여성에게 대학 청소부는 참 탐나는 자리였다. 전철역 화장실 청소를 하다가 10여 년쯤 전에 이 K대학으로 왔을 때 그녀는 큰아들이 대학에 입학했을 때만큼이나, 또 첫 손자가 태어났을 때만큼이나 기뻤다. 몸은 지팡이 짚고 하늘을 날 수도 있을 만큼 팔팔했고 돈만 있다면야 손자 손녀에게 사주고 싶은 것도 수두룩했다. 이제 하루하루가 가시방석이었다. 여석이 생기면 내일이라도 당장 일을 하겠다는 오십대 초중반의 여자들이 줄을 서 있었다. 들리는 말로는 사십대에 고등학교까지 나온 여자도 있다고 했다.

하지만 이번에도 뒷골 여시가 김점순을 다보록하게 보듬어주었다. 그녀는 최소한 2년은 더 K대학의 청결 유지에 이바지

할 수 있게 되었다. 다만 근무처가 인문대였다. 그 끔찍한 화장실을 다시 봐야 한다니 벌써부터 오금이 저리고 간이 쪼그라들었다. 출근 첫날 김점순은 아무도 모르게 굵은 소금과 붉은 팥을 화장실 바닥과 벽에 팍팍 뿌렸다. 그러면서 그녀 특유의 구성지고 왈살스러운 사투리로 몇 마디를 나지막이 구시렁댔다.

"아이고, 시퍼렇게 젊은 놈이 죽기는 와 죽노! 거, 머라 카더라, 철학이 우짜고 우째? 오뉴월에 씨붕알 터지는 소리 하고 자빠졌네. 아이고, 그래도 뒷골 여시가 저승에서라도 잘 돌봐주야 될 낀데……"

혹시 박복한 사람 욕했다가 천벌 받을까 겁이 나서 고인의 명복까지 살뜰히 빌어준 뒤에야 김점순은 인문대 청소부로서의 삶을 재개했다. 3년 만이었다.

청소를 끝내고 나오니 박철진 교수가 연구실 문을 열고 있었다. 8시 30분. 그의 시간표는 시계처럼 정확했다. 김점순은 매일 이 시간에 그와 마주쳤다. 언제부터인가 그가 먼저 김점순에게 인사를 건넸다.

"아침부터 수고하십니다."

"아이고, 뭘요. 선상님, 머리 깎으셨어요? 인물이 훤하네, 아주."

"아, 예. 고맙습니다."

그는 연구실 안으로 들어가 겉옷을 벗어 옷걸이에 걸었다. 모든 것이 정갈했다. 철학자라는 이름에는 별로 어울리지 않는 듯했지만(물론 이 역시 편견이다!) 철학과 교수라는 이름에는 무척 잘 어울리는 모습이었다. 자리, 즉 직함은 그에게 많은 것을 주었다. 책 한 자 읽지 않아도, 논문 한 줄 쓰지 않아도 그는 교수였다. 수시로 휴강하고 조교를 보내 대강을 시켜도 그의 강의는 사라지지 않았다. 그 확실성 덕분인지 그에게서는 장년에서 중년으로 넘어가는 남성의 매력이 물씬 풍겼다. 지난 3년간 부쩍 늘어난 흰머리, 규칙적인 운동에도 불구하고 그의 배 주변에 충실히 들러붙은 나잇살도 연륜과 무게의 상징처럼 보였다.

오후에 간단한 콜로키움이 있었다. 저녁식사의 말미에 화젯거리도 바닥나자 최승휴의 이름이 언급되었다. 아무도 거기에 별다른 감정을 싣지 않아도 될 만큼 많은 시간이 흘렀고 하필이면 11월 말이었기 때문이다. 최근에도 인문대의 한 강사가 자살했다. 시간 강사는 언제나 넘쳐났다. 그리고 그들은 대개 다 자신의 삶이 고달프다고 생각할 건수가 있었고 실제로 우울증이든 불안증이든 정신분열증이든 약식 검사만 해봐도 '내원이 요청됨' 혹은 '심각한 단계임'이라는 진단을 받는 경우가 적지 않았다. 한편 전임 교원들은 등 따시고 배부른 자리에 비스듬히 누워 그들의 애환에 동참하는 입장을 취하기를 꽤 즐겼다. 이 자리에 있는 모든 교수와 강사의 은사인 노교수가 말문을 열었다.

"어떻게든 구조적으로 개선이 돼야 하는데 교수들이 예순다섯이 되도록 방을 하나씩 꿰차고 있으니 대안이 없는 거야. 나라도 지금 당장 나가면 좀 도움이 되려나, 허허."

그의 썰렁한 농담에 촌철살인의 진리가 들어 있기라도 한 듯 다들 고개를 주억거리며 점잖은 웃음을 웃었다. 애석함을 표하는 축도 있었다.

"아니, 벌써 은퇴 준비부터 하시려고요? 이제 겨우 환갑이신데요?"

"하긴 얼마든지 일할 수 있는데 나가라니 서럽기도 해. 솔직히 교수가 뭐 대수야? 우리 아들도 머리 굵어지니까 대번에 하는 말이, 아버지는 어디 할 일이 없어서 교수질이나 하고 있냐는 거야, 허허. 세상에 그렇게 한심한 직업이 없다는 거지. 그래 놓고서는 그놈도 지금 하버드에서 박사 과정 밟고 있잖아."

이미 다들 알고 있는 아들의 근황까지 짚어가면서 노교수는 근엄하게 헤죽거렸다. 다들, 교수가 되고 싶어 똥줄이 빠질 지경이 된 마흔을 전후한 늙수그레한 제자들 앞에서 은사라는 양반이 가볍게 내뱉기에는 좀 비윤리적인 축에 드는 말이라고 생각했다. 그럼에도 다들 입도 뻥긋할 수 없는 처지였거나 적어도 스스로를 그런 처지에 있는 자들로 치부했다. 방금 노교수가 한 말은 설욕을 위한 모욕의 창고에 조용히, 하지만 야심만만하게 모셔두었다.

"교수 못 된다고 목매고 그러는 거, 누구한테도 좋은 소리 못 들어. 세상살이 힘들지만 꿋꿋이 사는 사람이 좀 많아?"

"그러게요. 다 개인의 문제지요. 아 참, 선생님과는 동기였죠?"

박철진이 뭐라고 하기 전에, 오래간만에 마련된 수다 판에 신이 난 노교수가 대신 대답을 해주었다.

"동기 정도가 아니라 둘도 없는 단짝이었지. 고향도 같고 기숙사도 같이 쓰고 유학도 대충 비슷하게 갔지, 아마? 아 참, 그 친구 번역 건은 어떻게 되어가나? 나이가 들면 중요한 일도 자꾸 까먹어, 거참."

"제가 요즘 연구소 일 때문에 바빠서 잠깐 손을 놓고 있는데, 이번 겨울 방학 때는 끝내겠습니다."

박철진은 은사의 무성의한 질문에 성의를 보이는 척하며 역시나 무성의한 답변을 내놓았다. 이쯤에서 최승휴 얘기는 멎었다. 짧은 순간, 그는 자신과 친구의 운명을 시소에 올려보았다. 그가 교수가 됐다는 사실과 최승휴가 자살을 했다는 사실 사이에 무슨 관계가 있는가. 인과 관계는커녕 순접이나 역접 관계도 전혀 없다. 그가 교수가 된 것이 신의 섭리요 굳건한 자연법칙의 발현인 것처럼 최승휴의 자살 역시 몸의 흐름이든, 세계의 기의 흐름이든 하여간 우연과 필연이 빚어낸 운명이었다. 지나친 자기 과신, 거기서 비롯된 지나친 자기 연민과 지나친 자기 경멸, 그것에 함몰된 것은 어쨌거나 최승휴 자신의 오류였다. 이렇게 생각을 정리하자 박철진은 저녁 식사 때부터 더부룩했던 속이 개운해졌다.

* 최승휴의 유서는 안톤 체호프의 단편 「검은 수도사」의 일부분을 토대로 쓴 것임.

섬

오늘 엄마가 죽었다. 아니 어쩌면 어제.

—카뮈, 『이방인』

1

통통배는 통통거렸고 아이는 목이 탔다. 뱃속도 바닷물처럼 자
꾸만 출렁댔다. 조그만 섬이 눈에 들어왔다. 온통 황금빛이었다.
아이는 잠시나마 갈증과 울렁거림을 잊었다. "조금만 더 가면 돼,
조금만 더 참아." 못생긴 누나가 아이를 다독거렸다. 아이는 누나
의 말을 듣는 둥 마는 둥, 조금씩 더 커져가는 황금빛 섬을 응시
했다.

통통배가 황금빛 섬에 이르렀다. 아이는 누나의 손을 잡고서
섬에 발을 내디뎠다. 온통 금잔디였다. 그 황금빛에 눈이 아려왔
다. 누나는 노란 보리차 한 잔을 사주었다. 아이는 찬 보리차를

단숨에 벌컥벌컥 들이켰고 조막만 한 손으로 입을 훔쳤다. 꼬질꼬질한 손때와 흙먼지가 입가로 옮아갔다. 아이는 황금빛 섬을 바라보며 넋을 놓았다. 금잔디로 뒤덮인 황금빛 섬.

"그때 그 섬이 말이야, 나한테는, 어, 어, 저어기, 정말 판타스틱한 공간이었어, 어, 어, 그렇지. 그러니까, 어, 어, 내 고추가 딱 요만했을 때의 일인데……"

'판'이라는 말에 강세가 찍혔다. '요만하다'를 묘사하기 위해 새끼손가락을 들어올리기도 했다.

"알고 보면 나는 꽤 로맨틱한 놈인데, 어, 어, 그렇지……"

'꽤 로맨틱한 놈'은 맥주를 벌컥벌컥 들이켜더니 손으로 입을 쓰윽 훔쳤다. 하얀 맥주 거품이 포말처럼 그의 윗입술에, 입 주변에 들러붙었다.

"어, 어, 저어기, 섬이 진짜 황금빛이었는데…… 아 참! 금잔디는 초록색이잖아, 에이, 지랄!"

거기가 어디였냐고 물어도 그는 알지 못했다. 지도에도 없는 나라, 환상의 나라였다. 그사이 손님들이 하나둘씩 빠져나가 종국에는 술집 하나를 우리 둘이 세낸 형국이 됐다. 사장이 공손하게 우리를 쫓아낼 때도 그는 여전히 섬 타령이었다.

"사장님, 그 섬이 얼마나, 얼마나 아름다웠는지, 어, 어…… 동수 씨는 알겠어, 저어기, 그 섬이 어떤 모습이었을지, 어, 어?"

무슨 개뼈다귀 같은 소리냐며 따귀라도 갈겨주고 싶은 심정이었지만, 정확히는 몰라도 그 느낌은 어렴풋이 전해진다고 대답해주었다. 그 무성의한 말에 열광할 만큼 그는 취해 있었다.

　"어, 그래, 알겠지? 바로 그거야! 어, 어, 정말 판타스틱하고, 저어기, 금잔디에 태양이 이글거리고, 어, 어…… 옛날에 금잔디 동산에, 매기, 같이 앉아서 놀던 곳……"

　그의 노래가 시작됨과 동시에 지금껏 술집에 깔려 있던 노래가 끝났다. 그제야 가사를 음미해볼 마음이 생겼다. …… 멋들어진 친구, 내 오랜 친구야, 언제라도 그곳에서 껄껄껄 웃던…… 월말이면 월급 타서 로프를 사고 연말이면 적금 타서 낙타를 사자 그래 그렇게 산에 오르고 그래 그렇게 사막에 가자……

　새벽 3시경, 낡은 허수아비처럼 구겨진 그를 뒷좌석에 태운 채 그의 차를 몰았다. 여의도. 그의 점퍼 호주머니에서 열쇠를 꺼내 아파트 문을 열었다. 집 안으로 들어서자 그는 거의 기계적으로 문부터 잠갔다. 걸쇠를 거는 것도 잊지 않았다. 좀비처럼 화장실로 들어간 그는 다시 나와서는 소파에 털썩 쓰러졌다. 쇳가루가 섞여 들어간 듯 거칠고 안타까운 숨소리가 들렸다. 나는 한동안 소파 옆, 카펫 위에 앉아 그를 바라보았다. 고추가 '요만한' 소년이 이렇게 추레한 술주정뱅이가 될 줄, 섬은 알고 있었을까.

책장 하나만 덩그러니 서 있는 문간방. 나는 겉옷을 벗어 몸을 덮고 가방을 베고 누웠다. 부산을 떠나온 뒤로 몇 년간 계속 꾼 꿈이, 물론, 반복되었다. '물론'이라 함은 잠자리가 바뀌면 항상 그 꿈을 꾸었기 때문이다. 비가 주룩주룩 내리는 날씨, 낡고 허름한 시멘트 집, 녹물이 흘러내리는 슬레이트 지붕, 바들바들 떨고 있는 어린 동생…… 한참 뒤 눈을 떴다. 희끄무레한 낯선 공기에 어린아이처럼 겁이 덜컥 나고 가슴이 시려 왔다. 나는 얼른 거실로 나갔다.

이미 샤워를 끝낸 그는 거실 소파에 앉아 에스프레소를 마시고 있었다. 나를 힐끗 보더니 아주 못된 짓을 하다가 들킨 아이처럼 눈을 내리깔았다. 의례적인 인사말도 없었다. 엄연한 제 소파에 앉아서도 찌그러드는 모양새가 보기에도 참 딱하고 웃겼다. 그러고도 그의 집을 나서는 내 앞에서는 호기를 부렸다.

"그러니까 어, 어, 여자 데리고 와서 안 잔 건, 어, 어, 처음인데, 어, 어, 그렇지, 그래."

사람 좋아 보이는 넓적한 얼굴, 큼직하고 불룩한 몸집, 어기적대고 뭉그적대는 몸짓이 나름의 조화를 이루었다.

아파트 밖을 나오자마자 한강의 시원한 바람과 확 트인 풍

66

경에 머리가 맑아졌다. 희뿌연 주점에서 그와 마주했던 시간과 그 시간 속에 붙박인 섬이 꿈인 양 가물가물해졌다. 대신혼자 살기에는 좀 호사스러워 보이는 그의 아파트가 또렷이떠올랐다. 거실과 부엌도 널찍할뿐더러 방이 세 칸이나 된다. 봉천동의 원룸을 전전하는 나에게는 그것이야말로 금잔디 가득한 섬이었다.

행정직 공무원이야말로 은근히 '로맨틱한' 구석이 있다. 원래 돈도, 일감도 별로 없는 연구소였지만 작년에 그가 소장으로 부임한 뒤에는 더 그랬다. 나는 서류 더미 옆에 책을 펴놓고 곧잘 잡념에 잠겼다. 가령, 수학자는 대략 세 부류로 나뉜다. 천재는 '골드바흐의 추측'과 함께 골방에 틀어박혀 있고, 수재는 아침부터 연구소에 나와 일인용 소파에 앉아 졸고 있고, 둔재는 책상 앞에 각 잡고 앉아 자기가 절대 풀 수 없는문제를 풀려고 한다. 월요일, 점심때가 다 지나서 느지막이출근한 소장은 어느 쪽에 가까울까. 여하튼 그의 첫마디는 한결같았다.

"자, 솔밭 갑시다."

솔밭은 그가 좋아하는, 연구소 근처의 식당이었다. 솔밭이그윽하게 펼쳐지는 산기슭에 곧 허물어질 것 같은 시멘트 건물이 하나 있었다. 지붕은 슬레이트였고 식당 내부는 널찍한 부엌처럼 누추했다. 사람들이 주로 식사를 하는 곳은 식당 바깥에 마련된 야외 식탁이었다. 그 역시 누추하긴 마찬가지여서 군데군데 찢어지고 얼룩이 묻은 비닐을 덮어씌워 놓은 플라스틱 탁자에, 균형을 잘못 잡으면 쓰러지기 일쑤인 플라스틱 의자가 전부였다.

오늘도 그는 쇠고기 국밥에 물만두를 시켰다. 나는 잔치국수를 시켰다. 때 이른 낙엽이 떨어지고 심지어 송충이도 떨어졌지만 그의 솔밭 사랑과 식욕을 막을 수는 없었다.

"이게, 어, 어, 손으로 빚은 만두야. 요즘 이런 거 먹을 수 있는 데가 흔치 않거든, 어, 어, 그렇지. 쇠고기도, 저어기, 미국산은 절대 안 쓸걸?"

미국산이면 안 먹을 거냐고 내가 반문했다. 그는 긴 콩나물을 우걱우걱 씹으며 정색을 했다.

"어, 설마? 나는, 어, 어, 맛있는 건 일단 먹고 보자, 이런 주의거든, 어, 어, 그렇지."

그의 탐욕스러운 식욕에 질투가 난 나는 계속 미국 소와 광우병 얘기를 늘어놓았다. 부모와 함께 소를 키우는 한 친구의 말도 덧붙였다. 요즘은 소를 인공적으로 교배시킨다, 교미 한 번 해보지 못하고 임신한 암소는 자기 힘으로 새끼를 낳지 못하는 경우가 많다 등. 그는 무슨 그런 난감한 일이 다 있냐는 표정을 지었다.

"어, 어, 무염시태에 성처녀, 아니, 저어기, 성우구나……
동수 씨, 어, 어, 그거 더 안 먹을 거야?"

그러고는 내 대답도 기다라지 않고 젓가락을 국수 그릇에
담갔다. 내 국수가 후루룩, 쩝쩝 소리를 내며 그의 입안으로
들어갔다. 코에서는 맑은 콧물이 흘러나왔다. 탁자 위에 놓인
휴지를 풀어 그에게 건넸다. 국수를 먹느라 정신이 없던 그는
코도 닦는 둥 마는 둥 했다.

"저어기, 어, 어, 나도 꽤 로맨틱한 놈인데 말이야……"

식사를 끝낸 그의 마지막 말이었다.

솔밭을 내려오는 동안 그는 페렐만 얘기를 했다. 페렐만은
러시아의 수학자였다. 젊은 날의 그는 피아니스트 예프게니
키신을 닮아 어딘가 날렵한 천재의 기운이 엿보였다. 하지만
현재는 지독한 변비에 걸린 것처럼 불퉁한 얼굴에 수세미 머
리를 한 아저씨였다. 파계한 유대교 랍비가 저런 모습이 아
닐까 싶기도 했다. 페렐만은 어느 연구소에 소속되어 있었지
만 업무를 제대로 보지 않아 해고된 다음 노모와 함께 페테
르부르크의 허름한 아파트에 틀어박혔다. 그러고는 푸앵카레
의 정리를 풀어 어느 인터넷 사이트에 올렸다. 수학계의 노벨
상이나 다름없는 필즈 메달이 떨어졌지만 그는 수상을 거부
했다. 이런 얘기 끝에 소장은 머리를 긁적대며 어눌한 말투로

덧붙였다. 누가 들으면 대낮부터 술이라도 한잔 걸친 줄 알 테지만 원래 말버릇이 그랬다.

"그러니까 어, 어, 그 페렐만이 그때 시상식에 안 가고 버섯 따러 숲속에 들어갔어. 저어기 사람들은 그게 다 농담인 줄 알던데, 어, 어, 저어기 러시아에서는 버섯이 정말 중요한 식량이거든, 어, 그렇지, 양배추 김치랑 비슷한데…… 어, 어, 마흔이 넘도록 장가도 못 가고, 거참, 칠순이 넘은 노모와 단둘이 살고 있다니, 어, 어, 알만하잖아? 하긴 그 돈이면, 어, 어, 김장해줄 여자는 얼마든지 구할 텐데, 어, 어, 그러니까 바보라는 거야, 그렇지. 아니, 그런 천재 놈이 어쩌다가, 어, 어, 그놈도 섬을 봤나, 지랄!"

술김에 했던 얘기를 맨정신에 다시 꺼낼 줄은 몰랐다.

"섬이 통째로 샛노란 금잔디였는데, 어, 어, 어찌나 눈부시던지 진짜 눈이 머는 것 같았어……"

그 섬을 찾으러 가볼까요? 이런 물음으로 나는 그의 말을 싹둑 잘랐다. 한 번도 떠오른 적이 없는 생각인지, 그는 당황과 황당 사이를 오갔다.

"뭐? 저어기, 어, 어, 옛날에 「목로주점」이라는 노래가 있었거든? 어, 어, 얼마 전에 들었는데, 어디서였더라, 하여간 낙타를 사서 사막엘 가고 어쩌고 하는 노래인데, 어, 어, 그러니까 내 말은 그게…… 사막에 가는 것과 똑같다는 거지, 어, 어."

그럼, 쉽잖아요, 하고 내가 반문했다. 유치환의 아라비아 사막은 머나먼 환상의 나라이지만 요즘은 몽골만 가도 낙타며 사막은 얼마든지 볼 수 있어요, 하고.

"어, 그러니까 그 섬은 그런 사막이 아니잖아, 어, 그렇지."

갑자기 핸드폰이 울어댔다. 동생이었다. 우리의 통화는 짧았다. 잠시 뒤 나는 역시 섬임에도 그가 말한 '판타스틱'과는 거리가 먼 공간으로 떠났다.

2

엄마는 경상남도 산골 출신이었고 스무 살도 되기 전에 부산 생활을 시작했다. 그래도 중학교는 졸업한 덕에 한 제과점에 경리 자리를 구할 수 있었다. 서면 한복판에 떡하니 자리 잡은 큰 제과점이었다. 아빠는 그 집 아들이었다. 그의 구애가 막연히 성공을 꿈꾸던 스물두셋의 앳된 촌 처녀를 자극했다. 이십대 중반에 훤칠한 키와 서글서글한 눈매를 한, 대학을 나왔고 외국도 다녀온 적이 있는 남자. 그와 결혼하면 손에 물 안 묻히고 살 수 있다는 생각에 엄마는 황홀해했다. 그래봐야 유학이나 어학 연수는커녕 그냥 일본에 단체 견학을 다녀온 정도였지만 중학교씩이나 졸업한 엄마에게는 매

한가지였다. "그래도, 니 아빠는 대학도 나왔는데……" 엄마는 이 말에 푹 빠졌다. '중졸'이라는 자기 학력이 부끄러워 우리의 생활기록부에는 '고졸'이라고 썼다. 누가 묻지 않아도 곧잘 "애 아빠는 대학을 나왔어도 저는 고등학교밖에 안 나왔어요"라는 거짓말을, 거짓된 열등감을 연기하며 덧붙이곤 했다.

이른바 대졸자 아빠는 어느 직장이든 지긋이 다니지를 못했다. 자의 반, 타의 반으로 가업을 이어받은 것은 그 때문이었다. 항상 거대한 사업가를 꿈꾸던 아빠에게 빵집 주인이란 참 쪽팔리는 것이었다. 그래서 점원들에게 제과점을 맡겨놓고 하루 종일 밖으로 나돌며 천하태평, 후덕한 호인의 삶을 살았다. 딸만 다섯인 집에 막내아들로 태어나 누린 호사의 연속이었다. 그럴수록 제과점은 힘들어졌다. 아빠는 누나들에게 손을 벌리기 시작했다. 어릴 적부터 걸핏하면 누나들한테 과자 값을 달라며 애교를 떨던 아빠였다. "누나야, 십 원만!" 십 원이 백 원, 천 원, 만 원이 되더니 이제는 십만 원, 백만 원으로 불어났다. 누나들의 돈은 밑 빠진 독에 붓는 물처럼 흙바닥으로 스며들어갔다. 제과점은 다른 사람 손에 넘어갔다.

그 무렵 할아버지가 자리보전하고 드러누웠다. 시아버지 병수발과 층층이 쌓여 있는 시누이들의 독한 시집살이에 엄마는 폭삭폭삭 늙어갔다. 그들은 구구절절이 옳은 말만 했다. 말뿐인가. 할아버지 장례식 때 들어온 조의금도 모조리 엄마에게 내밀었다. "우리 아버지 제사상은 니가 차려야 되니까." 이것이 명분이었다. 엄마는 좋은 것, 나쁜 것을 모두 겸허히 받아들였다. 그런데 그때부터 없던 습관이 생겼다. 바로 술이었다.

술이라곤 막걸리나 한 모금 마셔본 것이 전부였던 엄마가 아빠를 향한 애증과 모방 욕망에 사로잡혀 소주에 입을 댔다. 그 무렵 아빠는 큰고모부가 경영하는 시멘트 공장에서 일했는데, 시멘트는 버려두고 연일 술독에 빠져 살았다. 하루 일을 하면 사흘을 마셨고 어쩌다 일주일쯤 일을 하면 보름은 술타령이었다.

"남편이란 놈이 대낮에도 저래 집구석이 있으면 얼마나 쪽팔리는 줄 아나? 바깥양반은 무슨! 바깥을 나가야 바깥양반이지. 남자는 모름지기 밥숟가락 딱 놓으면 밖에 나가야 된다."

이건 주로 엄마가 맨정신에 하는 말이었고 취기가 돌면 휘황찬란한 추억이 펼쳐졌다. 제과점에서 경리를 보던 날씬한 처녀, 신혼의 단꿈에 젖은 신부, 아이에게 처음으로 젖을 물린 새댁…… 인생은 봄날이었고 꿈은 만개를 기다리는 탐스러운 꽃봉오리였다. 그 시절을 회상할 때만은 부부도 정녕 혼

연일체가 되었다.

"너거 아빠가 나를 데리고 해운대를 안 갔나…… 조선호텔 카페였는데, 동수 아빠?"

"그래, 너거 엄마, 얌전빼고 새침하게 앉아 있는 모습이 어찌나 예쁘던지. 뽀얀 얼굴에 볼이 빨개져서는 배시시 웃고……"

둘은 또 소주잔을 주거니 받거니 했다. 며칠 동안 술잔치를 벌인 다음에는 둘 다 돌멩이에 압사당한 개구리처럼 쫙 뻗어 버렸다.

아빠는 큰고모부 회사를 쫓겨나다시피 나와 날품팔이 인생을 시작했다. 우리가 영도로 들어간 시점이었다. 열 평 남짓한 영세민 아파트라도 얻을 수 있었던 것은 큰고모의 그 저주받을 도움 덕분이었다.

영도는 학군이 좋지 않은 축에 들었다. 꼭 그 때문은 아니지만 동생은 행실이 고약해졌다. 말수도 줄어들고 표정도 삼엄해졌다. 동생의 얼굴에 뭔가 불편한 파문이 일면서 입술이 실룩거리는 순간이 더러 있었다. "누나야, 오십 원만!" 그때마다 큰고모 얘기 속에 등장하는 꼬마 시절의 아빠가 떠올랐다. 동생의 오십 원에는 점점 더 동그라미가 붙어갔다. 가히 청출어람이었다. 그 돈으로 동생은 영도 일대는 물론 험하기로 소문난 부산의 밤거리를 휘젓고 다녔다.

그래도 동생은 남한테 해코지한 적은 없었다. 다만, 우유부단한 아빠를 닮아 도둑질을 눈감아주고 집단 구타를 또 눈감아주고 그런 식으로 각종 방조죄가 붙었다. 술과 담배는 해도 본드는 안 한다는 원칙을 고수했지만 본드 냄새 자욱한 방에 있었다는 이유로 처벌 대상이 됐다. 소년원에 들어가서도 동생은 쥐 죽은 듯 조용히 살았다. 너무 조용한 것이 문제였는지, 고래들의 패싸움에 터져버린 새우등 신세가 됐다. 그때 어찌나 얻어맞았는지 동생은 아직도 왼팔을 잘 못 썼다.

스무 살에 바투 다가선 동생은 모든 것을 남 탓으로 돌리는 못된 법을 터득했다. 나는 착하게 사는데 세상이 나를 가만히 내버려두지 않는다는 것이었다. 그럴수록 자신의 의로움을 보여주어야 했다. 과연! 동생의 착함은 엄마, 아빠 못지않았다. 술값은 모조리 자기가 내야 했고 어쩌다 친구가 얻어터져 급히 병원비가 필요할 때도 선뜻 나섰다. 웬 죽마고우는 그렇게 많은지, 그 죽마고우는 왜 그렇게 자주 사고를 치는지. 죽마고우의 여자 친구가 중절 수술하는 비용도 동생이 댔고, 죽마고우의 어머니가 교통사고를 당해도 동생은 가만히 있을 수 없었다. 이만한 사해동포주의자가 없었다. 아빠는 이 착한 아들을 위해 어떻게든 돈을 벌어야 했다. 아니, 아빠만이 아니었다.

날품팔이하는 아빠의 목에 주렁주렁 매달려 있는 세 식구를 모아놓고 큰고모가 드디어 입을 열었다. 표적은 물론 엄마였다. 애들도 웬만큼 컸는데 집에서 빈둥빈둥 놀지 말고 뭐라도 하라는 것이었다. 이미 중년으로 바투 다가선 엄마였지만 이 말에는 스물두셋의 처녀처럼 얼굴을 붉히며 손을 비벼댔다.

"제가 무슨 일을 하겠어요? 식당 일을 할 수도 없고……"

"요 아파트 앞에서 채소 파는 할매 안 봤나? 자식들이 용돈까지 주는데도 저래 일을 하는데, 니는 새파랗게 젊은 년이 이래 방구석에 앉아서 뻐들뻐들 놀고!"

맏시누이의 눈물 섞인 호령에도 엄마는 아랑곳하지 않았다. 그 말이 구구절절이 옳았기 때문에 더 그랬다. 다른 건 몰라도 손에 물 안 묻히고 살겠다는 소싯적 꿈만은 짓밟을 수 없었다. 아파트 단지 앞에서 풀빵이라도, 떡볶이와 튀김이라도 팔까. 깨끗한 입식 부엌의 싱크대 앞에서 예쁜 앞치마를 두르고 우아하게 간식을 만드는 것이 꿈이었던 엄마에게는 엄두도 낼 수 없는 일이었다. 현실은 엄마의 꿈을 아예 생매장할 태세였다. 비탈진 영도 한 귀퉁이의 영세민 아파트, 대낮부터 술에 절어 집에서 뒹구는 남편, 고집 세고 괄괄한 딸, 밖으로만 나도는 아들…… 나날이 술병만 더 쌓여갔다.

고등학교를 마친 내가 돈을 벌기 시작하자 엄마의 주정은 더 심해졌다. 적어도 아파트 관리비에서는 해방되었기 때문이다. 나는 나대로 모종의 결단을 내렸다. 2년간 한 은행에서 계약직으로 일하며 돈을 벌었고 악착같이 저축했다. 내 평생 잠과의 투쟁에 그토록 열을 올린 적이 없었다. 중요한 건 결과가 아니라 과정이라고? 글쎄. 내가 대학에 붙지 않았더라면, 내 손으로 입학금을 마련하지 못했다면 지난 2년은 백지가 되어버리는 게 현실이었다. 중요한 건 과정이 아니라 결과다.

영도에 가족을 버려둔 채 나는 서울로 떠났다. 벼랑 끝에 몰린 엄마는 어쩔 수 없이 생활 전선에 뛰어들었다. 영도다리 건너, 자갈치 시장에서 생선을 파는 것이 시작이었다. 비좁은 시장에 엉덩이 하나 간신히 들어갈 노점을 얻는 것도 쉽지는 않아, 큰고모의 지인을 통해 알음알이로 들어간 것이었다. 하지만 엄마는 한자리에 진득이 앉아 있을 엉덩이 힘도 없고 아침잠을 줄일 생각도 없었다. 오늘 안에 다 팔아야 되는 생선을 눈앞에서 버젓이 썩히고 죽이는 일도 다반사였다. 호객 행위를 해도 뭣할 판에 장 보러 오는 여자들의 차림새나 살폈다. 그러고는 저녁마다 소주잔을 기울이며 넋두리를 늘어놓았다. "어느 년은 팔자가 좋아 명품 백을 들고 다니고 어느 년은 팔자가 더러워 시장 바닥에서 생선이나 판다"는 것이었다. 다들 앞만 보고 돌진하는 잔혹한 생존의 장에서 엄마는 보기 좋게 밀려났다.

그다음 일은 건물 청소였다. 사람을 상대할 필요도 없고 생물을 다루는 일도 아니라 조금은 수월했다. 사실 엄마는 손도 매운 편이고 한번 일을 하면 꽤나 야무졌다. 쓸데없이 남과 자신의 처지를 비교하여 자괴감을 조장하고 자기연민에 빠지는 일도 줄었다. 그렇게 엄마는 무려 1년 동안 술도 거의 끊었다.

엄마가 착실한 일꾼에 살림꾼으로 거듭나자 아빠가 방탕의 극단으로 치달았다. 천생연분 부부의 시소 놀이랄까. 아빠는 심지어 외박도 했다. 외박의 장소가 또 가관이어서 그냥 길거리였다. 엄마가 억척 어멈 놀이를 하는 데 재미를 붙인 것처럼 아빠는 노숙자 놀이에 신이 난 것이었다. 엄마의 가장으로서의 소명 의식과 책임감은 절정으로 치달았다.

"너거 아빠도 저래 사람 구실 못하는데 이 엄마라도 없으면 너거가 우째 살겠노?"

그랬던 엄마가 그야말로 아무 이유도 없이 다시 술에 입을 댔다. 엄마 손으로 직접 담근 달콤한 매실주였다. 매실주 한 모금에 무슨 큰일이 있을까마는 양질전화의 순간은 어김없이 찾아오는 법. 장독은 이내 바닥을 보였다. 매실주를 새로 담그기가 귀찮아진 엄마는 다시 술을 사들이기 시작했다. 덩달아 그럴 수밖에 없는 거국적인 대의명분도 찾아냈다.

"이제 더는 니 아빠랑 못살겠다!"

사실 아빠랑은 아무도 같이 살 수 없었다. 일 년 열두 달을 한뎃잠을 자며 부산 밤공기를 더럽히는 알코올 중독자라니. 생각만 해도 구역질이 나는 중년 남자를 그래도 엄마만은 참아줄 수 있었다. 하지만 하필이면 그 노숙자 무리에 여자 한 명이 신참으로 들어오는 바람에 엄마도 터져버렸다. 아빠는 아무 관계도 아니라며 열심히 항변했지만 소용없었다. 기어코, 둘은 이혼했다. 이로써 간혹이나마 집에 들어오던 아빠가 영영 영도 아파트에 코빼기도 들이밀 수 없게 됐다. 그 참에 엄마는 또 술을 잔뜩 퍼마셨는데 서방이 그리워서 그랬는지도 모르겠다. 하여간 하필이면 그날 엄마가 오바이트를 한 곳이 엄마의 직장 앞이었다. 이후 한동안 엄마는 일을 하지 않았다. 동생의 활약 덕분이기도 했다.

동생은 근처 부둣가에서 짐을 날랐다. 아무리 술독에 빠져 있다지만 그래도 엄마인지라 정신을 차릴 때는 아들에게 따뜻한 밥을 해주었다. 그 밥을 얻어먹기 위해, 영도에서 쫓겨났던 아빠가 간혹 얼굴을 내밀었다. 처음에는 길길이 날뛰던 엄마도, 딱히 시앗을 본 것도 아니었고, 대충 눈감아주었다. 아빠가 오길 기다렸다가 정성껏 끓인 소고기 무국과 삼색 나물 볶음을 내놓기도 했다. 이혼한 것이 부끄러울 정도로 질긴 인연이었다.

　엄마 아빠 사이에 잠깐 봄볕이 들었다. 엄마는 옆집 아줌마가 하던 일을 넘겨받았다. 부산역의 화장실을 청소하는 것이었다. 그러자 알코올을 잔뜩 머금었던 아빠의 늙은 피도 들끓기 시작했다. 아빠는 꼬박 석 달 동안 술을 끊고서 이삿짐센터에서 트럭을 몰며 열심히 일했다. 늦깎이 대학생으로 학교를 마친 내가 계약직이나마 연구소의 행정 조교 자리를 얻은 것도 그 무렵이었다.

　갑자기 동생이 분연히 떨치고 일어났다. 새삼스러울 것도 없는 패배주의가 고개를 쳐든 것이다. 이대로는 살 수 없다며 동생은 출사표를 던졌다. 다시 공부해서 죽어도 누나처럼 대학을 가겠다는 것이었다. 다 좋았다. 다만, 직장 대신 학원에 적을 걸어두고 학원이 아닌 술집을 전전한 것이 문제였다. 집안에 한파가 몰아닥쳤다. 아들이 저리된 것은 우리 탓이라며 부부는 의기양양하게 자책의 건배 잔을 들었다. 그들의 목구멍과 창자는 시냇물처럼 콸콸 쏟아지는 소주에 환호성을 내질렀다.

　그나마 모아두었던 통장 잔고도 바닥나고 내가 보내주는 생활비로는 술값도 감당이 안 되는 순간이 급기야 닥쳤다. 셋 중 누구 하나는 일을 해야 했다. 순서상 동생이 나설 수밖에 없었다. 동생은 배선공 일을 시작했다. 반년쯤 전의 일이다.

그리고 지금, 엄마가 쓰러진 것이다.

3

……슬레이트 지붕, 지저분한 녹물 자국이 흐르는 핏줄기처럼 새겨진 낡은 시멘트 집. 장마철인지 후텁지근하고 끈적끈적한 비가 계속 내린다. 천장의 틈새로 빗물이 뚝뚝 떨어지고, 그 밑에는 짙은 밤색의 물통이 놓여 있다. 불도 켜지 않은 어두운 방, 나와 동생이 아무 말 없이 우두커니 앉아 있다. 낡은 텔레비전에서 무슨 썰렁한 오락 프로그램이나 청승스럽고 궁상맞은 연속극을 방영하는지도 모르겠다. 안테나가 고장 나, 사람들의 말소리와 웃음소리가 괴기스럽게만 들린다. 그런데도 우리는 텔레비전을 끌 생각도 하지 않는다. 뭔가 둔중한 것이 가슴팍을 짓누르는, 통증에 가까운 괴로운 감각에 시달리는 까닭이다. 그것의 진앙이 어디인지 나와 동생은 잘 알고 있다. 바로 방바닥 밑이다.

그곳에는, 언제 어떻게 진행됐는지는 기억나지 않지만 어쨌거나 우리 손으로 해치운 것이 분명한 사람이 묻혀 있다. 우리는, 시체를 시멘트로 덮어두었듯, 그 사실을 기억 속에 슬그머니 방치해둔다. 하지만 시체가 사부작대고 꼼지락대면서 두텁고도 얄팍한 기억의 표층을 뚫고 고개를 쳐들 것만 같다. 여차하면 진짜 부활하고야 말 것 같은 살인의 추억이 어쩌면 있지도 않은 죄의식을 불러낸다. 그럼에도 이렇다 할 사건은 터지지 않은 채 우리 남매가 방 안에 붙박인 장면이 지속된다. 타르코프스키나 앙겔로풀로스의 영화처럼, 성화처럼 고즈넉하지만 한없이 비루하다……

지난 주말, 여의도의 넓은 아파트에서 꾸었던 꿈이다. 워낙 자주 반복된 탓에 시멘트 집만 나와도 꿈속의 나는 지루해할 준비를 했다. 더러 새로 얻은 원룸이나 연구소가 나온 적도 있지만 어떤 배경이든 이내 장맛비와 비가 새는 컴컴한 시멘트 집으로 바뀌었다. 동생과 나의 두려움과 떨림도 만성 질환이었다. 더러 우리가 저질러놓은 짓이 발각될까 봐 전전긍긍하다가 훌쩍대는 일도 있었다.

평일이라 객실 안은 한산했다. 삶은 계란을 까먹는 촌스러운 사람들도, 술잔을 돌리는 남자들도, 누런 코를 묻힌 채 떼를 쓰며 우는 아이들도 없다. 내가 처음 탔던 기차, 십여 년 전의 통일호와는 천차만별이었다. 고속열차는 정차역도 거의 없어 쉼 없이 쏜살같이 달렸다. 차창 밖, 벼들이 노랗게 익어가며 초가을의 흐뭇함과 풋풋함을 일깨웠다. 나의 상상은 시간을 앞질러 '만추'라는 단어를 불러냈다. 아스라이, 연기, 모락모락, 굴뚝, 아궁이, 아낙네…… 연상 작용의 끄트머리에

82

그 '판타스틱' 금잔디 섬이 말줄임표처럼 날아와 붙었다. 갑자기 속에서 천불이 났다. 그와 동시에 객실 내로 현악기를 튕기는 것 같은 촌스러운 음악과 종착역이 가까워졌음을 알리는 방송이 나왔다. 서울역을 향해 달려갈 때와는 달리 나는 가족과의 대면을 최대한 연기하며 뒤늦게야 기차 밖으로 나갔다.

지난 설날, 엄마는 길몽을 꾸었다고 했다. 손발의 부기도 빠지고 얼굴도 뽀얘지고 몸매도 날렵해져 있더라고. 입덧에 시달리는 새색시처럼 초췌하면서도 행복한 얼굴이었다. "이제는 술 안 먹는다! 이대로 탁 끊고, 우리 동수 시집보내고 우리 동욱이 장가보내고 손자 손녀 보고 그렇게 살란다." 수도 없이 반복된, 정녕 참이고 싶지만 도무지 그렇게 되지 않는 거짓 맹세였다. 나는 그 맹세는 못 믿어도 꿈의 신통력만은 믿고 싶었다.

엄마는 영도병원에 누워 있었다. 반년 남짓 만에 다시 본 엄마의 모습에 억장이 무너지는 기분이었다. 갓 배달된 연탄만큼이나 새카맣게 타들어간 얼굴에 배는 예정일을 넘긴 임신부보다 더 부풀어 있었다. 이미 산 자의 얼굴, 산 자의 몸이 아니었다. 공중화장실 바닥을 닦는 중년 여자는 건강하고 아름다운 삶이지만, 그렇게 퍼마시던 술을 단 한 방울도 마실

수 없게 된 이 여자는 삶도 뭣도 아니었다.

"꼴좋다! 이제 진짜로 뒈질랑가 보네?"

엄마를 향해, 영도를 향해 내뱉은 나의 첫마디였다. 부산 공기만 들이쉬면 말이 거칠고 왈살스러워졌다.

"누나 니는 배웠다는 사람이 말버릇이 그게 뭐고?"

양미간에 세 줄의 주름을 세우며 인상을 쓰는 동생의 얼굴이 젊은 날의 아빠와 똑같았다.

"배우고 나발이고 돈이 어뒀다고 이래 독방에다 갖다 놨노?"

"방이 없다던데?"

"지랄한다! 썩을 것들, 돈독이 올라서 거짓말했겠지. 뭐라더노? 죽는다더나?"

"간경화에 또 뭐라더라……"

엄마는 바로 퇴원했다. 어차피 죽을병이었고 우리는 돈도 얼마 없었다. 엄마가 자고 깨고 뒹굴던 방에서 죽어가는 것이 여러모로 윤리적이었다.

엄마의 임종은 다소 기괴했다.

"동수야, 동욱아, 죽어도 술은 먹지 말아라."

이 말은 충분히 상식적이었으나 그다음 말, 일종의 유언은 황망하기 그지없었다.

"아이고…… 저, 저어기…… 저 테레비 위에 나를 좀 올려

84

도…… 아이고……"

우리 남매는 엄마를 부여잡고 흐느껴 울었다. 십 초를 넘기지 않을 줄 알았던 엄마의 "아이고" 소리도 계속됐다. 울다 지친 나의 눈 가득, 낡아빠진 텔레비전이 들어왔다. 그 위에 놓인 조그만 액자, 그 속에 든 사진 한 장. 사진 속 배경은 제주도였다. 돌하르방을 배경으로 앳된 신혼부부가 서로 꼭 껴안은 채 카메라를 응시하며 활짝 웃고 있었다. 신부는 볼에 살이 포동포동 찐 것이 낭랑 십팔 세 소녀 같았다. 그녀의 함박웃음은 이제 막 꽃봉오리를 터뜨린 하얀 박꽃처럼 탐스럽고 아름다웠다. 그녀의 기둥 역할을 맡은 신랑 역시 귀를 덮는 긴 머리에 한껏 멋을 낸 풋풋한 청년이었다. 첫눈에 반한 처녀를 드디어 자기 것으로 만든, 세상은 자기를 위해서 존재한다는 자신감이 물씬 풍겼다. 그 자신감에 신부는 자신의 인생을 오롯이 내맡겼으며 그 선택에 일말의 회의도 없어 보였다. 저 처녀가 30여 년 뒤 팅팅 불어버린 몸에 푸석푸석한 얼굴의 알코올 중독자가 될 줄이야. 엄마는 자신을 이토록 처참하게 배반한 삶을 저주했을까.

"아이고…… 힘들다…… 죽기가……"

이 말과 동시에 엄마는 숨이 끊겼다.

바로 그때 아빠가 누추한 희극의 대단원을 장식하기 위해 광대 분장을 하고 등장했다. 사진 속의 잘생긴 청년을 응시하던 나는 너무 놀라 뒤로 나자빠졌다. 추레하고 말라비틀어진 이 남자, 노숙자 특유의 지린내와 음식물 쓰레기 썩는 냄새를 풍기는 이 중년 남자는 대체 누구냔 말이다. 그의 손에는, 촌스럽게도, 시커먼 비닐봉지가 들려 있었다. 즉각 사태를 파악한 아빠의 입에서 한마디의 절규가 터져 나왔다.

"진숙아!"

그러고는 봉지를 방바닥으로 내던지고 '진숙'을 향해 달려들었다. 아빠가 이미 사후 경직의 초입에 들어선 엄마의 몸을 부여잡는 순간, 봉지에서는 신선한 꼴뚜기들이 꼬물꼬물 기어 나왔다. 오늘따라 녀석들의 머리통이 유난히 크게 느껴졌다. 그 머리통이 몰랑몰랑하고 보들보들한 감촉을 뽐내며 방안을 활보하는 모양새가 좀 부럽기까지 했다. 엄마는 죽었고 꼴뚜기들은 살아 있었다.

엄마가 사후에 남긴 통장의 잔고는 3만7천9십1원이었다. 무척 적은 금액이라는 것 외에 모든 숫자가 홀수라는 것이 왠지 의미심장하게 다가왔다. 실은 무슨 의미가 있을까마는.

엄마의 장례식 날이었다. 엄마를 아빠와 맺어준 하늘이 반성을 하는지 때아닌 가을비를 내려주었다. 큰고모는 계속 눈물을 쏟았다. 썩 평탄치 못했던 올케의 인생이 불쌍하기도 했을 것이고 짝을 잃은 남동생의 앞날이 걱정되기도 했을 것이다. 큰고모의 염려는 현실이 되었다.

천생연분, 참 더러운 천생연분도 다 있었다. 엄마가 죽고 추석이 지나고 그리고 아빠가 죽었다. 아빠에겐 미안한 말이지만, 그것은 엄마의 죽음 뒤에 붙은 포스트잇 같았다. 장례식은 훨씬 더 간소했고 문상객은 거의 없었다. 그럼에도 아파트가 좁아터져서 방 두 칸이 가득 찼다. 명색만 마루인, 복도처럼 가늘고 긴 통로는 다니기도 불편했다. 이런 상황이었기에 소장의 방문이 더 눈에 뜨였다. 발인 전날이었다. 시뻘건 토끼 눈을 하고 그를 맞이했지만 그가 언제 사라졌는지는 기억도 나지 않았다.

엄마와 아빠는 두어 달 간격을 두고 차례로 한 옴큼의 재로 변신, 유골함에 담겨 영락공원으로 갔다. 모든 일이 끝나자 그동안 장남인 척 의젓하게 굴던 동생이 약한 모습을 보였다.

"누나 니 다시 내려오면 안 되나?"

그러고 보니 지금껏 혼자 살아본 적 없던 녀석이 그야말로 홀몸이 된 것이다. 동생의 말이 천근만근 무게를 안겨주었다. 나는 선뜻 입이 떨어지지 않았다.

"여기도 일자리는 많을 긴데. 부산도 대학교 많잖아?"

"그게 그리 쉬운 게 아니다."

동생은 고개를 주억거렸지만 서운함을 감추지 않았다. 제 누나가 대학까지 나온, 워낙에 '배운' 사람이라 마음만 먹으면 멀쩡한 일자리가 쏟아질 줄 아는 모양이었다.

4

　서울에 올라오자마자 나는 방을 보러 다녔다. 마침 계약도
끝났지만, 원래 여자들이 머리 모양을 바꾸는 빈도만큼이나
자주 이사를 하는 편이었다. 겨울을 재촉하는 비가 추적추적
내렸다. 마침 보고 있는 집에 잘 어울리는 눅눅한 비였다. 말
로는 새로 지었다지만 10년은 족히 넘은 것 같고 다섯 평 남
짓한 방은 갑갑할 수밖에 없었다. 전에 살던 사람이 골초였는
지, 새 단장이 무색할 만큼 찌든 담배 냄새가 코를 찔렀다. 그
래도 창밖은 제법 트여 있었다. 맞은편 집이 나지막한 단층인
덕분이었다.
　창문 너머에서 기괴한 넋두리가 들려왔다. 여자인 성싶지
만 목소리가 상당히 굵고 걸쭉하고 호흡기 질환 환자처럼 거
칠고 쉬쉬거렸다. 그녀가 내는 비분절적인 소리들이 단조로
운 리듬을 탔다. 판타지 영화 속의 거대한 악마나 마법사의
마력 섞인 주문 같기도 하고, 다른 한편으론, 얼굴과 몸이 몽
땅 주름 속에 파묻힌 노파의 입에서 무심하고 심드렁하게 새
나오는 웅얼거림 같기도 했다. 여기에 고양이 두 마리가 날카

로운 비명을 지르며 서로 할퀴고 물어뜯는 소리가 곁들어졌다. 빗소리도 더 요란해졌다. 이런 상황에서 내가 붙잡은 몇 마디 파편은 무슨 계시 같았다.

"……아줌마들, 아저씨들…… 내 말 좀 들어보소…… 아이고, 나 죽네…… 저놈들이 내 집을…… 아이고, 살기는 싫어도, 죽기도 싫은데…… 죽기는 더 싫어……"

노파의 말에 귀를 기울이는 나를 보고서 집주인이 지레 한 마디 했다.

"신경 쓰지 마세요. 저 집도 곧 재건축 들어가거든요."

그렇다면 낡은 단층집 자리에도 이 건물 같은 대여섯 층짜리 원룸이 들어올 것이고 창문은 답답한 벽으로 가로막힐 것이다. 어쩔까 고민을 하며 건물 밖을 나왔다.

목소리만 들었던 그 노파가 보였다. 굳이 허물 필요도 없을 만큼 부실해 보이는 단층 건물의 지붕 밑, 펼쳐서 개어둔 두툼한 종이 박스 위에 앉아 비를 긋는 중이었다. 그녀는 아까처럼 혼잣말로 계속 구시렁대더니 푹 수그렸던 고개를 하릴없이 들었다. 쭈그렁 바가지는커녕 쉰 살은 됐을까 싶은 젊은 얼굴이었다. 목소리의 나이는 아마, 오랜 세월 꾸준히 축적된 알코올 덕분이었나 보다. 나는 건물 주인에게 내일 당장 들어오겠다고 말했다. 만약 맞은편에 새 건물이 들어서면 그 핑계 대고 또 방을 옮기면 되니까.

이사를 들어온 날, 젊은 노파의 넋두리가 그치지 않는 가운데 어김없이 그 악몽을 꾸었다.

꿈속의 나는 비가 줄줄 새는 시멘트 집을 지키고 있다. 동생은 좀 멀찍이 떨어져 구석에 처박혀 있다. 나는 이제 곧 노파의 욕설 가득한 넋두리가 들려오리라고 생각한다. 하지만 들리는 것은 천장의 틈새 밑에 놓인 물통을 때리는 빗방울 소리뿐, 그리고 어딘가 불안한 동생의 숨소리뿐이다. 혹시 엄마나 아빠가 나오지나 않을까. 이 생각이 머릿속에 떠오름과 동시에 아랫배와 엉덩이 주위로 묵직한 통증이 퍼져간다. 군데군데 그을리고 찢어진 장판이 꿈틀대는 것도 같다. 성상처럼 방구석에 처박혀 있던 동생이 갑자기 몸을 굽히더니 네 발로 엉금엉금 기는 시늉을 한다. 방이 점점 넓어지는 가운데 동생은 점점 더 작아진다. 갓난아이가 된 동생이 내 앞까지 오는 데 영겁의 세월이 흐른 것 같다. 동생을 품에 안자 동생은 고사리손을 내민다. 하지만 표정만은 갓난아이가 도저히 지을 수 없는, 미안함과 자괴감이 가득 담긴, 또한 그 감정을 억누르기 위해 일부러 위악적인 오만함을 뽐내는 그런 표정이다. "누나야, 오십 원만!" 꿈속의 나는 동생에게 그 오십 원으로 뭘 할 거냐고 다그쳐 묻는다. 보나마나 요 앞에서 떡볶이와 야끼만두를 사 먹을 것임을 알면서도. 하지만 동생의 대답이 뜻밖이다. "엄마 아빠 장례를 치러야지. 우리 밑에 누워 있잖아……" 장례식은 벌써 치렀는걸, 게다가 오십 원으로 어떻게 장례를 치르냐고 내가 윽박지른다. 동생은 진짜 갓난 아이로 돌아가 배가 고파 죽겠을 때처럼 서럽게 울어댄다. 화가 난 나는 동생을 마구 들이팬다. 내 구타를 견디기 위한 본능의 명령인지 동생은 무럭무럭 자라난다. 내 주먹에 와 닿는 것이 몰랑몰랑한 아기살이 아니라 성인 남자의 딱딱한 근육이라는 느낌이 들었을 때 나는 잠에서 깼다.

의식이 또렷해지자 묵직한 통증이 무엇인지 분명해졌다. 캄캄한 어둠을 헤치며 화장실로 달려갔다. 무르팍이 화장실 벽에 부딪쳤지만 용케 변기 위에 앉았다. 설사였다. 엄마와 아빠의 장례를 치르는 동안 사라졌던 월경도 다시 찾아왔다. 오랫동안 몸안에 갇혀 있었던 탓인지, 엄마가 토해놓은 시커먼 핏덩어리처럼 추하고도 서러웠다.

오랜만에 출근한 연구소가 새로워 보였다. 저녁 먹을 시간이 거의 다 되어서 빌빌대며 연구소에 나타난 그의 모습도 그랬다. 날이 이렇게 추운데도 그는 또 솔밭 타령이었다.

솔밭에는 사람이 하나도 없었다. 간이 식탁과 의자도 모두 한곳에 쌓아놓았다. 주변의 풀들도 다 말라 비틀어졌고, 보이는 것은 상록수라는 이름에 걸맞게 소나무뿐이었다. 식당 안으로 들어가는 수밖에 없었다.

식당 안은 눅눅한 온기가 가득했다. 안경이 뿌얘졌지만 그는 안경을 벗어 닦을 생각도 안 했다. 우리의 메뉴는 한결같았다. 식사를 반쯤 했을 때 내가 감사의 인사말을 꺼냈다. 그 먼 데까지 와주실지 몰랐어요, 선착장이 코앞인데 섬도 보고 오시지 그랬어요, 라고.

"어디? 저어기, 어, 어, 거제도 말이야? 에이, 뭐하러 거기까지 가, 어? 동수 씨 집도, 저어기, 어, 어, 섬이잖아?"

그런 식이면 소장님 집도 섬이잖아요, 라고 내가 응수했다. 그는 신대륙이라도 발견한 양, 동시에 바로 그 순간 그것이 아무짝에도 쓸모없는 일임을 깨달은 사람 같은 표정을 지었다.

"어…… 뭐? 그렇구나, 어, 그렇지."

고개를 주억거리는 동안 그의 커다란 콧구멍에서 콧물이 주르르 흘러내렸다. 손질을 하지 않아 제멋대로 자란 코털이 걸쭉한 물을 머금은 꼬락서니가 웃겼다. 나는 냅킨을 내밀었다. 그는 먹는 것도 중단하고 열심히 코를 닦고 겸사겸사 팽 풀기까지 했다. 옆에서 김치 통을 나르던 식당 아줌마가 한마디 거들었다.

"감기 조심해요! 아 참, 이번 주가 마지막이에요."

"어, 뭐가요?"

"겨울에는 우리 식당 문 닫잖아요? 몇 년째 오시면서도 모르세요?"

아줌마가 사라지자 그가 무슨 민망한 얘기를 한다고 내 얼굴도 보지 않고 불쑥 한마디를 내뱉었다.

"저어기…… 동수 씨, 섬을 찾아가자고 했잖아…… 저어기, 한번 가볼래, 어, 어?"

내 머릿속에서는 낙타 한 마리가 외로움이라는 말도 모른 채 마냥 외로움에 젖어 무거운 걸음을 옮기고 있는 사막이 떠올랐다. 동시에 아직도 고스란히 보존된 엄마의 통장 잔고 3만7천9십1원이 상기되었다. 나는 악다구니를 쓰며 말을 쏟아냈다. 그 돈으로 한 끼 식사를 거나하게 하고, 그렇게 힘이 난 몸으로 일을 해서 또 3만7천9십3원을 벌고, 또 그 돈으로 밥을 먹고 그 힘으로 일을 해서 3만7천9십5원을 벌고 등등하여 낙타를 사서 사막에 가면, 그러면 되겠냐고. 그는 신경질을 내며 말을 가로막았다.

"어, 어, 저어기, 동수 씨 말 다 맞거든! 그래, 어, 저어기 그 사막이 그 사막이 아니고 그 섬이 그 섬이 아니고, 어, 그래, 나 같은 놈은 계급의 적이나 다름없고 뭐, 저어기, 다 맞는데, 동수 씨는 왜 그렇게 말이 많아, 어!"

언성을 높이는 일이 좀처럼 없는 그였기 때문에(그럴 일이 있으면 대개는 혼자 술을 퍼마신 다음 두문불출, 폐업 선언을 함으로써 연구원들을 고문하는 게 그의 수법이었다) 나도 말문이 막혔다. 부모에 대한 이른바 죄의식, 동생에 대한 이른바 책임감, 그를 바라볼 때마다 치밀어 오르는 이른바 위화감 따위를 이런 식으로 풀 필요는 없는 것이었다. 그가 부잣집 외동아들에 대학교수인 걸로도 모자라 솔밭 식당에서 4천 원 짜리 소고기 국밥을 먹으며 근검절약의 미덕을 실천하고 여전히 선 자리가 넘쳐나는데도 마흔이 넘도록 궁상맞은 노총각 냄새를 풍기는 것이 무슨 죄인가. 너무 조리한 이 일이 왜 이리 부조리하게 여겨지냔 말이다.

순식간에 싸늘해진 내 얼굴 앞에서 그는 괜히 고개를 푹 숙이고 혼잣말처럼 웅얼댔다.

"내 말은 그러니까, 저어기…… 섬에 가자는 거였는데…… 어, 어, 길 안 막히면 삼십 분이면……"

그의 나지막한 더듬거림은 대답을 얻지 못한 채 한동안 더 이어졌다.

엄마가 죽은 날 애인과 정사를 하고 코미디를 볼 배짱이 없어서였을까. 아니, 나 역시 한낮의 바닷가, 뜨거운 태양 빛을 핑계로 사람을 쏘아 죽일 만큼의 배짱은, 나름대로 그 정도의 분노는 충분히 갖고 있다고 자부했다. 젠장, 그의 말마따나 무슨 말이 이렇게 많나. 어쨌거나 그와 나는 2년째 얼굴을 보아왔지만 엄연한 남남에 엄연한 주종 관계였다. 줄초상을 치르느라 여유 시간과 돈이 없는 것도 사실이었다.

방학이었다. 한동안 뜸하던 그가 연구소에 나타났다. 출장 신고서를 내밀면서도 내 눈을 똑바로 보지 못했다. 그래도 그냥 나가기는 멋쩍은지 큼직한 몸집과 두툼한 사지를 어찌할 줄 몰라 어기적대면서 그 특유의 더듬거리는 말투로 주접을 떨듯 말문을 열었다.

　"어, 어, 저어기, 친구 하나가 자칭 과학자인데, 뭐, 실제로도 조금은 그런 놈인데, 어, 어, 그 친구가 말이야, 올겨울에 툰드라에 간다네. 그러니까 어, 어, 툰드라를 보려고 스칸디나비아 반도 쪽으로 간다는데, 이 엄동설한에 진짜 한심한 거 아니냐! 어, 어, 아니지, 나도 툰드라나 가볼까, 에이, 대낮부터 웬 헛소리냐!"

　횡설수설의 대단원은 민망함과 어색함이 가득한 웃음으로 장식됐다.

　1월 말, 그는 툰드라와는 비교도 할 수 없을 만큼 덜 낭만적인 섬, 홋카이도로 떠났다. 그가 북해도의 눈 덮인 술집 속으로 침잠해 사케와 스시의 나날을 보내는 동안 연구원들도 번갈아가며 사라졌다. 혼자 연구소를 지키며 아무거나 두툼한 책을 펼쳐놓고 대사가 적은 정적인 영화를 보는 이 시간이야말로 낭만의 정점이었다. 하루가 멀다 하고 함박눈이 쏟아졌다.

한 날은 김밥과 사발면으로 점심을 때우고 솔밭에 올라갔다. 솔밭이 눈밭이 되어 있었다. 환하고 따뜻한 햇살이 눈밭에 꽂히자 눈이 아려왔다. 조심스레 눈을 밟으며 나는 '로맨틱'한 그에 대해, 그의 '판타스틱'한 섬에 대해, 우리의 삶 속에 자리 잡은 또 다른 섬들에 대해 생각했다. 김이 모락모락 나는 쇠고기 국물을 마시며 콧물을 흘리는 그의 모습이 떠올랐다. 웃음이 났다. 그가 보고 싶어졌다.

설날, 오늘내일하던 부모였지만 막상 그들이 사라진 자리는 크게만 느껴졌다. 영도가 전부 텅 빈 것 같았다. 나와 동생은 뭐라도 해야겠기에 소주 한 병, 말린 문어, 유과 몇 개를 싸 들고 영락공원에 갔다. 불과 몇 달 전에 묻었음에도 다 고만고만한 무덤들이 즐비한 묘지에서 그들의 안식처를 찾기란 미로 찾기에 비길 만했다. 정작 성묘를 한 시간은 아무리 늘여도 십여 분이었다. 그냥 집으로 가기도 뭣해 큰고모를 찾아갔다.

"너거 엄마 아빠가 그래도 남한테 나쁜 짓 안하고 착하게 살아서 너거들이 이래 잘산다. 동욱이도 마음잡고…… 동수는 이제 시집가야제? 너거 엄마가 니를 공주같이 키웠는데 망할 놈의 술 귀신이 들어갖곤……"

큰고모의 눈에 그윽하고도 눅눅한 온기가 어렸다. 택시비

라며 만 원짜리 한 장을 쥐여주기도 했다. 어느덧 할머니가
된 큰고모의 세뱃돈을 받아 쥐는 느낌이 새삼스러웠다.

　나는 부산에서 이틀을 더 묵었고, 큰 깨달음을 얻었다. 나
와 동생은 서로 못 잡아먹어 아옹다옹, 티격태격하면서도 어
쩌면 그렇기에 세상에 둘뿐인 양 살가운 사이였지만 이제는
한집에서 서로의 숨소리를 견디기 힘들었다. 동생도 더 이상
나더러 부산에 내려오라고 하지 않았다.

5

　봄이 제비를 불러왔고 제비가 박씨를 물어왔다. 소장이 귀
국했다며 전화를 걸어온 것은 목요일 아침이었다. 다음날에
는 그가 직접 나타났다. 겨우 한 달 남짓이었지만 오랫동안
못 본 것처럼 반가웠고 또 어제 만났다 헤어진 것처럼 익숙했
다. 그를 보자마자, 어딜 가나 왠지 모르게 계속 나를 짓누르
던 허함의 원인이 무엇이었는지 대번에 알 수 있었다. 봄바람
과 함께 제비가 물어온 박씨는 바로 그 깨달음이었다. 그럼에
도 나의 첫마디는, 생뚱맞게도, 툰드라였다.

　"어, 뭐라고? 아! 그 녀석, 어, 그렇지……"

　가도 가도 푸르스름한 이끼밖에 없는 눈 덮인 툰드라, 이글

루마저도 자연의 손이 만들어낸 것처럼 보이는 동토의 땅, 저 북극의 사막을 그는 어떻게 견뎠을까. 나의 궁금증에 그는 박장대소했다.

"어, 어, 동수 씨, 지금 무슨 동화 써, 어? 거기도, 어, 어, 사람 사는 데야. 아스팔트도 깔려 있고, 어, 어, 숙소도 멀쩡하고, 어, 어, 저어기, 거기에 다산기지 있잖아. 요즘은 프랑스 쪽 숙소를 쓴다든가, 어. 그러니까 동수 씨가 생각하는 것만큼 환상적인 데가 아니라는 거야. 어, 저어기, 사람 사는 게 다 그렇고 그렇지, 밥벌이가 환상적인 거 봤어, 어?"

그는 툰드라에 대한 나의 환상을 깨려는 척 열렬히 장광설을 늘어놓았다. 그가 귀여워 웃음이 나왔다.

"어, 어, 왜 웃고 그래? 저어기, 요즘 지구 온난화 때문에 생태학 쪽도, 어, 어, 엄청 바쁘고, 어, 어, 벌이가 쏠쏠할걸, 어, 어, 그렇지. 이 바닥하곤 틀려, 프로젝트 하나만 따도, 어, 그러니까……"

그를 빤히 쳐다보던 나는 아예 그의 말을 가로막아버렸다. 섬에 가요, 제일 가까운 섬에…… 순간 말을 잃은 그는 긴 속눈썹의 낙타마냥 멀뚱멀뚱 어리둥절한 표정을 지었다.

섬에 어스름이 내리면서 한밤의 불빛이 하나둘 피어났다. 나는, 몸을 섞는다, 라는 '판타스틱'하고 '로맨틱'한 문장이 어떤 것인지를 알아갔다. 그는 어설펐고 뒤뚱거렸고 허우적댔다. 그와 짝이 된 나도 별반 차이가 없을 것 같았다. 자신만만한 척, 도도한 척 굴어도 사랑의 몸짓만큼 촌스러운 것이 있을까. 이런 것도 천생연분일까. 우리는 엎치락뒤치락하며 히죽대고 낄낄거렸다. 알몸을 드러내놓은 채 그는 연거푸 재채기를 했다. 콧물이 흘러나왔다. 홋카이도가 작별 인사로 감기를 선물한 것 같았다. 나는 침대 옆의 티슈를 뽑아 그의 콧물을 닦아주었다. 그는 고추가 '요만한' 소년처럼 얌전히 있었다. 하지만 이불 위로 나온 내 몸을 바라보는 그의 시선은 전혀 소년답지 않았다.

"동수 씨는, 어, 어, 참…… 젊구나, 어, 그렇지…… 몇 살이더라?"

설을 쇠었으니 스물아홉이라고 말해주었다. 그는 갑자기 우울한 표정을 지었다. 하지만 마흔을 훌쩍 넘긴 노총각의 우울은, 성숙한 남성의 형식 어쩌고 하며 막연히 상상하는 것과는 달리, 어딘가 희극적인 데가 있었다. 그 희극성이 또한 역설적으로, 노총각의 우울을 더 묵직한 것으로 만들어주었다.

그날 밤 나는 비가 새는 시멘트 집이 아니라 툰드라 꿈을 꾸었다. 내 눈은 허공 어디에 설치된 카메라처럼 광활한 툰드라를 응시하고 있었다. 어릴 적 지리 교과서에서 본 흐릿한 툰드라 사진을 확대해놓은 것 같은 풍경이 펼쳐졌다. 동토

의 사막 위를 낙타 한 마리가 걸어가고 있었다. 그 곁을 낙타
만큼이나 고독하고도 온순한 남자가 걷고 있었다. 내 눈은 낙
타의 엉덩이와 그의 뒤통수를 오갔다. 그들의 얼굴이 보고 싶
었지만, 우리 사이의 거리는 꾸준히 유지되었다. 꿈속의 나는
조바심이 났지만 꿈 밖으로 나왔을 때는 왠지 개운했다.

　많은 낮과 많은 밤이 그의 섬에서 흘러갔다.
　5월도 그의 갸륵한 라면과 함께 시작됐다. 싱크대 앞에 선
그의 모습은 자못 비장했다. 가스레인지에 냄비를 올려놓고
서 그는 콩나물을 다듬고 청양고추를 썰었다. 물이 끓자 준비
된 재료를 집어넣고 뚜껑을 닫았다. 콩나물이 익었을 무렵 뚜
껑을 열고 건더기 스프와 양념 스프를 풀었다. 내용물이 끓어
소복이 솟아오를 때 드디어, 조심스레 라면을 담갔다. 사각형
이 해체되자 계란을 깨서 노른자와 흰자를 교묘하게 분리한
다음 라면 옆쪽으로 슬그머니 흘려보냈다. 물이 한 번 더 끓
을 때 깨끗하게 다듬은 부추를 가위로 썰어 탐스럽게 올렸다.
날이 선 풋풋한 부추들이 나긋나긋, 몽롱해지고 라면의 질감
과 양감이 절정으로 치닫는 짧은 시간 동안, 그의 긴장도 최
고조에 다다랐다.
　나는 약간 칼칼하고 짭조름한 그의 라면이 좋았다. 고추가
'요만한' 소년이자 성숙한 남성의 형식, 몸을 섞을 때의 그의

모습에 꼭 어울리는 맛이었다.

소담한 만찬을 끝낸 우리는 유리벽 앞에 앉아 진한 에스프레소를 마셨다.

"어, 어, 너는 어딘가 갸륵한 데가 있어……"

그는 어린 계집아이 다루듯 내 머리를 쓰다듬었다. '너'라는 호칭이 귓불을 간질였다.

"저어기, 우리, 섬 보러 갈까? 좀 멀리, 어, 어……"

나는 그러자고 했다. 겸사겸사 5월은 가정의 달이다.

둘이 함께 영도다리를 밟으며 바다를 건넜다. 다리가 끝나는 곳, 동상 하나가 우리를 맞이했다. 그가 동상의 발을 누르자 노랫가락이 흘러나왔다. 일절은 하나도 틀리지 않고 따라 불렀지만 이절에 이르자 '국제시장'과 '영도다리' 어쩌고 하며 흥얼대기만 했고 삼절에 이르자 화를 버럭 냈다.

"옛날에는 다 외웠는데, 어, 어, 이제 머리가 썩었나 봐, 에잇!"

나는 시종일관 깔깔댔다. 맨정신으론 곧장 택시를 타던 아빠가 이상하게도 술만 마시면 꼭 집까지 걸어왔다. 곤드레만드레, 갈지자로 비틀비틀, 아무도 흉내 못 낼 춤사위를 뽐내며 영도다리를 건너는 것이 아빠에겐 대단히 낭만적인 일이라도 되는 것 같았다. 그때마다 동상의 발을 밟아준 까닭에 아파트 복도에서부터 「굳세어라 금순아」가 울려 퍼졌다. 손에는 꼴뚜기, 일명 호루래기 봉지가 들려 있었다. 조만간 한껏 닭을 바가지는 잠시 밀쳐두고 엄마는 무부터 썰었다. 촉촉하고 달콤한 무채와 싱싱한 꼴뚜기에 달콤새콤한 양념이 버무려졌다. 최악의 시기로 기억된 영도의 그 시절이 이제, 황금시대로 거듭났다. 그러게, 굳이 그 섬을 찾아갈 필요가 있을까요, 하고 내가 물었다.

"어, 섬? 그러니까 지금 가고 있잖아, 어, 어, 그렇지."

그는 숨을 헐떡였다. 그때 동생이 전화를 했다. 누나가 애인을 데려간다니 제법 애가 타는 모양이었다. 결국 우리는 택시를 타고 꼬불꼬불 비탈길을 올라갔다.

섬은, 참, 가팔랐다.

우연론과
인과론

1

삼촌의 귀향에 대한 얘기는 달라도 너무 달랐다.

"집을 아주 예술적으로 지어놨더라."

이런 말로 아빠는 운을 뗐다. 그 예술적인 집을 짓느라 6천만 원의 거금이 들어갔단다.

"사는 것도, 뭐라 카꼬, 억수로 예술적이더만."

아이러니는커녕 동경이 십분 배어 나오는 어조였다.

삼촌은 아침 일찍 일어나 밥을 먹고 책상 앞에 앉는다. 최근에는 희랍어를 배우는 재미도 쏠쏠하다. 오전에는 텃밭을 가꾸고 오후가 되면 차를 몰고 읍내로 나간다. 늦은 저녁, 텃밭에서 거둬들인 것을 다듬고 다시 책상으로 간다. 어둠이 내리면 기다렸다는 듯 잠자리에 든다.

"용태가 돈도 어북(어지간히) 벌어놨는 갑더라. 딸들도 다 컸겄다, 차도 있겄다, 냉장고도 있겄다, 에어컨도 있겄다…… 옛날에 우리 살 때랑 같나……"

그 옛날, 그 자리에는 우리 집이 있었다. 부산의 달동네로 올라가기 위해 정든 고향집을 버린 아빠의 눈에 삼촌은 해탈한 지식인, 진정한 영웅이었다.

엄마 얘기 속의 삼촌은 영 딴판이었다.

"마누라도 없이 그래 혼자 불쌍하게 살더라."

예술적인 집은 졸지에 귀신이라도 나올 법한 폐가로 탈바꿈했다. 먹을거리가 풍성한 초여름도 시련의 도가니가 됐다.

"혼자 저카고 있으니 죽었는지 살았는지도 모른다 안 카나. 보리밥이나 콩밥에 오이나 고추 같은 거 그냥 생걸로 먹고. 나보고 반찬이라도 해다 주라 카지만……"

이어지는 엄마의 말은 시동생의 뒤를 봐줄 수 없는 형수의 가식적인 변명이었다. 시부모 봉양은 물론 중고생 시동생들의 뒤치다꺼리까지 도맡았던 젊은 맏며느리의 삶이 파노라마처럼 펼쳐졌다. 그 끝에 일반론도 하나 도출되었다.

"인생 다 살아봐야 안다 카더니, 용태가 저리될 줄 우찌 알았겄노?"

첩첩산중에 혼자 방치된 괴상한 중년 기러기. 청승과 궁상도 저 정도로 떨면 나름 예술이려나.

삼촌의 운명에 우연론을 적용할까, 인과론을 적용할까. 옛 남자 친구의 소식을 들었을 때도 던져본 질문이다. 경영학과를 졸업하고서 결혼과 동시에 유럽으로 유학을 갔다가 학교를 다니는 대신 적도 한가운데로 떠난 남자. 우간다를 다녀온 것이 시작이었다. 이후 그는 위도 25도 안팎, 커피 벨트의 몇몇 나라를 오가며 커피콩을 사 왔다. 공정무역이 그의 방랑벽에 명분을 제공해준 것 같았다.

2

금요일 오후, 걸레질하느라 바쁜 손에 메시지가 훼방을 놓는다.

'전주 출장. 내일 일어나자마자 출발한다!^^'

둘째 출산을 전후하여 착실하게 곪아온 고름이 뭉툭한 손톱만 닿아도 터져버릴 것 같다. 말이 주 5일 근무지, 영업사원에게는 주말이나 공휴일에도 어김없이 일이 있다. 상무 아들 결혼, 거래처 사장 딸 결혼, 생산팀 부장 부친 사망……

인도네시아 검수단 도착, 일본 바이어 도착, 호주 바이어 긴급 방한…… 합천 파이프 사고, 나주 파이프 사고, 홍성 파이프 사고…… 왜 모든 파이프는 주말을 앞두고 터질까. 수사적 표현이지만 처자식 먹여 살리려고 인생의 절반을 고속도로 위에서 보내는 남편이 딱한 것도 사실이다.

욕실 문을 닫고서 게슈타포에게 들킬세라 조용조용, 조심조심 걸레를 빤다. 짧은 울음소리가 들린다. 후다닥 달려가 아직도 정신이 멍한 아이를 안아 올린다. 거의 동시에 핸드폰이 윙윙댄다.

"새댁, 잘 지냈어?"

주인 할머니의 용건인즉, 전세금을 올려달라는 것이다.

"이번에 우리 딸이 애들 교육 때문에 호주로 갔거든. 돈이 너무 많이 들어간대. 추석 때 나오니까 그때 얼굴도 한번 보고 계약서도 다시 쓰고 하면 좋겠는데."

남편과 상의해보고 연락을 드리겠다고 말한다. 그 참에 수압계 문제도 다시 꺼낸다. 세입자의 요구에 할머니는 예의 그 비굴할 정도로 불쌍한 저자세를 취한다.

"그러게 내가 가서 한번 봐야 하는데, 돈 들어갈 일이 좀 많아야 말이지. 자식 많으면 바람 잘 날 없다고 우리 작은아들도 지금……"

이어 할머니의 사정이 쭉 이어진다. 전부 딱하기 그지없는 것들이다.

원래 우리 아파트의 주인은 중국에 살았다. '우연이'라는 인상적인 이름에 복사된 주민등록증의 흐릿한 사진으로도 두드러지는 미모였다. 69년생 우연이가 캥거루와 코알라의 나라로 갔단다. 겸사겸사 커피콩을 사러 다니는 옛 남자친구가 69년생이었다.

냉장고에서 어젯밤에 만들어둔 당근 브로콜리 진밥을 꺼낸다. 끓인 물을 부어 찬기를 없앤다. 엄마가 부산을 떨자 아이도 흥분한다. 그러나 쟁반에 담겨온 물그릇과 밥그릇을 보자 실망한 기색이 역력하다. 밥숟가락을 입에 갖다 대니 고개를 도리도리 내젓는다. 한 손으로 머리를 쥐고 억지로 먹이려고 하자 소리를 지르고 몸을 비틀고 팔을 마구 내젓는다.

"건우 밥 먹기 싫어? 그럼 엄마도 건우 밥 안 줄 거야."

모자는 서로의 눈을 쳐다보며 대치한다. 잠깐 움직임을 멈추었던 아이는 한 손을 들더니 쟁반으로 가져간다. 그러고는, 옆을 줄 알았는데 저리로 슬쩍 밀어내는 것이다. "으음!" 소리를 내며 고개를 도리도리 내젓기까지 한다. 결국 나는 자리에서 일어난다. 엄마가 냉장고의 쪽문을 여는 모습을 보자 아이의 목소리와 표정이 금세 달라진다. "아, 아!" 격렬한 기쁨 뒤에 어설프지만 "치! 즈!" 소리도 들린다.

치즈 한 장을 바닥내고 밥 반 공기를 비운 다음 나른한 포만감에 젖어 엄마 품으로 안겨드는 아이. 이 아이가 나의 둘째 아이 건우다. 아들이다. 첫아이는 딸이고 이름은 우진이다. 우진이는 예정일보다 두 주 빨리 태어났고 8개월이 지나면서 걸음을 떼고 돌을 넘기고는 뛰어다녔다. 건우는 예정일보다 닷새 늦게 태어났고 15개월이 가까워지고 있음에도 여전히 기고 있다. 이런 차이는 어디서 생길까? 성별? 딸아이는 빠르고 남자아이는 늦다고들 한다. 순서, 즉 첫째냐, 둘째냐? 보통 첫째는 느리고 둘째는 빠른데, 그 이유는 말 그대로 둘째이기 때문, 즉 첫째의 행동을 모방하기 때문이란다. 몸집의 차이? 몸집이 작으면 발달이 빠르고 몸집이 크면 그 반대라고들 한다. 그러나 실제로 두 아이가 생겨나 자라가는 과정은 이런 인과론을 지지해주는 척하면서 의뭉스럽게 비껴간다. 아니면, 엉성하고 느슨한 우연론의 망 밑에 촘촘한 인과론의 고리를 숨기고 있는 것일까.

　4시가 훌쩍 넘은 시각, 건우를 유모차에 태우고 집을 나선다. 우진이가 막 어린이집에서 나온다. 셋이 함께 근처 부동산에 들렀다가 놀이터로 간다. 우진이는 말을 탄다. 시커먼 때가 낀 노란 플라스틱 말인데 정말 볼품없는 생김새이다. 그 옆에는 시소가 하나 있다. 열서너 살쯤 되어 보이는 소녀가 한쪽에 앉아 있다. 얼굴이 제법 예쁘장하게 생겼는데 어딘가 이상하다. 맞은편에는 늙은 엄마인지 젊은 할머니인지 헷갈리는 중년 여자가 앉아 있다. 둘이 함께 춤추듯 시소를 탄다. 그 소리에 맞추어 건우가 시나브로 잠이 든다.

우진이가 말에서 자동차로 옮겨간다. 역시나 시커먼 때가 낀 볼품없는 빨간 플라스틱 자동차다. 시소를 타던 소녀가 큰 소리로 "엄마!"라고 외치며 뭐라고 옹알댄다. 순간, '다운증후군'이라는 말이 뇌리를 스친다. 임신 중에 받았던 각종 검사와 그때마다 정도의 차이를 두고 수반되었던 불안이 상기된다. 의학은 모든 것을 인과론으로 환원하고 그 본질상 그래야 한다. 하지만 실상은 어떤가. 소년들이 돌멩이처럼 굴러와 파란 시소와 노란 말과 빨간 자동차를 몽땅 차지한다. 모녀의 행복한 시소 놀이도 끝난다. 여전히 자고 있는 건우도 깨울 겸 유모차를 조심스레 밀며 슈퍼마켓에 간다.

찬거리를 사는 동안 잠에서 깬 건우가 칭얼댄다. 허기가 진 탓도 있을 것이다. 진짜 허기가 졌고 자기가 허기가 졌음을 아는 우진이는 대놓고 짜증을 낸다. 애호박과 표고버섯과 두부를 유모차 밑의 광주리에 넣고, 칭얼대는 작은아이는 등에 업고, 짜증 내는 큰아이는 유모차에 태운다. 볼썽사나운 귀갓길이다.

밤 9시를 넘긴 시각. 스무 평 남짓한 아파트, 우레탄 덮개 밑에 모래를 감춰놓은 놀이터, 공터와 잔디밭과 나무 벤치가 있는 구청 앞, 매일매일 축산물과 수산물과 채소 중 하나를 싸게 파는 슈퍼마켓 사이를 오가며 그리는 동선이 마무리되었다. 어둠이 내렸고 아이들이 잠들었다. 아무 말도 하지 않아도 되고 아무 움직임도 하지 않아도 되는 상황. 이 상황이 너무 좋아 얼마간을 그렇게 있다. 인스턴트커피 몇 알을 뜨거운 물에 녹인다. 코를 간질이는 뜨거운 기운과 향기, 혀끝에 와 닿는 엷은 커피 맛. 다시금, 아무 말도 하지 않아도 되고 아무 움직임도 하지 않아도 되는 이 상황이 너무 좋다. 너무 좋아 아무데도 가고 싶지 않다. 아무데도 가지 않고서 전주로 간 남편, 거창의 산골로 들어간 삼촌, 코알라와 캥거루의 나라로 떠난 69년생 우연이, 값싸고 질 좋은 커피콩을 찾아 우간다와 네팔과 페루를 오가는 69년생의 옛 남자 친구를 되는 대로 마구 생각한다.

3

내 기억 속의 용태 삼촌, 즉 막내 삼촌은 항상 대학생이었다. 다른 삼촌들과는 달리 키가 훤칠하게 크고 몸매가 늘씬했으며 깨끗하게 면도한 얼굴에는 풍성한 턱수염과 구레나룻의 파르스름한 뿌리 자국이 도드라졌다. 우리 집에 얹혀사는 처지임에도 삼촌은 왕자처럼 늠름하고 성주처럼 당당했다. 단층짜리 주택에 방 두 칸을 빌려 쓰는 우리 집에는 참 어울리지 않는, 향긋한 비누 냄새를 풍기는 미남의 영문학도. 이 초상화를 완성하는 데 꼭 필요한 소품이 그의 손에 들린 한 권의 양서였다. 책은 주기적으로 바뀌었다. 그는 "햄릿"에 "맥베스"였고 "등대로" 떠나는 "율리시스" "오만과 편견"에 사로잡힌 "젊은 예술가의 초상"이었다.

영문학도는 대학에 오래 머물렀다. "4월은 잔인한 달"로 시작되는 얄궂은 작품이 그의 연구 대상이었다. 석사 논문을 준비하는 동안 삼촌은 학원에서 영어를 가르쳤다. 2년쯤 뒤에는 얼굴이 계란처럼 갸름하고 쌍꺼풀이 크게 진 예쁜 언니와 결혼했다. 뽀얀 피부에 젖살이 다보록한 그녀는 삼촌 강좌의 수강생이었다.

숙모가 뱃속에서 둘째를 키우고 있을 때 삼촌은 거의 사오 년간 붙들고 있던 석사 논문을 끝냈다. 이른바 엄정한 심사를 거쳐 석사 학위를 따고 박사 과정을 밟는 동안 그의 청춘도 저물어갔다. 처자식이 딸린 삼십대 가장, 육아와 가사에 시달리는 서른을 목전에 둔 아내, 앞서거니 뒤서거니 올망졸망 커가는 두 딸, 방 두 칸의 전세 연립주택…… 삼촌은 모든 희망을 박사 논문에 걸었다. 일단 쓰기만 쓰면 박사 논문이고 제출만 하면 학위를 따는 것이고 학위만 따면 교수가 되는 것이었다.

석사 논문을 통해 엘리엇의 쓴맛 단맛을 다 보았다고 판단한 삼촌은 일찌감치 주제를 바꾸었다. 파고 또 파도 마르지 않는 샘물, 셰익스피어였다. 주제 하나를 잡아 몇몇 작품을 연구해볼까, 아니면 한 작품을 골라 집중적으로 해부할까. 이 고민을 하는 동안 한 학기가 흘렀다. 아무래도 후자가 낫다는 결론에 도달, 작품을 고르기 시작했다. 비극과 희극과 로맨스와 역사극 중 어떤 걸로 할까. 돌고 또 돌아 저 유명한 『햄릿』으로 낙착되는 데 꼬박 세 학기가 지났다.

고등학교 3학년 여름 방학, 나는 삼촌 집에서 일주일을 보냈다. 삼촌은 강의가 없는 날이면 하루 종일 도서관에 틀어박혀 있었다. 삼촌의 책상 위에는 원서들이 여봐란듯 펼쳐져 있었다. 책장에 입추의 여지도 없이 빼곡히 들어차 있는 것도 전부 그렇게 두툼하고 묵직한 원서들이었다. 녹초가 되어 귀가하는 삼촌의 손에도 원서가 들려 있었다. 부질없이 손때를 탄 어딘가 처량해 보이는 『Hamlet』. "To be, or not to be……" 어느덧 삼십도 후반으로 접어든 햄릿은 "사느냐 죽느냐"도 아닌, 그 문구의 해석을 담은 무수한 논문과 연구서를 정리하느라 식은땀을 줄줄 흘리고 이를 바득바득 갈고 있었다. 그사이 삼촌의 시간의 돌쩌귀가 왕창 어긋나버렸다. "The time is out of joint."

몇 년이 지나도록 논문이 쓰이지 않자 삼촌은 두 손 두 발 다 들었다. 그놈의 박사, 그놈의 교수는 남한테 주고 영어 강사로 살자, 그렇게 자본금을 모아 마흔다섯이 되기 전에 학원을 하나 세우자. 그러고서 애매하게 발가락 몇 개를 걸어두었던 대학을 박차고 나왔다. 할아버지 수준의 지지부진한 늦깎이 연구생보다 여전히 젊은 축에 들어가는 관록 있는 강사가 몇 배는 더 상쾌해 보였다. 실제로도 그의 삶은 상쾌했다. 그 럴수록 삼촌에겐 더 잘사는 동네, 더 넓은 아파트, 더 질 좋은 음식이 필요했다. 그 요구를 삼촌은 간당간당 만족시켰고 그 간당간당함을 즐겼다. 다른 변수가 없었더라면 그의 한 세월은 그렇게 끝났을까.

'유나이티드 킹덤'에서 누군가가 날아왔다. 그냥 영문학도도 아닌 영어학 전공에 교수법까지 공부한 데다가 어엿한 박사였다. 그런 자가 대학에 자리 잡는 것을 일찌감치 포기하고 학원 판에 뛰어든 것이다. 학원이 통째로 흥분했다. 삼촌은 자신의 성실함과 노회함, 무엇보다도 대한민국의 입시 제도에 대한 방대한 정보력을 믿었다. 그 자신감으로 '네이티브 스피커'나 다름없는 박사 강사와 맞섰다. 패배가 예정된 싸움이었다. 그럼에도 삼촌은 오랜 시간 호기롭게 저항했다. 질기게 버팀으로써, 그리하여 참담한 파국을 맞이함으로써 자신의 존재를 증명하려는 듯. 정녕 서사는 몰락에서 시작된다.

사십대의 삼촌은 거창 군민이었다. 그는 영강 근처의 새 아파트에 살면서 고물처럼 낡은 엘란트라를 몰고 거창 일대의 소도시를 돌아다녔다. 교육적으로 소외된 사람들, 적어도 그런 소외감을 느끼는 사람들에게 부산에서 이름을 날리던 명강사의 출현은 가뭄의 단비였다. 게다가 바람을 쐬는 정도가 아니라 아예 귀향한 것이라지 않나. 다들 나가려고만 하는 세상에서 다시 들어오는 데 얼마나 많은 용기가 필요한지는 누구나 알았고, 이 점을 높이 쳐주었다. 영어 선생으로서 그의 주가는 나날이 치솟았다.

마지막으로 봤을 때 삼촌은 비교적 건강한 생활인의 모습이었다. 하지만 숙모의 얼굴은 형편없이 망가져 있었다. 커다란 두 눈은 허허로운 구멍처럼 덩그러니 뚫려 있었다. 부산 토박이인 그녀가 일거리도, 친척도, 친구도 없는 산간벽지에서 얼마나 마음고생이 심했을지 충분히 짐작이 됐다. "너거 삼촌 평생 한 될까 봐 들어가긴 했지만 애들 대학만 가면 나도 거창 나올라고." 삼촌은 그녀 옆에 헐렁하고 엉성한 자세로 앉아 초연과 달관의 표정을 지었다. 각각 엄마와 아빠를 쏙 빼닮은 두 딸은 부모의 찬란했던 한 시절을 다부지게 보여주려는 듯 너무나 예뻤다. 인간의 몰락과 상승의 찰나적인 접점을 포착한 것 같은 풍경에 눈이 시려왔다. "거창에도 있을 건 다 있어요." 큰딸은 쌍꺼풀이 크게 진 영롱한 두 눈을 굴리며 이런 말도 했다.

4

 토요일 아침. 건우가 누나 뒤를 졸졸 따라다닌다. 그러다 얼음 망치 놀이를 하는 것처럼 갑자기 움직임을 멈춘다. 발끝을 살짝 들면서 다리 한쪽을 움찔하기도 한다. "엥!" 한 차례의 파고가 지나갔는지, 터질 것처럼 시뻘게졌던 얼굴빛이 원래대로 돌아온다. 잠시 뒤 아이는 엄마에게로 설설 기어오더니 엄마의 어깨를 잡고 엉성하게 선다. 다시 온몸에 힘이 들어가고 얼굴이 시뻘게진다. 조심스레, 격려하듯 아이의 등을 쓰다듬는 동안 두번째 파고가 지나간다. 저만큼 기어가는 아이에게서는 막 나온 똥이 모락모락 연기처럼 냄새를 피워낸다.
 "엄마, 건우 응가했어!"
 우진이는 손뼉까지 친다. 엄마를, 엄마 젖을 빼앗아간 동생을 마구 할퀴고 싶어도 혼날까 봐 그러지도 못하고 분한 마음에 손만 부르르 떨던 녀석이 동생이 대변을 볼 때는 그렇게 신이 나는 모양이다.

건우의 대변을 치우는 걸로 시작된 하루는 또다시 말과 움직임으로 채워진다. 아이들 아침을 먹이고 나도 먹고 아이들 목욕시키고 나도 씻고 청소를 하고 빨랫감을 싹 쓸어 세탁기 안에 넣고…… 어느덧 점심때다. 한숨을 돌리고 전열을 정비하는 엄마를 향해 건우가 엉금엉금 기어온다. 내 어깨를 잡고선 아이를 살포시 안아준다.

"엄마, 나도, 나도!"

우진이가 옆에서 까불어댄다.

"엄마 몸은 하나인데 둘을 어떻게 다 안아주니?"

큰아이는 금세 불퉁하고 시무룩해진다. 짧은 시간, 분노와 반항, 체념과 인내 사이를 오가다 후자 쪽으로 마음을 굳혔는지, 슬그머니 내 등 뒤로 와서 머리를 기댄다. 몸의 앞판과 뒤판에 아이 둘을 붙이고 있자니 묘하게 뿌듯하고 푸근한 느낌이다. 갑자기 건우의 몸에 힘이 들어가는가 싶더니 큰 소리로 울음을 터뜨린다.

"엄마, 오늘 건우 응가하는 날이야!"

날도 덥고 양도 많아 다시 씻기지 않을 도리가 없다. 10킬로가 훌쩍 넘지만 아직 제 몸도 잘 못 가누는 사내아이를 두 번이나 씻기자니 힘에 부쳐 슬슬 성질이 난다. 이런 심사를 귀신같이 아는 건우는 또 건우대로 더 버둥거린다. 건우의 손에 크림 통 뚜껑을 쥐여주고서 간신히 기저귀를 채우고 나니 우진이가 크림 통에서 크림을 신나게 파내고 있다.

"김우진!"

그 일에 어찌나 몰입했는지 우진이는 몸을 부르르 떤다. 엄마의 성난 얼굴을 보면서도 뭘 잘못했는지 모르겠다는 투다. 그사이 건우는 냉큼 몸을 뒤집은 다음 누나 옆으로 기어가고, 눈 깜짝할 사이에 어설픈 몸짓으로 크림 통에 손을 푹 집어넣는다. 나는 얼른 건우의 손에서 통을 낚아챈다. 그 반동 때문에 건우의 상체가 앞으로 수그러지는가 싶더니 갑자기 자지러질 것 같은 울음이 터져 나온다. 순식간에 건우의 입이 피범벅이 된다. 건우를 안아 올려 달램과 동시에 손에 잡히는 대로 가재 수건을 입안에 넣었다가 뺀다. 내 어깨도, 가재 수건도 금방 피에 흠뻑 젖는다. 우진이도 옆에서 엉엉 울고 있다. 이 최악을 멋지게 장식해준 것은 막 도착한 남편의 메시지.

'마누라야, 흑흑, 늦잠 잤어. 저녁은 아빠랑 먹자^^;'

목놓아 울고 싶은 마음을 두 아이가 표현해준다. 우선 건우에게 젖을 물린다. 금방 곯아떨어지는 걸 보니 상처는 크지 않은 모양이다. 그사이 울음을 그친 우진이는 엄마의 젖무덤에 얼굴을 파묻은 채 새근대는 동생을 우수에 찬 눈으로 하염없이 지켜보다가 조용히 잠이 든다.

남편이 집에 온 시각은 밤 9시경. 서울 근처에서 길이 막혔단다. 항상 이런 식이다. 길은 어디선가, 언젠가는 꼭 막힌다. 막히기 위해 뚫려 있는 것이 길이다.

"그렇게 큰 교통사고는 처음 봤어. 뇌수가 터졌나 봐. 노란 물이 뇌수밖에 더 있겠어?"

녹초가 된 그의 얼굴에는 죽을죄를 지은 것 같은 표정이 드리워져 있다. 그 죄를 사해달라는 듯 플라스틱 상자 두 개를 내놓는다. 그것은 놀랍게도, 오디였다. 한 알을 집어 입안에 넣어봤다. 물컹하고도 달콤한 기운이 입안으로 퍼지지만 어딘가 울적한 맛이다.

"아빠, 이거 블루베리야?"

누나의 물음이 떨어지기가 무섭게 동생은 손부터 갖다 댄다. 손에 닿는 감촉이 신기한지 움찔 물러서더니 한 박자 쉬고 다시 손을 갖다 대는데 이번에는 제법 대담하다. 낮잠을 푹 잔 탓에 둘 다 눈이 말똥말똥하다. 박스 두 개를 냉큼 냉장고에 집어넣었지만 뭔가 마뜩잖다. 시쳇말로 '즉취 식품'이 아닌가.

5

7시경, 남편은 부장과 함께 전주의 대리점에 도착했다. 업무는 곧바로 끝났지만 먼 길을 온 김에 자기 처남을 한번 보고 가라는 대리점 사장의 말에 귀가 솔깃했다. 완주군에서 대규모 농장을 경영하는데 파이프 산업에 관심이 많다는 것이었다.

남편과 부장의 차는 GPS의 가르침을 받으며 푸르디푸른 논밭을 착실히 가로질러 갔다. 마침내, 황량한 들판에 숲속의 오두막처럼 호젓하고 자그마한 집 한 채가 나타났다. 한 남자가 허겁지겁 달려왔다. 짙은 구릿빛 얼굴, 그 얼굴에 새겨진 산 지렁이처럼 굵은 주름살, 앙상한 팔뚝과 손등을 휘감은, 툭툭 튀어나온 검붉은 핏줄…… 아무래도 대규모 농장을 경영하는 농장주의 느낌은 아니었다.

"안 그래도, 씨방, 매형이 전화했드라고. 어서들 오셔."

남편과 부장은 거실로 안내되었다. 선반과 탁자와 벽 곳곳에 아들딸과 손자 손녀의 사진이 세워져 있고 붙어 있고 걸려 있었다. 공간 자체가 사진을 위해 존재했고 그것이 곧 역사였다. '빛바랜'이라는 수식어를 꼭 붙여야 될 것 같은 흑백사진 속의 올망졸망 촌스러운 아이들이 학사모로 자라났고, 그 학사모들이 제 짝을 만나 아들딸을 낳은 다음 칼라 가족사진의 주인공으로 거듭났다.

농장주의 아내가 밥상을 차려왔다. 자반고등어 한 토막을 빼면 풀 천지였다. 부장은 황홀경에 들떴다.

"요즘은 염분이 나쁘다고 자반고등어도 싱겁게 만들던데 이건 진짜네요! 된장국은 이거, 아욱인가요? 머위며 완두콩 이며…… 다 유기농일 거 아닙니까."

"암, 그렇고말고. 옛날에야 부지런히 농약을 쳤지만 요새는, 씨방, 몸이 따라줘야 말이지, 농약 치는 건 엄두도 못 내. 그러니까 그냥 지들이 알아서 크고 알아서 열매 맺고그려. 절로 유기농이 된다니께."

애매한 동문서답이 오가는 중에 풀밭 밥상이 나가고 술상이 나왔다. 인삼주, 복분자주, 매실주, 솔방울 술, 왕벌 술, 뱀 술 등 열 개는 족히 넘는 장독에 가득 담겨 있는 술을 일일이 다 퍼온 것이었다. 풋풋한 솔방울이 알코올 속에 송골송골 맺혀 있고, 형체와 질감과 색감이 고스란히 보존된 벌 수십 마리가 입추의 여지없이 들어차 있고, 알코올 속에 생매장된 얼룩무늬 뱀 한 마리가 대가리를 위로 쳐들고서 병마개를 향해 독을 뿜어내고 있었다. 부장은 그 술을 한 모금씩 홀짝홀짝 들이켜며 음미했고, 남편은 표정 관리를 하느라 애썼다.

"각설하고, 여다가 대리점을 낼까 하는디, 씨방, 좀 도와

들 줘."

"안 그래도 한동수 사장님께서 그러시더라고요. 정확히 어디에다……"

"여다가 낸다니께! 이게 다 내 땅이여. 작년에는 집도 새로 지었구먼."

"아, 예…… 그래도 대리점을 내려면 우선 자본금이 많이……"

"나 돈 많이 벌었어, 씨방, 재산이 십 억도 넘는당께. 우리 아들딸도 다 서울 살어, 씨방, 큰놈은 의사고 작은놈은 변호사고 큰딸은 교사고 작은딸은 인물이 정윤희 뺨치게 좋아서 판사한테 시집을……"

농장주의 목구멍에서 뱀술 냄새가 솔솔 풍겨 나왔다. 뱀이 허물을 벗듯 그의 말도 계속되었다. 인생의 각 시즌마다 조금씩 변주됐을, 꼭 압운을 맞춘 것처럼 질서정연한 자식 자랑은 숙연하고도 권태로운, 또 권태롭고도 숙연한 분위기를 자아냈다.

"아무리 그래도 파이프 사업이 생각보다 어렵고요, 파이프에 대한 전문 지식도 필요하고……"

"허, 이 양반이 참! 씨방, 뭘 해도 농사짓는 것보다 어렵깐디? 좀 잘 가르쳐줘봐이, 씨방, 내가 칠십둘이라도 머리가 잘 돌아가는 편이여."

'칠십 둘'이라는 나이에 부장은 눈앞이 아찔해지는 느낌이었다.

농장주는 굳이 그들을 숙소까지 바래다주었다. 온갖 편의 시설을 갖춘 민박집이고 엎드리면 코 닿을 데 있다고 했다. 도무지 코가 얼마나 길어야 할까. 남편과 부장은 어느덧 캄캄해진 논밭 사이로 난 시골길을 하염없이 걸어갔다. 종류별로 골고루 마신 술이 다 깰 정도였다. 드디어 자그마한 집 한 채가 나타났다. 문을 두드리자 쉰 살은 족히 되었을 법한 남자가 나왔다.

"이 양반들 오늘 여기서 자야 쓰겄는디?"

남자는 별다른 대꾸도 하지 않고 안으로 들어갔다가 얇은 잠바 하나를 걸치고 다시 나왔다. 농장주가 부장을 향해 말했다.

"그래도 이 사람한테 숙박료는 줘야 쓰겄는디?"

넋 놓고 있던 부장은 얼른 지갑을 꺼냈다.

"저어기, 얼마나?"

"좀 넉넉히 줘, 씨방, 한 삼만 원이나……"

창졸간에 집을 뺏기고도 무덤덤한 기색이던 중년 남자는 지폐 세 장도 무성의하게 받아들었다. 그러고는 부장과 남편이 막 뚫고 온 시골길의 어둠 속으로 사라졌다.

부장은 안방에서 자고 남편은 마루에서 잤다. 일어나는 즉시 혼자 서울로 출발할 작정이었다. 그러나 눈을 떴을 때는 남쪽 나라의 뜨거운 아침 햇살이 얼굴을 사정없이 찔러대고 있었다. 아차! 시계를 본 남편은 벌떡 일어나 마당으로 나갔다.

"이제 일어났는겨?"

한 아주머니가 인사를 건넸다. 생면부지의 관계지만 우리 집에서 잤으니 가족보다 더 허물없는 사이라는 투였다. 그녀는 툇마루에 앉아 완두콩의 꼬투리를 벗기고 있었다.

"읍내 나가는 버스 어디서 서요?"

"저어기 전봇대 보이지? 저기서 옆으로 꺾으면 금방이여."

전봇대까지도 백 미터는 족히 넘어 보였다. 남편은 곧바로 가방을 들쳐 메고 마당을 나섰다.

"벌써 가는겨? 한 11시는 돼야 오는디."

버스 배차 간격이 그렇게 길 수 있다는 사실이 서울내기인 남편에게는 부조리처럼 여겨졌다. 하는 수 없이 그는 완두콩 더미를 헤적였다. 꼬투리를 벗기니 완두콩 다섯 알이 동화의 주인공들처럼 소복이 들어 있었다. 부장이 졸린 눈을 비비며 문을 열고 나왔다. 비슷한 시각에 농장주도 나타났다.

부장과 남편은 점심을 얻어먹고 떠날 채비를 했다. 농장주가 조심스레 말을 꺼냈다.

"아 참, 어젯밤에 내가 뭘 좀 했는데 말이여……"

순식간에 일회용 플라스틱 박스가 나타났다. 거의 검다고 할 만큼 짙은 보라색에 알이 포동포동 굵은 최상품의 오디였다. 부장이 환호성을 질렀다.

"아이고, 이 귀한 걸! 오디 아닙니까! 부모님이 양잠을 하셔서 집 주변이 전부 뽕나무밭이었거든요. 야, 거참, 어릴 때 형이랑 오디 따먹고 입이며 손이 전부 시퍼레져 갖곤, 하하!"

"어허, 씨방, 이 양반이 뭘 좀 제대로 아는구먼. 내가 어제 밤새 딴 거여!"

농장주와 부장은 신이 나서 떠들어댔고 남편은 양미간을 찌푸렸다. 가느다란 초록색 줄기는 날카로운 칼날에 싹둑 잘린 쥐꼬리 같고 열매 부분은 기형이나 돌연변이 굼벵이에 색소를 입혀놓은 것 같았다. 박목월의 시에서나 들어본 오디, "뽕나무 열매"를 그날 처음 본 것이었다.

남편과 부장이 차에 탔다. 농장주는 막 닫히는 창문에다 대고 간밤에도 곱씹었을 법한 얘기를 꺼냈다. 천기누설하듯 반쯤 속삭이는 어조에 자신이 노회한 사업가임을 과시하려는 듯 눈도 찡긋했다.

"씨방, 대리점은 언제쯤 낼 수 있을까, 엉?"

6

"그 할아버지한테 연락할 거야?"

남편은 바지 호주머니를 뒤적여 지갑을 꺼냈다. 명함을 잔뜩 꽂아둔 칸에 줄무늬 종잇조각 하나가 생뚱맞게 들어 있다. 옛날 공책에서 찢었는지 냄새가 난다. 그의 이름과 주소와 전화번호가 또박또박 적혀 있는데, 볼펜 똥이 시커멓게 묻어 있다.

"뭐? 부장은 아예 전화도 받지 말래. 혹시라도 대리점 차렸다가 노후 비용 다 날리면 어떡하냐고."

이렇게 말하며 남편은 자기 배에 붙이다시피 안고 있는 건우를 내려다본다. 일요일 오전, 온 가족이 다 함께 마트에서 장을 보며 여유로운 산책을 즐기는 중이다.

우리 옆을 지나가던 중년 여자들이 쑥덕댄다. "주중에는 실컷 일하고 주말에는 애 보고…… 우리 아들도 저런 대접 받을까 봐 장가를 못 보내겠어." "에이, 저런 사위 보면 되잖아?" "난 아들만 셋이잖아."

중년들의 대화에 귀가 간질간질하고 눈도 따끔거린다. 이런 불편함에 종지부를 찍듯 시어머니의 전화가 걸려온다.

작년에도 둘째 출산을 핑계로 쉬었으니까 올 추석 때는 꼭 성묘를 가야 한다는 요지이다. 곁다리 얘기처럼 지난 주말에도 안 왔는데 이번에도 안 오느냐고 묻는다. 물김치 새로 담갔다, 소 꼬리뼈 고아두었다, 장조림도 해놓고 멸치도 잣을 넣어 함께 볶아뒀다 등의 말도 이어진다.

"애들 먹기 좋게 소금도 거짓말같이 조금만 넣고……"

소와 소의 꼬리와 그 꼬리의 뼈 대목부터 대략 놓고 있던 정신 줄을 얼른 붙잡는다.

"어머니, 오디 드실래요?"

"어?"

"애들 아빠가 출장 갔다가 오디를 얻어왔는데요, 어머니는 뭔지 아시죠?"

간만에 고부간의 대화가 활기를 띤다. 그 와중에 주말을 통째로 희생하느니 지금 후다닥 움직이는 편이 낫겠다는 생각이 어마어마한 깨달음처럼 뇌수를 뒤흔든다.

시어머니는 웬일로 손자 손녀도 보는 둥 마는 둥 오디부터 찾는다. 불과 삼십여 분 거리지만 이 한여름에 냉장고에서 아이스박스로, 거기서 다시 실온으로 옮겨오는 동안 오디는 형편없이 망가져 있다.

"아이고, 아까워 죽겠네. 그러게 가까이 살면 내가 어젯밤에 바로 처리를 했을 텐데……"

진짜 아까운 건 응급처치를 못 받아 망가진 오디가 아니라 먼 곳으로 장가를 보낸 아들이다. 그 아들과 그 아들의 가족 앞에서 그들이 얼마나 대단한 사람을 방치해두고 있는지 보여주겠다는 듯 그녀는 이내 행동에 돌입한다.

불에 덴 살갗처럼 짓물러버린 오디는 살림의 대가의 손안에서 마파람에 게눈 사라지는 속도로 씻김과 선별 작업을 거쳐 믹서 안으로 들어간다. 바싹 갈린 오디는 블루베리와 체리를 섞어놓은 것 같다. 거기에 우유를 붓고 얼음을 몇 개 띄우자 과일주스가 따로 없다. 두 아이는 신바람이 나서 날뛴다. 남은 오디는 시댁의 냉동실로 들어간다.

7

욕실 문이 닫힌다. 따뜻한 물이 흘러나와 욕조를 데우며 사라진다. 무더운 여름임에도 물은 따뜻한 것이 좋다. 욕실에 뽀얀 증기가 어린다. 닫힌 공간에 오롯이 혼자 있을 수 있는 유일한 시간. 바로 알몸으로 욕조 안에 앉아 샤워기의 물세례를 받는 이 시간이다.

청신한 초록빛의 뽕나무 숲 위로 검푸른 어둠이 내린다. 시커먼 천정에 환한 구멍처럼 뚫린 달의 비호를 받으며 칠순을

넘긴 촌부가 오디를 따고 있다. 뽕나무 사이를 누비는 솜씨가
탄복할 만하다. 촌부의 밤은 어느덧 거창의 밤으로 바뀐다.
시퍼런 어둠이 내린 산비탈, 저승사자처럼 우뚝 선 나무들을
바라보며 초로로 접어든 영문학도가 희랍어 알파벳을 외우고
있다. 알파, 베타, 감마, 델타, 엡실론, 시그마, 오메가……
그 풍경화 속의 나뭇가지 사이에 코알라가 매달려 있다. 만년
영문학도의 고독을 완성해준 침엽수가 유칼립투스로 바뀐다.

어제만 해도 엄마 똥을 먹던 아기 코알라가 엄마 등에 찰싹
붙어 있다. 엄마와 아기 코알라는 슬며시 잠드는 듯, 그 잠에
서 슬며시 깨어나는 듯, 무심히 죽어가는 듯, 그 죽음에서 무
심히 부활하는 듯 우아한 춤을 춘다. 그 사이사이, 고약한 냄
새를 풍기며 늙은 유칼립투스 이파리를 먹는다. 옆집 코알라
들이 이사를 한다. 땅바닥으로 내려가지도 않고 공중에서 유
칼립투스를 갈아타는 기술이 거의 신공, 공중부양 수준이다.
휘청대는 유칼립투스 나뭇가지 사이로, 어딘가 뜨거운 나라
에서 커피콩을 고르는 옛 남자 친구가 출몰한다. 얼핏 그의
얼굴이 보이려는 찰나.

참을 만큼 참았다는 듯 욕실 문이 활짝 열리면서 우진이가
뛰어 들어온다. 문 앞, 깔개 위에는 건우가 엄마를 기다리며
떡하니 앉아 있다. 누나가 공습경보를 발령하자 즉시 두 손을

들고 엉덩이를 든 채 무릎을 세운다. 곧 일어설 기세, 아니 일어서다가 앞으로 꼬꾸라질 기세다. 딱딱하고 미끄러운 욕실 바닥에 얼굴이라도 찧는다면! 이런 말들이 머릿속을 획획 오가는 짧은 순간, 고함이 터져 나온다.

"애들 안 보고 뭐해, 정말!"

희뿌연 증기가 의식의 흐름처럼 자욱이 드리워진 가운데, 내 눈앞에서 어른거리던 칠순의 촌부와 초로의 영문학도와 유칼립투스를 갈아타는 코알라와 커피콩을 고르는 남자는 온 데간데없다. 알몸에서 뚝뚝 떨어지는 물을 수건으로 닦아내는 둥 마는 둥 얼른 건우를 안아 올린다. 마루에는 장남감과 주방 도구와 걸레통과 옷가지가 한껏 널브러져 있다. 계속 졸다가 이제 막 눈을 번쩍 뜬 남편은 아직도 마누라의 호통이 잘 접수되지 않는 눈치다. 누적된 피로와 수면 부족 때문에 시뻘겋게 충혈된 그의 눈에 문자 몇 개가 제멋대로 찍힌다. "여기가 묵시록이다." 혹은 "Welcome to the real world."

아침부터 신경질을 부린 대가가 참혹하다. 우진이의 체온이 급속도로 상승한다. 37도를 넘긴 열은 순식간에 38도를 뛰어넘는다. 많이 보채지는 않지만 저녁 무렵에는 39도에 육박한다. 해열제를 먹이고 가재 수건을 미지근한 물에 적셔 이마며 목덜미, 겨드랑이를 닦아준다. 하강한 열은 네다섯 시간이

지나자 또 상승하더니 기어코 40도를 찍는다. 동틀 녘, 아이의 몸은 땀방울 하나 흘리지 못하고 마른 나뭇잎처럼 바싹바싹 타들어가며 부지깽이처럼 새빨갛게 달아오른다.

월요일, 새벽같이 소아과로 달려간다. 입안이 헐고 목 안에는 하얀 물집이 잡혀 있다. 역시나 또 구내염이다. 아이가 배가 고파 음식을 입안에 넣으면 엉엉 울음이 나온다. 그럼에도 배고픔을 해소하려고 힘껏 음식을 삼키면 이제는 목구멍이 아파 죽겠다고 아우성이다. "엄마, 나, 아파, 아파⋯⋯" 아이는 엄마보고 어떻게 좀 해달라고 계속 보채다가 까무러치듯 잠이 든다. 아플까 봐 차마 다시 입안에 넣지 못한 곰 젤리를 쥔 채로.

이틀쯤 지나자 우진이는 열이 가셨다. 그동안의 치열했던 전투를 증명하듯 배와 등에 좁쌀 크기만한 붉은 반점이 울긋불긋 피어난다. 열꽃이 만개하자 밥 한 공기를 바닥내고 곰 젤리도 먹고 아이스크림도 숟가락으로 퍽퍽 퍼먹는다.

한숨을 돌리자니 건우의 몸에 열이 오른다. 평생 처음 겪는 바이러스의 침입에 몸이 얼마나 놀랐는지 눈동자가 풀리고 끈적끈적 신음소리를 내며 온몸을 부들부들 떤다. 숨이 곧 끊길 것 같은 무서운 경련이 10분, 어쩌면 20분은 족히 지속된다. 우진이에게서는 본 적이 없는 현상에 오장육부가 다 뒤틀린다. 허겁지겁 응급실로 달려가니 경련은 멎어 있다. 그러나 열은 여전히 높아 해열 주사를 놓는다. 건우의 울음이 귀청을 찢어놓을 것만 같다. 평생 처음으로 목이 잠길 만큼 운 아이는 비몽사몽 간에도 악착같이 젖을 빨아댄다.

힘겨운 하루를 마감한 다음날, 건우는 정상 체온을 되찾는다. 경련은 흔적도 남아 있지 않지만 시종일관 보챈다. 함께 보채는 남매를 상대하느라 나는 나대로 보챔을 경험한다. 뒤틀렸던 오장육부가 제자리를 찾는지, 식은땀을 뻘뻘 쏟고 방과 화장실을 오가며 구토와 설사를 반복한다. 남편은 지방 출장 중. 그것도 경기도 어디도 아닌 합천에 가 있다. 결국 두 아이를 할머니에게 맡겨놓고서, 어제 아이가 누워 있던 응급실의 그 침대에 누워 수액과 혈관 주사를 맞는다.

정신을 차리고 보니 한 주가 사라지고 없다. 남편의 한 주도 만만치 않다.

8

부장의 염려대로 다음주가 시작되자마자 완주군 농장주가 전화를 걸어왔다. 얼결에 전화를 받은 남편은 사건 아닌 사건을 수습하느라 진땀을 뺐다. 이삼일 뒤 걸려온 전화는 아예 받지 않았다.

하루이틀이 지나는 사이 남편은 오늘도 무사히 지나갔다는 생각조차 하지 않게 되었다. 잊힌 농장주를 대신하듯 남쪽에서 태풍이 올라왔다. 나주가 쑥대밭이 됐다는 기사를 보자 문득 완주가 생각났다. 지갑을 열어보았다.

한영수, 전라북도 완주군 ×××, 010-××××-××××.

극히 상큼한 명함이었다. 안부 전화라도 해볼까. 그러나 오디 박스를 건네주며 눈을 찡긋하던 표정이 떠올라 이내 아서라 싶었다.

볼라벤의 소멸과 함께 다시 출장 인생이 시작됐다. 운전대, 카페인이 다량 함유된 각성제, 고속도로, 휴게소. 내가 팔에 링거를 꽂고 있을 때 남편은 부장, 합천 거래처 사장과 함께 해인사 근처 음식점에서 산채 정식을 먹고 있었다. 같이 나온 자연산 송이버섯의 맛이 일품이었다. 멀찍이 앉아 있던 할머니가 직각으로 굽은 허리를 움직이며 어기적어기적 다가왔다.

"더 먹을라나?"

이번에 나온 송이의 양은 처음 것의 서너 배는 족히 됐다. 구운 송이는 물론 그 물까지 다 받아먹었다. 그러나 나른한 포만감은 계산서 앞에서 경악으로 바뀌었다.

"어, 그거 서비스 아니었어요?"

"젊은 양반들이 미쳤나, 요즘 세상에 공짜가 어디 있노?"

할머니는 직각 허리를 용케 잘 움직이며 천연덕스레 돈을 받아 챙겼다.

'고바우식당'을 나와 노래방으로 향하는 중에도 부장은 계속 투덜댔다.

"촌 인심이라서 후한 줄 알았더니, 무슨 귀곡산장이냐, 꼬부랑 할머니가 우리를 홀린 거잖아, 원. 그나저나 도우미가 있어야겠죠, 사장님?"

부장의 선심에 거래처 사장은 난감한 표정을 지었다.

"대구에서 불러와야 되는데, 출장비가…… 부장님이 내실라우?"

시커먼 노래방 안, 도우미도 없이 시커먼 남자들만 엉거주춤 설쳐대니 분위기도 영 침침했다. 일찌감치 자리를 파한 남편과 부장은 오늘따라 웬일로 문을 연 인근 여관으로 향했다. 갑자기 사나워진 바람을 타고 굵은 빗방울이 우박처럼 떨어졌다.

'만봉장'. 낡은 4층짜리 건물 옆에는 건물보다 더 낡은 차한 대가 서 있었다. 텅 빈 여관을 홀로 지키고 있는 주인의 차였다. 투숙객이 없어 방도 골라잡을 수 있었다.

2층. 문을 열자마자 텔레비전이 눈에 들어왔다. 두툼한 몸체며 목재 틀에 새겨진 'Gold Star'라는 문자며 영락없이 골동

품이었지만 멀쩡히 잘 나왔다. 남편은 불을 끄고 텔레비전만 켜놓은 채 침대에 누웠다. 장마철에 제대로 말리지 않은 빨래에서 나는 퀴퀴한 냄새가 가득했다. 에어컨은 다이얼을 돌리는 식이었는데, 냉방은 고사하고 제습도 안 됐다. 남편은 창문을 살짝 열었다. 창밖의 비바람이 여관방 벽을 뚫고 들어올 기세로 거칠었다. 남편의 눈꺼풀 위로 낡은 여관방의 어둠이 드리워지고 그 위로 간간히 '골드 스타'의 불빛이 번득거렸다. 거세고 대범한 비바람 소리와 윙윙대는 잡음 속으로 뭔가 분절적인 말도 들려왔다.

"태풍 볼라벤에 이어 태풍 덴빈이 지금 경상남도 거창을 지나고⋯⋯"

남편은 아내, 즉 나의 고향이 거창이라는 사실을 상기했다. 맞다, 아까 거창을 지나왔지⋯⋯ 참, 아무것도 없는 그런⋯⋯촌구석에도 사람들이 살고⋯⋯ 이런 상념과 함께 의식이 완전히 명멸하기 직전의 황홀한 찰나를 짧고 날카로운 기계음이 망쳐놓았다. 남편은 입안에 막 고인 침을 추슬렀다. 역시 대리운전이었다. 10시가 다 됐음을 알려주는 메시지이기도 했다.

남편은 다시 등이 바닥에 닿기가 무섭게 고된 행군을 마친 군인처럼 곯아떨어졌다. 이번에는 길고 긴 음악 소리가 단잠을 부숴놓았다.

"이봐, 김대리, 씨방, 난데 말이야, 알지? 나, 한영수?"

완주의 농장주였다. 왕벌과 솔방울과 뱀 등 각종 술냄새가 한꺼번에 풍겨 나왔다.

"젊은 사람이 말이야, 인생 그렇게 살면 못써!"

말끝을 그윽하게 끌며 거국적인 말로 입을 연 농장주는 평생 쌓인 울분을 토로했다. 걸쭉하게 재구성된 그의 전기의 말미에 소일 삼아 파이프 대리점을 경영하는 노년의 풍경이 펼쳐졌다. 남편은 졸지에 소박하고 착실한 촌부의 꿈을 잔인하게 짓밟은 질 나쁜 깡패, 양아치가 되었다. 그러나 어리둥절한 미안함과 본능적인 짜증 사이를 오가다가 후자 쪽으로 폭발해버렸다.

"할아버지, 지금 누구한테 신세타령이세요? 보자 보자 하니까 정말! 나이 많은 게 무슨 유세예요?"

굳이 이런 말까지 내뱉은 것은, 누적된 수면 부족을 해갈하려는 순간, 막 진입에 성공한 잠의 세계로부터 느닷없이 호출당한 까닭이었다. 농장주는 뜻밖의 응수에 당황한 나머지 한마디 대꾸도 못했다.

남편은 다시 잠을 청했으나 잠도 성질이 났는지 좀처럼 다시 찾아와주지 않았다. 캔맥주 하나를 마셨다. 몸이 묵직하고 머리가 알딸딸하고 눈앞이 침침해졌다. 그럼에도 잠은 들지 않고 오히려 늙은이에게 몹쓸 짓을 했다는 자책감이 커졌다.

혹시 무슨 몹쓸 짓이라도 하면 어떡하지. 이런 염려에 스마트
폰을 잡는데 갑자기 잠이 왕림해주었다.

9

토요일 오후, 아파트 근처 복덕방. 그녀, 69년생의 우연이
가 나타났다. 마흔을 훌쩍 넘긴 나이임에도 참 예쁘다. 차분
하면서도 이지적인 표정과 몸가짐도 눈에 들어온다. 육아와
살림의 최전선에서 연일 참혹한 전투를 치르는 전업주부라면
누구나 느낄 법한 선망이 꿈틀댄다.

"아기 너무 예쁘네요. 안아봐도 돼요?"

그녀는 내 표정을 잠시 살핀 다음 건우를 조심스레 안아 올
린다.

"낯가림도 안 하네요? 어쩜, 웃는 것 좀 봐. 돌 지났어요?
애 키운 지 너무 오래돼서……"

건우와 달리 아기 때부터 낯가림이 심했던 우진이는 지금
도 내 옆에 꼭 붙어서 눈알만 굴린다.

"돌이 한참 지났는데도 아직 못 걸어요."

"지희도 그랬잖아? 나중에는 다 잘 걸으니까 걱정할 것 없
어, 새댁."

일전에 통화한 주인 할머니가 끼어든다. 꾸부정한 허리를 받치고 있는 삭정이처럼 마른 두 다리가 양옆으로 애매하게 벌어져 금방이라도 무너질 기세이다. 살과 뼈를 팔십여 년의 세월에 충실히 헌납했음을 보여주는 얼굴도 새삼스럽다. 주 글주글한 얼굴 한가운데로 진분홍색 립스틱이 기세등등하게 굴며 입술의 기를 꺾는다. 그악하고 왈살스러운 노파의 얼굴 에서 순간순간 우연이의 모습이 잎사귀에 이는 바람처럼 스 쳐 지나간다.

갱신한 계약서에 도장을 찍고 있을 때 한 남자가 헐레벌떡 복덕방 안으로 들어온다. 삼십대 중반, 배가 둥그렇게 나오 다 못해 이제는 옆으로 지긋이 퍼져가는 전형적인 회사원. 양 복 바지는 접촉 부위마다 주름이 가 있고 그 사이로 반들반들 하니 때가 앉아 있고 와이셔츠의 소매는 걷어 올리고 맨 위의 단추 두 개는 풀려 있고 넥타이는 둘둘 말린 채 바지 주머니 안에 들어가 있다. 그리 덥지도 않은데 얼굴이 벌겋게 상기되 고 고불고불한 머리카락이 땀범벅이 된 관자놀이 주변에 들 러붙어 있다.

"아빠다!"

"아빠, 빠, 바, 밥!"

두 아이가 듀엣처럼 화음을 넣는다. 정말 감격한 건 오히려

내 쪽이다. 어제 오후에 통영으로 출발한다고 할 때 이미 체념한 터였다. 아빠를 보자 안심이 되는지 기가 살아난 우진이가 마침내 입을 연다.

"아줌마, 캥거루 나라에서 왔어요?"

"어? 그런데?"

"아줌마, 캥거루 봤어요?"

"응."

"아줌마, 코알라는 봤어요?"

"아니. 코알라는 외곽으로 나가야 볼 수 있거든."

"외곽? 그런 말, 나는 몰라요."

"코알라는 멀리, 숲속이나 야생 동물 공원에 산다는 얘기야."

아줌마가 방실대며 대꾸를 해주자 우진이도 자꾸 질문거리를 생각해낸다.

"아줌마, 캥거루 고기 먹어봤어요? 코알라 고기도 먹을 수 있어요? 동물은 다 고기예요? 아줌마, 미어캣도 거기 살아요?"

우진이의 질문이 천일야화처럼 이어진다.

오랜만에 온 가족이 함께하는 외식, 만찬이 따로 없다. 남편의 통영 얘기는 간장 양념에 총총 썰어 넣은 새파란 쪽파 같다.

"오줌은 여 아무데나 싸고 큰 거 마려우면 우리 집으로 오이소, 라고 하는 데 미치는 줄 알았어. 무슨 방이 화장실도 없냐."

숙박료 2만 원. 처음에는 너무 싸다고 생각했지만 그럴 만했다. 성인 남자의 몸 하나만 간신히 들어갈 만한 크기의 쪽방에 화장실은커녕 수도 시설 자체가 없었다. 남편은 손도 제대로 씻지 못하고 반쯤 실신하듯 잠이 들었다가, 새벽녘 눈을 뜨자마자 자신이 밤을 보낸 공간의 비루함에 소스라치게 놀라 후다닥 짐을 챙겼다. 그리고 오줌은 "여 아무데나 싸고" 일단 차를 몬 다음 "큰 거"는 고속도로 휴게소에서 해결했다.

"부장님도 진짜, 그쪽에 마땅한 숙소가 없다는 말도 안 해준 거야. 거기에 비하면 완주나 합천은 완전히 양반이더라고."

"아 참, 그 오디 할아버지는 어떻게 됐어?"

"우리 경쟁사로 옮겨갔대. 걔네들, 순 양아치거든."

남편의 얘기가 더 이어진다. 대리점을 내주고 양아치 소리 듣는 이유가 잘 납득되지는 않는다.

10

추석을 일주일 앞둔 주말, 함안에 성묘 가는 날이다. 외갓집 성묘도 겸하기로 했다.

남편의 회사 차로 시댁 도착. 만나기로 한 시각은 7시였으나 미혼의 시아주버니와 시동생은 샤워 중이다. 온 가족이 6인승 차에 탔을 때는 8시 15분. 남편의 회사 차는 시동생이 몰기로 한다. 한편 이쪽, 시아버지 차의 운전대를 잡은 것은 시아주버니다. 그 옆에는 시아버지가 앉고, 그다음 열에는 나와 남편이 두 아이를 끼고 앉고, 마지막, 다락방과 같은 느낌의 구석자리에는 시어머니가 앉는다. 이런 식의 배치가 된 것은 손자 손녀와 한차에 타려는 시어머니의 열망, 그러면서도 아이들을 엄마와 아빠 옆에 앉히려는 그녀의 배려 덕분이다. 오만 사람 고생을 다 시키면서까지 굳이 친정 쪽 성묘도 가겠다는 며느리에 대한 불만을 우아하게 푸는 셈이다.

오후 2시경, 시아버지의 고향 도착. 고속도로를 달리는 내내 토를 해대던 우진이는 땅바닥에 발을 내딛자마자 쌩쌩, 건강해졌다. 막 선잠을 깬 건우는 불쾌감도 잠시, 평생 처음 보는 특이한 풍경에 격렬한 호기심을 보인다. 주름 가득한 얼굴에 함박웃음을 머금고 자기를 안는 사람에게는 방실방실 미소로 화답한다. 이 사람은 시아버지의 당숙모이다. 그녀는 해마다 이맘때면 추어탕 밥상을 차려놓고 우리를 맞이한다. 동네 어귀의 도랑에서 잡은 추어와 직접 가꾼 채소와 방아를 넣고 끓인 귀한 음식이다. 민어 구이, 오이소박이, 가지나물 무침, 부추전과 같은 평범한 반찬도 토속적인 맛깔스러움을 뿜

낸다.

"당숙모, 화장실도 개조하셨네요?"

이른바 통시가 있던 자리에 세면대와 양변기를 갖춘 어엿한 신식 화장실이 들어섰다. 얼기설기 엮어 세워둔 싸릿대도 걷어내고 철문도 하나 달아놓았다. 이런 변화 때문에 자그마한 곁채가 오히려 생경하다.

"엄마, 그 귀신 할머니 아직 있을까?"

나는 우진이의 호기심을 충족시키는 척 문고리를 톡톡 두드린 다음 문을 연다. 전래동화처럼 늙은 꼬부랑 할머니는 언제 죽었는지 온데간데없고 온갖 잡동사니가 발 디딜 틈 없이 들어차 있다.

식후의 성묘길. 마을 뒤쪽, 좁다란 계곡 하나를 끼고 잡초만 무성한 넓은 밭이 보인다. 조만간 채석장이 들어온다고 한다. 좀더 들어가자 나지막한 언덕이 나온다. 봉긋 솟은 두 봉분 주변에는 시할머니를 묻은 날 심었다는 백일홍 나무가 무던히 잘 자라고 있다. 시골의 따가운 햇볕을 받으며 무덤 앞에서 보내는 시간은 길어야 일이십 분이다.

화창한 오후, 우리는 소담한 시골길을 벗어난다. 우리, 즉 나와 남편과 우진이와 건우. 추수를 앞둔 벼들의 빛깔과 광택이 눈이 시리도록 아름답다. 두 아이의 엄마가 되어 고향땅을 밟는다, 라는 말이 선사하는 설렘도 크다. 그러나 차가 국도의 허리를 자르고 고속도로로 들어서자 속이 메슥거리고 머리가 어질어질하다. 초로의 영문학도에게서 전화가 걸려온다. 이제 막 '예술적인 집'에 당도한 그의 형과 형수, 즉 나의 부모의 왁살스러운 소리도 들린다. 우진이의 몸을 꽃밭 삼아 활짝 피었던 열꽃과 건우의 의식을 앗아갔던 경련이 동시에 내 몸을 덮칠 것 같다. 불현듯, 아무데도 가고 싶지 않다.

소설학
개론

1

나는 소설가다.

소설가란 물론 직함이 아니다. 하지만 단 한 줄도 쓰지 않는 순간에도 소설가는 소설가다. 이 점에서는 신이라고 할 수 있다. 아무것도 하지 않아도 신은 신이니까.

내가 추구한 것은 아무것도 하지 않는 삶이었다. 그러나 삼차원의 시공간 속에 그냥 존재하기만 할 뿐 아무것도 하지 않는 삶이란 불가능했고, 나는 현지답사와 자료 수집과 인터뷰의 날을 꿈꾸며 살았다. 그러던 어느 날 기어코 은총이 찾아왔다.

2

프랑스에서 경영학 석사학위를 받은 친구는 한동안 싱가포르에 살았는데, 우리의 정체성이 억대 연봉과 무-연봉으로 굳어진 이후에도 한국에 들어올 때마다 연락을 해왔다. 반년 만에 보는 그는 지난번보다 살이 좀 쪘고 드문드문 여유로운 새치가 보였다. 이제는 완전히 귀국했다고 한다.

"애인은 생겼냐?"

"흥, 그러는 너는?"

"야, 너 그냥 나한테 시집올래?"

"미친놈!"

그의 농담에 발끈하는 나를 보면 동갑이라도 성별과 성격의 차이를 절감하지 않을 수 없었다.

언젠가 우리 사이에도 뭔가 달뜨는 기운이 흐르던 시절이 있었다. 그 무렵 그는 소설가를 꿈꾸는 문청이었는데, 한번 읽어달라고 내미는 소설 습작이 죄다 어설픈 사랑 고백이었다. 그렇게 소설을 쓰기 위해 마침 자기 옆에 있던 나를 향해 있지도 않은 사랑을 꾸며내더니 이내 싫증을 느꼈다. 그러니까 사랑이 아니라 소설에. 죽마고우랍시고 나를 찾는 것도 있지도 않았던 사랑이 아니라 명백히 있었던 소설에 대한 우수 때문일 것이라고 나는 생각한다. 물론 그마저도 이제는 시큰

둥해질 만큼 우리는 늙었다.

"너 정말 최악이다."

"지루한 게 내 탓이냐? 우리 사촌형도 지루한 건 못 참는 성미라 매일 시위 나가고 경찰서, 병원, 구치소 들락날락하며 부모님 속 어지간히 썩였거든? 결혼하고 나서 착실하게 잘 사는가 싶더니 갑자기 또 병이 도져서는……"

이렇게 친구의 사촌형이 나의 인생에 등장했다. 처음에는 무관심하게 들었지만 어느새 나도 모르게 손뼉을 탁 쳤다. 우선은 그의 이야기를 하는 것이 순서겠다. 도의상 새로운 이름을 붙여주자.

3

김광필은 S은행에 다녔다. 삼십대 초반에 삼십 개월 된 딸이 있었고 이제 막 아들이 태어난 상태였다. 학군 좋은 동네에 전세 아파트도 있었다. 여름휴가 철이면 갑갑한 도시와 그 못지않게 갑갑한 일상과 가족을 다 내팽개치고 3박4일씩 어디론가 훌쩍 떠나는 호사도 누렸다. 명절 연휴에도 제사를 지내기가 무섭게 사라져버렸다. 아이스박스에 가득 담긴 물고기는 그가 딴짓을 하지 않고 오직 그 짓만, 낚시만 했다는 증

거였다.

　IMF를 김광필은 쌍수를 들고 환영했다. 그러나 이 총체적 난국 앞에서 기쁨을 너무 노골적으로 드러내면 안 되었다. 그는 아내가 말을 걸라치면 한숨을 푹푹 내쉬며 죽을상을 짓는 식으로 분위기를 조성하다가 마침내 사표를 제출했다. 다들 잘릴까 봐 전전긍긍하는 분위기였기 때문에 그의 행위는 가히 영웅적으로 보였다. 영웅이 집에서 대접을 못 받는 것은 당연지사. 가족과 자식의 장래를 운운하는 아내 앞에서 김광필은 세상 다 산 사람처럼 좌절과 체념의 표정을 짓다가 아내가 한눈을 판 사이에 낚싯대를 챙겨 집을 빠져나왔다. 일주일 뒤 그는 집으로 돌아왔다. 신선한 비린내를 풍기던 물고기들이 서울 한복판에 떨어지자 역겨운 시체 냄새를 풍겼다. 가족들이 그것을 다 먹어치우기도 전에 그는 또 가출했다. 이번에는 한 달 뒤에야 귀가했다. 부부싸움이 시작됐다. 그 핑계를 대며 김광필은 또 훌쩍 떠났다. 보름 만에 돌아왔지만 부부싸움은 더 거셌고 후유증도 더 길었다. 도저히 못 참겠다면서 그는 또 나갔다. 이런 일이 일 년 동안 이어졌다. 급기야 아내가 폭발했다. 부부 사이에는 최후의 결전이 있었다. 김광필은 더 늦기 전에 남은 인생은 자기 마음대로 살겠다고 당당히 선언했다. 아내는 아내대로 죽일 놈, 살릴 놈 운운하며 그동안 쌓여 있던 울분을 토로했다. 그러나 마지막 말은 냉정했다.

"그놈의 역마살은 어쩔 수 없고, 돈이나 잔뜩 내놓으셔."

지금껏 묵묵부답, 고개를 푹 숙인 채 대역죄인의 포즈를 취하던 김광필도 이 말에는 정신이 번쩍 들었다. 오랜 연인이자 오랜 동지인 아내의 논리는 다부졌다.

"당신 순진한 척, 우아한 척 굴지 마. 누구는 당신 같은 꿈이 없는 줄 알아? 남편이란 놈은 살판났다고 조선팔도를 유랑하며 신선놀음이나 하고 마누라는 닭장에서 애들 뒤치다꺼리나 하고, 이건 남녀평등은 고사하고 인간 평등의 기본 원칙에도 어긋나잖아? 시위할 때마다 몰래 도망칠 때 다 알아봤지. 자, 이제부터 구름에 달 가듯 길손으로 살 거지? 혁명가에게 집이나 돈은 필요 없지. 그런 건 있어도 안 되는 거야. 그런 소시민적 안락에 침을 뱉고 따귀를 갈겨야지. 그러니까 다 내놓으셔."

"야, 내가 돈이 어디 있어……"

"그건 당신 사정이고 애들은 어쩔래? 그러게 아버님하고 애기 좀 잘해봐."

"어? 야, 그건 좀……"

"당신도 알잖아, 교사 수입이 얼마나 짠지."

"그래, 알았어. 그래도 캠핑카 사려면 돈이 좀……"

"뭐? 캠핑카?"

"하긴 요즘 세상에 레닌처럼 자전거 타고 혁명할 수야 있나, 어디."

　결국 김광필은 아파트는 물론이거니와 자기 몫의 유산 일부를 아내에게 넘겼다. 이혼 후 그에게 남은 것은 새로 구입한 캠핑카 한 대뿐이었다. 아니, 세계 혁명보다 더 어려운 자기 혁명과 그것을 통해 획득한 자유가 있었다.

4

　"말이 되냐, 정신이 똑바로 박힌 사람이라면?"

　내가 정색하자 친구는 코웃음을 쳤다.

　"얘가 또 뭘 모르네. 요즘 애들 방학 맞추어 가족끼리 히말라야 등반하는 일이 얼마나 흔한데. 그런 세계일주 상품들도 많아. 우리 팀장도 얼마 전에 가족 데리고 배 탔어. 배 안에서 별 구경, 바다 구경하고 항구에 내려서 땅 구경하고."

　"그다음엔 어떡해?"

　"뭘 어떡해, 다시 회사로 왔지. 석 달 동안 휴가 낸 건데."

　"진짜 썰렁하다. 그나저나 팽팽 노는 것도 하루이틀이고 밥은 먹어야 했을 거 아냐?"

　"바로 그거야."

　친구는 밥 얘기가 나오자 금방 활기를 띠었다.

5

김광필은 캠핑카를 타고 전국의 강, 계곡, 바다를 돌아다녔다. 흙바닥에 자(尺)와 함께 몸에 힘을 잔뜩 주고 뻗어 있는 우럭, 1.5리터짜리 페트병 옆에서 아가미를 껌벅거리는 메기, 낚시꾼의 손에 잡혀 허공에서 파닥대는 고등어, 아이스박스 속에 빼곡히 들어차 꿈틀대는 주꾸미들…… 그가 잡은 물고기들이 동호회 사이트를 꾸준히 채웠다. 동호회 안에서 그는 제법 유명 인사였지만 낚시는 항상 혼자 다녔다. 한데 이렇게 놀고먹기만 하면 잔고가 바닥나는 순간이 기필코 올 것이었다. 평생을 건전한 생활인으로 살아온 김광필은 조만간 닥칠 이런 불상사에 예민하게 반응했다. 그렇다고 순수의 영역인 낚시를 밥벌이에 이용하고 싶지는 않았다.

햇볕이 쨍쨍 내리쬐던 어느 여름날, 김광필은 K군 읍내 돼지국밥 집에 있었다. 뜨뜻한 육수와 비계가 푸짐하게 붙은 고깃덩어리로 배를 채운 다음 그는 일감을 찾아 나섰다. 그 일대에는 돼지국밥만큼이나 유명한 유원지가 하나 있었다. 덕유산을 낀 물이 맑은 계곡이었는데 관광 휴양지로 개발된 지 오래됐다. 휴가철이라 넓은 주차장에 승용차가 가득 들어차 있었다. 김광필은 용케 비집고 들어가 캠핑카를 세웠다. 처음 문의한 일자리는 주차 요원이었다.

"동네에 노는 총각들이 많아서 그 자리는 진작 다 찼고 청소 안 할라요? 술값하고 밥값은 빠질 기요."

김광필은 당장 일을 시작했다. 정말로 술값과 밥값만 빠졌다. 수소문과 통사정 끝에 인근 숙박업소에서도 일자리를 구했다. 그 결과 휴가철이 끝날 무렵 통장에 88만 원의 돈을 모셔둘 수 있었다. 캠핑카를 구석에 세워두고 피우는 담배 맛이기가 막혔다.

"어여, 김씨, 나도 한 대 주소."

여관집 주인이었다. 여관을 경영한 지 이십 년도 훨씬 넘었지만 여전히 농부에 더 가까운 모습이었다. 담배를 몇 모금 빨던 그는 십중팔구 다시 얼굴 볼 일이 없을 김광필에게 물었다.

"김씨, 어쩌다 이런 촌구석까지 굴러왔수? 말하는 거 보면 아주 못 배운 사람 같진 않은데. 고등학교도 나왔지요?"

김광필은 피식 웃었다. 상대방의 정다운 호기심을 만족시키느라 자신의 얘기를 늘어놓으며 한껏 윤색을 했다. 당신 말대로 고등학교 '도' 나왔다, 직장도 좋았고 가족도 있었다, 하지만 그 복 없는 '누구' 때문에(여기서 대통령 이름이 언급되었지만 시간대가 맞질 않았다) 시절이 안 좋아 쫓겨났다 운운. 처음에는 혀를 끌끌 차며 맞장구를 쳐주던 여관집 주인이 잠깐 멈칫했다. 처자식 먹여 살리려고 이런 허드렛일까지 하는 사람이 캠핑카를?

"이 양반 참 성겁대이, 아직 장가도 못 갔구먼!"

그가 너털웃음을 터뜨리며 김광필의 어깨를 툭 쳤다. 그 참에 탄력을 받은 김광필은 자리에서 일어났다.

K군을 등진 김광필은 또 정처 없이 차를 몰았다. 그사이 그는 여러 직업을 전전했다. J섬에 들어갔을 때는 일 년 내내 조선소에서 일했다. P시 부둣가에서는 컨테이너를 날랐다. T반도에서는 인근 횟집의 주방에서 생선회를 떴다. 그곳을 떠나올 때는 여름이었고 마지막 메뉴는 수족관 속 광어의 생살이었다. 김광필은 다시 내륙으로 들어갔다. 그의 인생을 두번째로 바꿔놓을 사건이 터진 건 그때였다.

6

친구는 투덜대며 소주 한 병을 더 시켰다.

"너는 술도 못 마시는 주제에 무슨 소설가냐?"

"하던 얘기나 계속해보시지?"

"산삼!"

"갑자기 웬 산삼 타령이야? 그 아저씨가 산삼이라도 봤냐?"

"바로 그거야. 물론 처음에는 우연히 발견했지. 하긴 말이 우연이지, 보는 눈이 있었던 것 같아. 계곡 낚시를 좋아해서 어려서부터 자주 산을 탔으니까. 산삼 캐는 일이 그렇게 힘들다는데 잔뿌리 끄트머리까지 멀쩡한 걸 보면 손끝도 매운 양반이야. 판매망도 잘 구축한 것 같더라. 전화 한 통이면 당장 모시러 온대."

"낚시꾼에서 심마니라…… 캠핑카 안에서 그걸 어떻게 보관한대?"

산삼과는 별 인연이 없던 친구의 정보는 참 부실했다. 나는 그가 가입한 동호회를 가르쳐달라고 했다.

"어휴, 그게 몇 년 전 일인데 아직도 기억하냐? 야, 다음주에도 밥 사줄까?"

"야, 너 지금 연애 거는 거냐? 매주 보게?"

우리의 잡담은 좀더 이어졌다. 오랜만에 만나도 시간의 공백이 잘 느껴지지 않고 서로 다른 공기를 마시고 살지만 그것이 또 낯설게 느껴지지 않는 사람이 더러 있다. 그를 만나고 오는 길은 상당히 유쾌했다. 더군다나 샘솟는 영감까지 얻지 않았나. 세속의 각박한 삶을 떠나 자신의 몸의 흐름에 따라 사는 자연인, 그로써 후기 자본주의의 저주받은 가치에 맞서 싸우는 투사! 그를 찾아가는 거다!

7

그의 본명과 닉네임, 몇 개의 키워드를 가지고 하루 종일 헤맨 끝에 나는 문제의 동호회를 찾았다. 그가 10여 년에 걸쳐 매만진 물고기와 산삼은 어딘가 숭고한 데가 있었다. 그 밑에 붙은 문구는 니체의 아포리즘이나 바쇼의 하이쿠, 김기림의 시구보다 더 강렬했다.

거대한 메기의 전신과 그 메기의 넓적한 아가리. "괴물과 싸우는 사람은 자신이 이 과정에서 괴물이 되지 않도록 조심해야 한다. 만일 네가 오랫동안 심연을 들여다보고 있으면, 심연도 네 안으로 들어가 너를 들여다본다."

깊은 산속, 가파른 계곡 옆 한 떨기 산삼. "오랜 연못에 / 개구리 뛰어드는 / 물소리 '텀벙'"

남해의 검푸른 파도. "아무도 수심(水深)을 일러준 일이 없기에 흰나비는 도무지 바다가 무섭지 않다."

200X년 7월 29일 자정 즈음에 올린 이 사진과 글이 마지막이었다. "현해탄을 건너기에 앞서"라는 문구도 붙어 있었다.

정말 건넜을까? 지금도 거기 있을까? 그의 족적을 톺아가며 '현지답사'를 하고 또 그의 획득물을 손에 넣는 일, 즉 '자료 조사'도 하고 무엇보다도 그를 '인터뷰'해야 하는데, 이런 낭패가 다 있나. 하는 수 없이 다시 친구에게 전화를 걸었다.

"뭐? 당연히 모르지, 얼굴 본 지가 언젠데! 야, 나 지금 바쁘거든. 나중에 전화할게."

친구와 통화한 시간은 13초. 이후 그의 전화를 기다렸지만 감감무소식이었다. 나는 다음날 또 전화를 걸었다. 이번에는 숫제 다 농담이었다고 발뺌을 하는 것이었다. 그래도 물러설 수 없었다. 국가의 경제를 책임지느라 여념이 없는 삼십대 후반의 직장인을 괴롭히는 것은 나쁜 일이지만, 소설을 써야겠다는 집념이 염치를 눌러버렸다. 결국 친구는 알아봐주겠다고 약속했다. 얼마 뒤에는 정말로 전화를 걸어주었다.

"그 형 일본 간 거 맞고 그 뒤로는 죽었는지 살았는지 아무도 모른대."

일본이라니! 국경 밖을 나가본 적 없는 나로선 현해탄이 도무지 건널 수 없는 망망대해로 여겨졌다. 어찌할 수 없는 상황 탓은 그만하고 일단은 국내에서 애써보기로 했다. 그가 언급한 K군의 계곡을 방문한 것이 첫 현지답사였다. 그가 대략 어디쯤 캠핑카를 세웠고 어느 모텔과 민박에서 일했는지 그림이 그려졌다. 이어, J섬으로 들어가기 위해 평생 처음 허름한 여객선을 탔다. 그러나 낚시꾼들 근처에도 못 가보고 연인이나 친구끼리 짝지어 놀러온 관광객들 틈에서 스트레스만 받았다. T반도, 민박집에서 이틀을 묵었는데 거금의 숙박료만 지불한 채 밤새도록 각종 소음을 견뎌야 했다. 그래도 소득이 적지 않아, 소설의 출발은 썩 나쁘지 않았다. 386세대의 대학 시절, 이어 전형적인 회사원이자 삼십대 가장으로서의 삶이 묘사됐다. 하지만 캠핑카 이후 부분에 이르자 그의 삶은 활기를 얻었지만 나는 삐걱했다. 아무래도 김광필을 직접 만나야 할 것 같았다. 또 친구를 호출했다.

35도를 웃도는 더위에 친구의 하얀 와이셔츠가 땀에 흠뻑 절어 있었다.

"야, 너 정말! 아니, 내가 미친놈이지! 괜히 쓸데없는 얘기는 해갖고."

"팥빙수 사줘."

"그래, 그거나 먹고 딱 떨어져라, 이 빈대야. 일본 갔다잖아! 그 부인도 재혼했을 수도 있는데 찾아가서 전남편 얘기를 묻겠다고?"

나는 팥빙수의 팥을 싹 긁어먹은 다음 친구에게 사정을 얘기하고 한숨을 내쉬었다.

"아, 난감하다! 그러니까 현지답사, 자료 수집, 무엇보다도 인터뷰가 필요하단 말이야. 요즘 그런 거 안 하고 소설 쓰면 욕 먹어."

"뭐, 소설? 그만큼 열의가 있으면 네가 직접 가든가, 일본 말이야."

친구는 히죽거리며 냉커피를 마셨다.

"어?"

그의 유쾌한 조롱이 뜻밖에 나의 소심함을 걷어가버렸다.

하긴 못 갈 게 어디 있나. 가자, 그 일본. 출국 날짜는 순식간에 정해졌다. 7월 30일, 3년 전 그가 한국을 떠난 날이었다. 단, 일본 어디로 간담? 어떻든 초행이니까 수도로 가자. 그다음엔 신칸센을 타고 일본 열도를 도는 거다. 이렇게 비행기표가 마련되었다. 일본어 학원에도 등록했다. 소설이 막힐 때는 일본어 단어를 외우며 그를 만날 순간을 꿈꾸었다. 여행은 커녕 동네 산책도 잘하지 않던 나였기에 이런 식의 무작정 여행이 무슨 거대한 무위와 무소유를 실천에 옮기는 일처럼, 혁명처럼 여겨졌다. 김광필의 기쁨이 이해되는 순간이었다.

8

드디어, 나리타 공항 도착. 가슴이 벅차오르는 것도 잠시, 예약한 숙소에 이르는 길은 그야말로 '노인과 바다'였다. 간난신고 끝에 숙소에 도착했을 때는 저녁 8시. 예상과는 달리 허름한 여관 같은 곳이 나왔다. 방은 더 가관이었다. 소설가가

가니 조용한 방으로 달라고 부탁해두었는데, 맨 꼭대기 다락 방이 예약되어 있었다. 방의 절반이 비스듬한 지붕의 굴곡을 그대로 반영했기 때문에 키가 조금만 더 컸어도 방 안에서 허리도 못 펼 정도였다. 창문은 곧 그쪽 벽이자 베란다로 나가는 문이었다. 그 문을 열면 맞은편에 닥지닥지 붙은 집들이 지금 저 앞의 텔레비전처럼 또렷하게 보였다. 얼마 지나지 않아 여관방 특유의 눅눅한 냄새가 내 몸속으로 스며드는 것 같았다. 죽도록 피곤하지 않았다면 잠도 제대로 못 잘 뻔했다.

도쿄에서의 첫째 날, 8시가 조금 지난 시각에 눈을 떴다. 아침 9시, 지도책을 손에 들고서 여관을 나섰다. '인터뷰이'를 찾는 것도 중요하지만 일단은 일본 구경을 해야겠다는 생각에 하루 종일 신주쿠 일대를 빙빙 돌았다. 내리쬐는 햇볕과 도심의 푹푹한 열기에 불쾌감이 더해졌다. 눈앞에 구세주처럼 서점 하나가 버티고 있었다. 다급히 안으로 들어가 몸부터 식히고 만화책을 몇 권 샀다. 그러고 나니 어느새 저녁이었다. 신주쿠 역 백화점 지하에서 먹을 것을 잔뜩 사 들고 숙소로 들어갔다.

둘째 날, 9시가 훌쩍 지나 눈을 떴고 우에노 공원에 갔다. 동물원 가는 길, 노숙자들이 군데군데 널브러져 한가로운 한

때를 보내고 있었다. 은근히 목가적인 풍경화 속에서 그들 옆에 떡하니 퍼질러 앉아 있는 길고양이들, 그 옆에서 종종걸음 치는 비둘기와 참새들이 소품이 되어주었다. 동물원 도착, 이 동물원의 명물인 판다가 지난봄에 사망했단다. 꼭 일본행의 목적이 판다 구경이었던 양 다리에 힘이 쭉 빠져 그 자리에 주저앉았다. 눈앞으로 연꽃이 핀 연못이 아니라 연못 위의 연꽃밭이 펼쳐졌다. 장관이었다. 귀퉁이 연못가에 풀어놓은 잉어는 연신 입을 뻐끔거리며 먹이를 탐했고 그 곁을 남생이와 거북이가 어슬렁거렸다.

숙소로 돌아온 다음에는 오늘 찍은 사진을 구경했다. 크게 벌린 잉어의 입이 엄청나게 둥글넓적하고 그 안은 깊은 동굴처럼 음습했다. 이빨이 없으면 어떤 느낌일까. 김광필이 잡은 커다란 메기의 커다란 입이 떠올랐다. 혹시 여기서 잉어를 낚고 있었던 건 아닐까? 제기랄, 공원에서 낚시를 할 리가 없잖아! 부랴부랴 종잇장, 즉 계획서를 꺼냈다. 그래, 내일은 미즈모토 공원의 낚시터를 찾아가는 거다. 물론 그가 거기 있다는 보장은 없다. 하지만 일본에서의 그의 행적을 쓸 때 얼마간은 도움이 되리라. 이런 생각에 들떠 나는 잠을 제대로 이루지 못했다.

셋째 날, 눈을 뜨니 호텔 방이 훤했다. 에어컨을 틀어놓았음에도 따갑고 눅눅한 도쿄의 태양이 여실히 느껴졌다. 벌떡 일어나 시계를 봤다. 11시 40분! 미즈모토 공원은 물 건너가 버렸다. 그렇다고 방 안에만 있자니 여관 주인 보기도 부끄러워, 하는 수 없이 또 여봐란듯 밖으로 나갔다.

기다리던 전철과 함께 갑자기 소나기가 쏟아졌다. 시부야 도착. 후텁지근한 소나기와 빈틈없는 인파에 지레 겁을 먹고 역사 안에서 빈둥거리다 다시 전철을 탔다. 하라주쿠. 비가 그쳐 밖으로 나갔다가 인파와 한 판 전투를 치러야 했다. 공기는 갑갑하고 살은 끈적끈적하고 몸은 천근만근이었다.

숙소 근처, 라면 식당. 숙주 파편과 고기 조각, 돼지 뼈 국물까지 싹 다 마신 뒤에야 내가 살아 있음을 실감했다. 숙소에 도착하자마자 샤워를 했지만 몸이 영 뻑적지근했다. 생리 시작. 현해탄까지 건너 현지답사를 왔건만 암컷이라는 생물학적 정체성이 나의 발목을 잡는구나! 그럼에도 내일은 기필코 현지답사를 가야 한다.

넷째 날, 숙소를 나선 시각은 9시 25분. 전철을 한 번 갈아탄 다음 버스에 올랐다. 가는 곳마다 표지판을 보느라 고개를 거의 뒤로 꺾다시피 했다. 버스에 앉았을 때는 목덜미가 욱신거렸다. 현지답사고 뭐고 딱 귀찮아졌다. 무엇보다도, 여기가 '현지'인지 아닌지도 모르지 않는가!

목적지 도착, 무작정 걸음을 옮겼다. 비싼 이용료를 지불하고 낚시터와 그 주변을 둘러보는 동안에도 그저 온몸을 흥건히 적신 땀과 시시각각 존재감을 과시하는 핏덩어리 때문에 신경만 곤두섰다. 에이!

마침내 나는 귀로에 올랐다. 그 모든 괴로움을 되풀이해야 한다는 생각에 하늘이 아뜩해졌다. 어라, 환시가 아니었다. 정말로 하늘이 시커메지면서 비가 쏟아졌다. 숙소로 들어섰을 때는 온통 비에 흠뻑 젖은 채였다.

다섯째 날, 완전히 앓아눕고 말았다. 사위가 어둑어둑해졌을 때 비몽사몽 간에 갑자기 침대가 출렁거리는 것을 감지했다. 이 역시 환각이 아니었다. 곧이어 저 앞, 탁자 위의 머그잔이 진동하며 이미 식어버린 커피가 옆으로 흘러넘쳤다. 부리나케 달려가 머그잔부터 잡았다. 머그잔은 건졌지만 그 옆에 있던 먹다 남은 사발면이 바닥으로 떨어졌다. 너무 놀라 머그잔을 쥔 채로 로비로 뛰어내려갔다.

"그렇게 호들갑 떨지 말고 저어기 어디 밑에 들어가 있어요."

여관 주인이 느긋한 표정으로 말했다.

"이게 뭐예요?"

"지진이지 뭐긴 뭐요."

'지진'이라는 말이 땅의 진동보다 더 큰 공포를 자아냈다.

나는 눈에 띄는 탁자를 향해 돌진했다. 탁자 밑으로 몸을 던져 고슴도치처럼 웅크리다가 그 옆에 있던 커다란 화분에 무르팍이 부딪쳤다. 탁 소리와 알싸한 통증에 깜짝 놀라 몸을 바싹 세웠고 그 바람에 머리가 탁자 안쪽 모서리에 부딪쳤다. 반사적으로 무릎을 굽히며 두 손으로 머리를 움켜쥐었다. 그러고도 몇 분은 족히 진동이 이어졌던 것 같으나 주인 말로는 겨우 1, 2분이었단다. 무르팍에는 시퍼런 멍이 들었고 모서리에 부딪친 머리에서는 피가 흘러 딱지가 앉았다. 현지답사고 자료 수집이고 뭐고 간에 집에 가고 싶어 미칠 지경이 됐다.

여섯째 날, 어디든 가야 했기에 요코하마에 갔다. 실로 이상의 「권태」 첫 구절을 연상시키는 풍경이 펼쳐졌다. 동을 봐도 푸른 바다, 서를 봐도 푸른 바다, 앞을 봐도 푸른 바다였다. 뒤쪽으로는 늘씬하게 빠진 데다가 피부까지 매끈매끈한 건물들이 이어지고 위에서는 한여름의 뜨거운 태양이 작열했다. 말쑥한 포장도로 위로 참새 한 마리가 날아와 앉았다. 참새마저 권태로웠다.

요코하마에서 도쿄로 돌아온 순간, 도쿄에 처음 발을 내디딘 순간 내뱉었어야 할 말이 튀어나왔다.

"기어코 동경 왔소. 와보니 실망이오."

실망감을 만회하기 위해 회전초밥 가게를 찾았다. 유유자적

돌아가는 접시를 보니 군침이 돌았다. 기다려도 국물이 나오지 않아, 내 앞에 놓인 컵을 집어 앞에 달린 수도꼭지에서 뜨거운 물을 받았다. 그다음에는 접시에 간장을 붓고 와사비처럼 보이는 초록색 분말을 섞어 넣었다. 분말은 녹지 않고 뭉텅뭉텅 덩어리진 채로 간장과 뒤섞였다. 녹차 가루를 탄 간장에 유부초밥을 찍어 먹은 것이 일본에서의 마지막 식사였다.

일곱째 날, 아침부터 비바람이 거세게 불었다. 길을 헤맬지도 모른다는 불안감에 일찍 숙소를 나섰으나 나리타 익스프레스가 폭우로 인해 공항에 두 시간이나 연착했다. 우여곡절 끝에 탑승. 다행히도 비행기가 뜨지 못하는 불상사는 없었다. 하지만 비바람이 워낙 거세서 비행기는 계속 땅바닥에 붙어 절절맸다. 한참 뒤에 하늘로 올라가긴 했으나 진동 수준이 난생처음 경험한 지진에 맞먹었다. 인천공항 문을 열고 나간 순간부터 혹서를 견뎌야 했다. 간신히 잦아들었던 멀미는 공항버스 안에서 다 해버렸다. 김광필이고 신칸센이고 뭐고 깡그리 잊고 완전히 녹초가 되어 나는 원룸 앞에 다다랐다.

9

가방에서 열쇠를 꺼내 자물통에 꽂고 한 바퀴를 돌렸다. 그 다음 손잡이를 돌렸다. 문이 열리지 않았다. 잠시 멈칫. 같은 작업을 반복했다. 그제야 문이 열렸다. 7박 8일 동안 혼자 남겨진 적막한 방에 왠지 조금 전까지도 사람이 있었던 것 같은 느낌이 들었다. 에어컨을 방금 껐는지 공기가 시원하고 방 한 귀퉁이에서는 선풍기가 돌고 있었다. 욕실 바닥에는 물기가 묻어 있었다. 책상도 수상했다. 작업하던 그대로 어질러놓고 갔는데, 책은 한쪽에 차곡차곡 쌓여 있고 연필, 볼펜, 커터칼 등은 모두 필통에 얌전히 담겨 있었다. 이렇게 정리된 풍경은 난생처음 보는 것이었다. 책상 서랍을 열었다. 모든 것이 너무 질서정연하여 소름이 돋았다. 냉장고 문을 여니 아이스크림이 각도 하나 틀리지 않고 작은 벽돌처럼 빼곡히 쌓여 있었다. 아이스크림을 별로 좋아하지 않지만 손에 잡히는 대로 하나를 꺼내 물며 이 사태에 대해 곰곰 생각해봤다.

휴가철을 노려 빈집을 터는 도둑이 기승을 부린다는 것은 상식이다. 도둑이 이 허름한 원룸에 들어왔을 가능성은? 거의 없다고 생각되지만 그 사실 자체는 확실한 것 같다. 그렇다면 어떻게? 내 방은 4층인데 맨 끝 방이라 그런지 위층이 따로 없다(이 건물은 총 6층이고 맨 위층은 주인집이다). 처음 이사 왔을 때, 도둑이 옥상으로 올라간 다음 용케도 5층으로 껑충 뛰어내려오는, 즉 내 방 바로 위까지 오는 상상을 해보았다. 그다음엔 마땅히 배관도 없으니 벽을 타고 내려와 창문 안으로 들어와야 할 터이다. 아무래도 푼돈 좀 벌자고 이렇게 험한 일을 할 것 같지는 않다. 아무렴 어떤가, 나의 유일한 귀중품 컴퓨터가 무사한걸.

밖에서 배를 채우고 들어온 다음 나는 오랫동안 굶주렸던 인터넷 쇼핑에 몰입했다. 절대 주문하지 않을 물방울무늬 원피스를 '찜'하여 '위시 리스트'에 담는데 갑자기 마우스 위에 얹혔던 손이 멎었다. 문밖에서 인기척이 들린 것이다. 조용히 일어나 문 앞까지 사뿐사뿐 걸어갔다. 문 저편에 누가 서 있는 게 분명했다. 아니나 다를까, 그 누구는 문손잡이를 돌렸다. 안에서 문을 걸어 잠가놨으니 열릴 턱이 없었다. 나는 상대방의 반응을 기다렸다. 3초 정도, 긴장된 순간이었다. 상대방은 또 한 번 문손잡이를 돌렸다. 다시 3초 정적. 그사이에 그는 뭔가를 깨달았을 법했다. 하지만 먼저 행동을 취한 건 이쪽이었다.

나는 문을 활짝 열었다. 내 앞에는 낯선 인간 하나가 서 있었다. 키가 165는 넘을까 싶을 만큼 작고 몹시 마른 남자였다. 몸집은 내가 한 번만 할퀴어도 엉엉 울며 쿡 꼬꾸라질 것처럼 부실했고 시커먼 얼굴은 참 옹색하고 후줄근했다. 나이는 마흔 언저리로 보였다. 비스듬히 열린 철문을 사이에 둔 채 우리는 말없이 서로의 눈을 응시하며 3초 정도를 서 있었다. 내가 먼저 입을 열었다.

"누구세요?"

"아, 예…… 방을 착각해서…… 죄송합니다."

그는 난감한 표정을 감추며 얼른 몸을 돌렸다. 내심 긴장했을 텐데도, 어쩌면 그렇기 때문에, 걸음걸이는 느릿느릿, 느긋했다. 나는 달려가 그의 어깨를 툭 쳤다.

"어딜 그냥 가요? 그쪽 도둑이죠?"

흠칫 걸음을 멈춘 그는 내 말을 곱씹는 것 같더니 다시 몸을 돌렸다. 이상하게도, 나는 '도둑'에게 공포를 느끼기는커녕 내가 상상할 수 있는 것보다 훨씬 더 대담해졌다. 나의 은밀한 공간을 공유한 자에게 묘한 친밀감 같은 것이 느껴졌다.

"그쪽, 뭐라고 해야 되나, 하여간 잠깐 들어와봐요."

나의 채근에 그는 죄인처럼 방 안으로 들어왔으나 일단 방 안에 들어서자 영주처럼 당당했다. 내 눈치도 보지 않고 성큼성큼 냉장고로 걸어가더니 아이스크림 하나를 꺼내 물고는 책상 앞 의자에 턱 앉는 것이었다. 줄곧 그를 쏘아보던 나는 어안이 벙벙해졌다.

"이 아저씨가 장난하나! 방바닥에 앉아요!"

"아, 습관이 돼서 그만……"

그제야 그는 엉거주춤 바닥으로 내려갔고 나는 내 의자에 앉았다. 그가 어벙한 말투로 늘어놓는 사건의 전말은 이랬다.

10

그는 이 동네의 어느 고시텔에 살았다. 한 두어 평 될까 말까 한 비좁은 방에 침대 하나, 선풍기 하나, 한 칸짜리 냉장고 하나만 달랑 있었다. 샤워실과 화장실은 공동이었다. 그는 보통 방에서는 잠만 자고 대부분의 시간을 고시학원이나 길거리에서 보냈다. 그러다 6월 말부터 이른바 현지답사를 통해 먹잇감을 물색했다. 많은 원룸 건물이 현관문을 잠그지 않았고, 우리 건물처럼 카드키로 잠그게 되어 있다 하더라도 거주자나 방문객이 출입하는 틈을 타서 슬쩍 들어가면 되었다. 내 방을 고른 것은 역시나 위치 때문이었다.

연일 내 방 주변을 어슬렁대며 내 생활 패턴을 연구한 그는 내가 일본으로 떠난 바로 그날 밤(공항버스를 기다리는 나를 바로 옆에서 지켜보고 있었다니, 모골이 송연해졌다!) 가뿐히 건물 안으로 잠입, 옥상으로 올라갔다. 내 방 창문에 유리 테이프를 붙인 다음 주먹으로 창문을 깨부술 생각이었다. 그러나 막상 다리를 뻗어보니 아무래도 바닥으로 떨어져 산산 조각이날 것만 같았다.

머릿속 시뮬레이션을 실행에 옮길 배포와 재간이 없었던 그는 내 방은커녕 5층까지 뛰어내리는 일도 못하고 밤새도 록 옥상에 쭈그리고 앉아 자는 둥 마는 둥 하다가 기회를 노렸다. 옥상 문이 열리기까지, 또 옥상으로 올라온 주인의 눈을 피하여 계단을 내려가기까지 얼마나 마음을 졸였는지 모른다. 들키지 않은 것은 천운이었다. 그게 아까워서라도 그는 곧장 밖으로 나가지 않고 내 방 앞까지 왔다. 문을 딸 공구도 없이 무작정 온 것이었다. 그러고는 무작정 손잡이를 돌려보았다. 문이 무작정 열렸다.

11

"설마요?"

이렇게 반문했으나 참담함을 금할 수 없었다.

"혼자 사는 사람들은 문 잠그는 재미로 살지만 오히려 더 실수를 잘해요. 문을 잠근 다음 열쇠를 꽂아놓고 나가는 사람도 있고, 양손에 짐을 들고 있다가 문을 안 잠그기도 하고. 그러고도 도둑이 들어가도 모를 만큼 쿨쿨 잘도 잔다니까요. 다만, 그쪽은 외국에 가면서 문을 안 잠갔으니, 흠!"

그는 대놓고 비웃었지만 금세 못된 짓 하다가 들킨 꼬마처럼 변명을 늘어놓았다.

"그래도 아무것도 안 훔쳤어요! 솔직히 훔칠 게 있어야죠? 벽 타고 내려왔으면 열 받아서 책상이라도 부쉈을 걸요!"

그게 얼마나 분했는지, 지금도 그의 눈이 이글이글 타올랐다.

"그럼 그냥 얌전히 나갈 것이지, 여기서 뭘 한 거예요?"

"그러니까 쓸 만한 건 이 방밖에 없더란 말이죠. 에어컨도 좋고 세탁기도 드럼세탁기고 냉장고도 이단에 냉동실도 잘 돌아가고 책상도 이렇게 정리해놓으니 공부할 맛 나고……"

그리하여 그는 숫제 이 방에 터를 잡아버렸다. 간혹 빨랫감이나 먹을 것을 가져오려고 방을 비우기도 했다. 항상 문을 잠그지 않고(아니, 못하고!) 드나들었으니 남의 방을 자기 방으로 착각했을 법도 하다.

그의 말이 끝났을 때 나는 단호하게 말했다.

"관리비 내놔요!"

돈 얘기가 나오자 그는 정신이 번쩍 드는 모양이었다.

"솔직히 도둑맞은 것치고 이 정도면 양호하죠? 말이야 바른말이지, 도둑맞은 게 하나도 없잖아요?"

그는 방바닥에서 일어나 냉장고 문을 열었다. 잠깐 멈칫하더니 맨 밑에 있는 아이스크림을 꺼냈다. 대놓고 떨떠름한 표정이었다.

"호두마루는 그쪽이 먹었어요?"

"거기 있길래……"

그의 호통에 내 목소리가 그만 기어들어갔다.

"자기가 사다 놓은 것도 아닌데 왜 먹어요? 그리고 이런 말하면 그렇지만, 솔직히 여자 방이 그게 뭐예요? 아무튼 저는 슬슬 가볼랍니다. 아이스크림은 냉동실이 없으니 딱 하나만 더 빼갑니다. 음료수랑 과일은 다 가져가야지."

그렇게 한 짐 챙겨서 그는 유유히 내 방을 나갔다. 나는 후다닥 일어나 그를 붙잡았다. 현지답사, 자료 수집, 인터뷰!

"저기요, 그런데 뭐하는 사람이에요? 정확히 무슨 시험을 준비하는 거예요?"

"왜요? 나한테 관심 있어요? 나 같은 놈이 주인공으로 나오는 소설을 누가 읽겠어요? 그 낚시랑 산삼 얘기도 그냥 버려요. 재미고 뭐고 간에 다 틀린 소리뿐이던데요?"

그 말에 의기소침해졌지만 쉽사리 굴할 내가 아니었다.

"그러니까 그쪽 얘기 좀 해달라니까요! 정신의 지하에 스스로를 감금하고 고독과 소외에 시달리는……"

나는 흥이 났으나 그가 단칼에 말허리를 잘랐다.

"지하는 무슨, 이래 봬도 나, 여자 친구도 있어요! 좀 있다 귀국하면 데이트 비용으로 쓰려고……"

그의 말이 채 끝나기도 전에 핸드폰이 쩌렁쩌렁 울렸다. 여봐란듯 여자 친구와 국제전화를 하면서 그는 내 시야에서 사라졌다.

12

삼계탕에 낙지가 들어가면 무슨 맛일까. 닭과 낙지의 맛에 덧붙여 뭐라 설명하기 힘든 적자색 맛이 났다. 시원한 마룻바닥에 앉아 뜨거운 낙지와 푹 읽은 닭고기를 발라 먹는 시간을 맛보기 위해 나는 친구의 측은지심을 자극했다. 마침 프로젝트 하나를 끝낸 그가 밥값을 챙겨 들고 나타났다.

"일본은 잘 갔다 왔냐? 혹시 돈 많은 홀아비라도 하나 찾았냐?"

"죽을래?"

"불쌍도 해라, 완전히 썩다 왔구나. 하다못해 핸드폰 줄이라도 내놔봐라."

"다 늙은 주제에 핸드폰 줄은 무슨, 유치하게. 이거라도 마실래?"

나는 아사히 캔맥주를 내밀었다.

"야, 이 바보야, 슈퍼에서도 살 수 있는 걸 뭐하러?"

"어, 그래? 술을 안 마시니까 몰랐지. 야, 저것 좀 봐! 저렇게 잡아다가 말리나 봐. 으악, 밥맛이다, 정말!"

"별것도 아닌 걸, 웬 호들갑이야? 그러면 귀여울 줄 아냐, 이 주책아? 저놈 저거 꼬리도 빠닥빠닥 살아 있는 게 진짜 국산 지네인가 본데."

그가 지네에 대한 품평을 하는 동안 나는 화들짝 놀라고 말았다.

"어, 저 사람은!"

"누구?"

친구는 한참이 지나서야 그가 자기 사촌형인 것을 알아보았다.

"돌아왔나 본데? 낚시에 산삼에 이제는 지네라니! 야, 이집 삼계탕 양이 왜 이렇게 적냐? 여기요!"

그러고는 곧장 공기밥을 하나 시켜 삼계탕 국물에 들이붓더니 살뜰히 다 먹어치웠다.

집에 오자마자 나는 인터넷을 뒤졌다. 그 프로그램을 만든 피디가 알고 보니 대학 후배였다. 드라마를 주로 찍는 녀석이라 초창기에는 나한테 전화를 한 적도 있었다. 주로 가정주부들이 보는 아침 드라마에 걸맞은 이야깃거리가 없느냐는 것이었다. 있을 턱이 있나. 그래도 대놓고 거절하기 뭣해 혹시

엑스트라 필요하면 연락하라고 했다. 일 년 남짓 뒤 연락이 왔다. 조만간 「토지」 촬영에 들어간다면서 그가 제안한 역은 냇가에서 빨래하는 아줌마 중 하나였다. 군침이 돌아 정확히 뭘 해야 하는 거냐고 물었다. 대답인즉, 무슨 말을 할 필요도 없이, 얼굴을 보일 필요도 없이 냇가에 주야장천 쪼그리고 앉아 빨랫방망이를 놀리면 된다는 것이었다. 그러고는 심드렁한 어조로 덧붙였다. "누나 엉덩이가 작긴 하지만 그때라고 여자들 엉덩이가 다 크지도 않았을 테니까……" 후배의 말이 크나큰 모욕이 되었다. 그 핑계로 출연 제의를 거절했지만 실은 대사가 한마디도 없는 것이 싫어서였다.

그때 이후 처음으로 후배에게 연락한 것인데, 뜻밖에도 모든 일이 일사천리였다. 일주일쯤 뒤 나는 나의 쓰이지 않은 소설의 주인공, 김광필을 직접 만날 수 있게 되었다. 정열적인 청년 혁명가나 떠돌이 낚시꾼이나 도인풍의 심마니보다는 말쑥한 회사원이 잘 어울리는, 또렷한 이목구비에 성격 좋아 보이는 얼굴, 무엇보다도 기억에 남을 이렇다 할 특징이 없어 비밀 공작원이나 특수 요원에 참 적합한 얼굴이었다.

13

200×년 여름, 그는 일본에 열 달 정도를 머물렀다. 귀국 이후에도 그의 생활은 별로 달라진 것이 없었다. 산삼 팔아 모은 돈을 부동산과 값비싼 동산으로 환원했다는 사실이 그나마 사건이었다. 집을 샀고 보트를 샀다. 거주지로 부산을 택한 것은 내륙과 바다, 어디로든 나가기가 편해서였다.

그는 시간표를 엄격히 준수하며 여느 직장인보다 더 촘촘한 삶을 살았다. 새벽 5시 기상, 밤 10시 취침은 전업 낚시꾼의 길로 들어서면서부터 굳어진 원칙이었다. 젊은 날 곧잘 즐기던 밤낚시는 아예 접어버렸다. 눈을 뜨면 한 시간 정도 조깅을 했고 아침밥을 먹은 다음에는 인터넷을 하고 신문이나 책을 읽었다. 고객을 맞이하는 시간은 주로 점심때였다. 저녁에는 벗들과 맥주를 한잔하거나 혼자 텔레비전을 보았다. 자기전에는 간단한 맨손 체조와 스트레칭을 했다. 이런 시간표 덕분에 그는 회사 생활을 할 때보다 더 많은 사람들을 더 가까이 만날 수 있었다. 최근 들어 막역한 사이가 된 아파트 수위와는 노무현 전 대통령의 생가를 방문, 조문을 하기도 했다.

지네 잡는 일을 시작한 건 최근이었다. 놀랍게도, 돈이 궁해서였다.

"하긴 자제분들이 있으니까요."

나의 말에 그는 수줍은 듯 웃으며 얼굴을 붉혔다.

"걔들이야 이제 다 컸고……"

떠돌이 낚시꾼 겸 심마니를 지네잡이로 바꿔놓은 계기는 바로 이것이었다.

200×년 초, 그는 겨울 낚시를 하러 또 일본에 갔다. 목적지는 홋카이도였다. 그때 비행기 안에서 자기 옆에 탔던 한 여자와 재혼을 하게 된 사연은 한 편의 고색창연한 연애소설이었다. "그쪽은 결혼 같은 것에는 관심도 없잖아요?"라는 말에 수긍의 미소를 짓지만 속으론 무척 상처받는 서른여덟 살의 노처녀. 그리고 장성한 두 아이를 둔, 또다시 가정을 꾸린다는 것은 상상도 해본 적이 없는 쉰 줄의 이혼남. 그해 겨울 홋카이도에서 그들은 설국의 주인공이 되어 완전히 꺼진 줄 알았던 젊음의 불씨를 태우는 일에 몰두했다. 값싸고 질 좋은 생선회와 대게는 인생의 황홀한 한 페이지를 장식한 은가루 같은 것이었다. 하늘에서 처음 만난 그들이 다시 하늘을 날게 됐을 때는 뱃속에 아이를 품은 채였다. 그야말로 하늘이 맺어준 인연이었다.

"나이가 있으니 겁도 나고 그랬는데 집사람이 워낙 낳고 싶어 해서요. 요즘 세상에 좀 촌스럽게 들리겠지만, 우리 집사람은 꼭 애를 낳고 키우기 위해 태어난 여자 같아요. 한 번 낳아보니 자신감이 생겼는지 더 늦기 전에 하나 더 갖자고 하더라고요. 큰아이를 위해서도 둘째가 필요하고. 실은 예정일이 얼마 안 남았어요."

그는 아까처럼 수줍게 웃었다.

"슬슬 이사도 할 생각입니다. 부산도 살기는 나쁘지 않지만 애 교육 생각하면 어림도 없어요! 제2의 도시라지만 영어 유치원도 다 변변찮고……"

자식 교육 얘기가 나오자 그는 극도로 흥분했고 또 수다스러워졌다. 김대중 전 대통령이 사망했을 때는 한창 바쁠 때임에도 사흘간의 휴가를 내어 서울로 올라갔다. 영결식과 장례식까지 다 지켜본 것도 세 살배기 아이에게 올바른 정치의식을 심어주고 역사의 현장을 직접 체험하도록 하기 위해서였다. 낚시와 산삼, 지네 얘기는 전혀 들을 수 없었다. 심지어 자식들이 아비의 전철을 밟지나 않을까 염려되어 그동안의 이력을 지워버리고 싶어 한다는 느낌마저 받았다.

그와 헤어진 뒤 나는 얼마간 부산역 근처를 배회하다가 기차를 탔다. 21세기판 신선을 만나겠다며 일본까지 간 걸 생각하자 어찌나 웃긴지 코끝이 다 찡해왔다. 완행이나 다름없는 무궁화호는 수차례나 정차하며 오랜 시간을 레일 위에 있었다. 그동안 나는 등받이도 젖혀지지 않는 의자에서 자다 깨

다를 반복했다. 마지막으로 눈을 떴을 때 머릿속에 남아 있는
대화는 이런 것이었다.

"야, 나한테 시집올래?" "그래, 간다!"

14

이십 년 가까이 친구로 지내다가 갑자기 연인이 된 남녀의
러브스토리는 나를 꽤나 자극했다. 우리가 필요 이상으로 속
속들이 알고 있는 저 휘황찬란한 과거는 다 덮어두자. 현재보
다 딱히 더 나을 것도 없겠지만 딱히 더 못할 것도 없을 저 미
래만 바라보자. 둘 다 다 늙은 주제가 되었지만 지금 이 순간
이 제일 젊은 거다. 밍크처럼 사랑하고 새끼를 줄줄이, 까지
는 아니고 딱 하나만 낳는 거다 등. 상상에 잠겨들수록 친구
를 실제로 만나는 일이 꺼려졌다. 친구가 전화를 했을 때는
밤새도록 야한 동영상을 헤적인 양 쑥스러웠다. 할 얘기가 있
으니 꼭 만나자던. 상상의 나래는 더 두툼하고 무거워졌고 그
와 대면하자 바닥으로 떨어질 참이었다. 하지만 이 우스꽝스
러운 작태는 그의 한마디에 여지없이 무너져버렸다.

"나 결혼한다."

신붓감은 직장 동료의 소개로 만난 동종 업계의 여자라고

했다. 핸드폰을 꺼내 사진까지 잔뜩 보여주었다. 하나같이 다 염장을 지르는 것이었지만, 신붓감이 별로 미인이 아니라는 점이 제일 아니꼬웠다. 한데 서른셋이라니, 이 나이가 정녕 꽃답게 여겨져 때아닌 서러움이 느껴졌다. 노처녀라면 대개 다 공감할 참담한 감정에 덧붙여, 혼자서 열심히 들이켠 김칫국물의 신맛이 통째로 목구멍으로 기어 올라왔다. 나는 성질이 났다. 그는 어리둥절해하고 또 재미있어 했다.

"어라, 발끈하네? 그럴 거면 진즉에 나한테 시집오지 그랬냐?"

"뭐? 야, 아무리 그래도 그렇지, 반년 만나고 결혼이라니, 너무 심하지 않냐?"

"네가 아직 몰라서 그런데 결혼할 사람은 따로 있는 거야. 이 사람이다, 하는 느낌이 확 오거든. 그 명석하고도 판명한 느낌을 너도 조만간에는 맛봐야 될 텐데 걱정이다, 이 아줌마야. 너 없는 동안 네 방을 지켜준 그 도둑이라도 잡아보지?"

"이 자식이 정말!"

버럭 고함을 지른 것은 그 볼품없는 도둑마저도 조강지처 같은 여자 친구가 있다는 사실이 상기된 탓이다.

15

「잘 알지도 못하면서」. 그날 밤 내가 본 영화인데, 보는 내
내 웃음을 멈출 수 없었다. 등을 돌린 채 쪼그려 앉아 초라한
궁둥이만 보여도 「토지」에 출연할 걸 그랬나.

구토,
혹은
청춘의 기록

스물세 살이오—三月이오—咯血이다

—李箱, 「逢別記」

스물일곱 살이오—오월이오—구토다.

*

무늬만 국문학도인 백수, 하루 담배 두 갑을 바닥내는 골초, 대학에 들어온 이래 기숙사와 하숙집과 원룸을 전전하며 8년째 자취 생활, 친구라곤 딱 하나, 애인은 없다. 구토의 습격이라도 받지 않았다면 얘깃거리라곤 통 없는 것이 나의 삶이다.

바닷가에서 아이들을 따라 물수제비를 뜨려고 조약돌을 집어 든다. 문을 열기 위해 손잡이를 잡는다. 휴머니스트를 자처하는 한 독학자의 열띤 고백을 듣는다. 옛 연인과 재회하여 그녀를 포옹한다. 그때마다 갑자기 참을 수 없는 구토가 거세게 치밀어 오른다. 무질서하고 혼란스러운, 그럼에도 뻔뻔하고 야성적인 실존에 대한 구토이다.

왜 당최 이것이 없지 않고 있느냔 말이다!

나는 이 말을 조약돌이나 문손잡이가 아니라 구토를 향해 외치고 싶다. 그것은 변비처럼 우리의 신경을 지긋이 자극하여 비등점까지 끌고 가거나 아니면 설사처럼 느닷없이 우리를 덮쳐 쥐어짜고 우리의 실존을 화장실에 붙박아둔다. 나에게 그런 일이 일어났다.

나는 밤새도록 배를 붙잡고 씨름했다. 위아래로 연거푸 쏟아내는 동안 뱃가죽은 등가죽에 찰싹 달라붙었다. 동이 터올 무렵에는 몸도 제대로 펼 수 없을 만큼 통증이 심해졌다. 척추가 끊어지는 것 같은 느낌, 제법 익숙한 것이었다. 뭐가 문

제일까. 하루 동안 뱃속에 들어간 음식물을 떠올렸다. 고향 집에서 올라온 돼지고기 장조림과 고들빼기김치, 식은밥, 연 거푸 몇 개를 깎아 우걱우걱 씹어 먹은 참외. 음식물을 아무 리 조합해도 마땅히 답은 나오지 않았다. 결국 나는 119를 불 렀다.

동네 병원 응급실. 의사의 얼굴을 보기가 무섭게 이리저리 끌려다니며 소변과 혈액을 뽑혔다. 기분 나쁠 정도로 서늘한 판자 위에 누워, 역시나 기분 나쁜 소리가 들리는 가운데 엑 스레이 촬영도 했다. 그러곤 응급실 침대에 누워 오래도록 링 거를 꽂고 있었다. 악몽과 통증이 사투를 벌이듯 번갈아가며 나를 덮쳤다. 간호사가 다가왔다.

"보호자는 언제 오세요?"

"곧 올 거예요."

물론 보호자는 오지 않았다.

얼마나 지났을까. 슬그머니 눈이 떠졌다. 내 몸 위로 묵직 하고 어두운 그림자가 드리워졌다. 하얀 가운, 청진기. 아까 본 그 의사다. 어딘가 시골 의사라는 단어 조합을 연상시키 는, 지긋한 나이에 몸집이 푸짐한 할아버지. 그 인상에 몹시 부합하는 말이 흘러나왔다.

"이봐, 학생, 엄마는 언제 와?"

나는 실제보다 더 기운이 없는 척, 서러운 표정을 지으며 아무 대답도 하지 않았다.

"다른 이상은 없고 장이 왕창 꼬였어. 열이 나고 아파도 별수 있나, 그냥 기다려야지. 이제 슬슬 집에 가도 될 것 같은데, 왜 아무도 안 와? 엄마가 와야지 애를 보내지, 원."

"엄마는 못 와요."

내 말에 의사는 잠시 주춤하더니 다시 입을 열었다.

"그럼 누구라도 와야지! 거참, 딱하네."

혀를 끌끌 차며 의사는 퇴근했다.

어느덧 창밖이 거무스름했다. 이쯤 되자 진짜로 서러워해도 될 것 같았다. 수아에게 전화를 걸었다. 핸드폰이 꺼져 있었다. 아직 수업 중인가 보다. 이제 어쩌나. 아무리 서러움을 과시하고 싶어도 시골에다 전화를 거는 건 별로다. 농사일로 한창 바쁠 때다. 스물일곱이나 처먹고서 병원에 드러눕다니. 비단 자식으로서, 맏딸로서가 아니라 그냥 인간으로서도 염치없는 짓이다.

나는 모로 드러누워 새우처럼 몸을 웅크렸다. 링거액이 혈관 속에 눈물방울을 하나씩 떨어뜨릴 때마다 내 의식이 한 발짝씩 죽음을 향해 가는 것 같았다. 물론, 배탈 때문에 죽는 사람도 드물거니와 내 인생에 때 이른 죽음을 갈망할 만한 설움이란 전혀 없었다. 이게 나는 못내 속상했다. 그랬기 때문에 나는 허름한 동네 병원의 지저분한 침대 귀퉁이에서 이대로 죽으면 참 좋겠다고 생각했다. 날 좀 살려달라는 청춘의 원성을 싹 무시하고 억울할 것도 없이 황망하게 덜컥.

*

무의식의 한가운데에서 나는 구토의 역사를 썼다. 그것은 거의 20여 년 전으로 거슬러 올라간다.

날이 새기 전부터 어른들은 돼지를 잡았다. 몸집도, 목소리도 제일 큰 돼지, 나의 꿀꿀이였다. 꿀꿀이 멱을 따는 소리는 제법 생경하고 또 처연했다. 얼마 뒤 녀석은 완전히 뻗어버렸다. 그 단절이 조금은 이상했다. 꿀꿀이의 몸뚱어리가 몇 조각났다. 이제 꿀꿀이는 세상에 존재하지 않았다. 가마솥 안에 들어간 것은 아까만 해도 꿀꿀대고 씩씩대며 돼지우리를 활보하던 그 꿀꿀이가 아니라 그냥 고깃덩어리였다. 한쪽에서 돼지고기가 삶기는 동안 나는 계속 코를 킁킁거렸다. 내 모양새가 왠지 오늘 새벽까지만 이 세상에 있었던 꿀꿀이를 닮았다는 생각이 들었다. 어떻든 지금 맛있는 냄새를 풍기는 것은 꿀꿀이가 아니었다. 그것은 다른 한쪽에서 열심히 끓고 있는 탕국처럼 맛있는 음식이었다. 선선한 바람이 상쾌한 아침, 추석이었다.

차례를 지내고 선산에 성묘를 다녀오고 술판이 벌어지는

사이에 하루가 저물었다. 그 끄트머리에 나는 집 뒤의 묏등만큼 불러온 배를 껴안고 방 안에서 뒹굴었다. 뒷간을 다녀오면 또다시 뱃속에 음식물을 채워 넣었다. 4년 남짓한 내 인생을 다 헤적여봐도 먹을 것이, 그것도 고기가 이렇게 푸짐했던 적이 없었다. 뱃속은 아프다고 아우성을 치는데 내 손은 거침없이 고기 조각을 탐했다. 급기야 또 뒷간으로 달려갔다. 아니, 뒷간까지도 못 가고 앞마당 귀퉁이에 털썩 주저앉아버렸다. 설사가 뭉텅뭉텅 쏟아졌다. 바둑이는 컹컹 짖고 꼬리를 살랑대며 내 주위를 맴돌았다.

"아이고, 간만에 기름기가 들어가서 안 그렇나."

내 뒤를 따라 나온 엄마가 말했다. 나는 갑자기 무서워졌다. 꼭 꿀꿀이가 나를 벌하는 것만 같았다. 시뻘겋게 충혈된 눈에서는 눈물도 뚝뚝 떨어졌다.

"이제 고만 먹고 내일 또 먹으래이."

엄마의 말이 채 끝나기도 전에 나는 앞으로 꼬꾸라지며 음식물을 게워냈다. 대충 씹힌 고기 조각들이 무더기로 쏟아졌다. 냄새가 아주 고약했다.

나는 힘없이 방 한구석에 드러누웠다. 엄마는 궤짝을 뒤져 알약 몇 개를 찾아냈다.

"민영이 아빠, 여 소화제가 어떤 거라요? 불이 캄캄해서 영 안 보이네."

호롱불이 캄캄한 것도 사실이었지만 엄마는 한글을 읽을 줄 몰랐다. 수내 마을 일대에서 밭일 잘하고 담뱃잎 엮는 솜씨가 일품이기로, 또 장 잘 담그기로 소문난 엄마였다. 그래도, 아니 그 때문에 엄마는 자기가 문맹이라는 사실을 조금은 창피해했다.

"민영이가 알약을 먹겠나, 어디 한번 보자."

아빠는 소화제를 골라냈다. 조그맣고 동그란 초록색 알약이었다. 엄마가 밖에 나가 양푼에 찬물을 떠 왔다.

"자, 입에 탁 넣고 물을 한 모금 마시고 꿀꺽 삼키면 된대이. 함 해봐라."

배가 너무 아팠기 때문에 고분고분, 아빠가 시키는 대로 해보았다. 하지만 꿀꺽 삼켜진 건 물뿐, 알약은 그대로 혀 안에 남아 있었다. 언젠가 장날 할머니를 따라 읍내에 갔다가 먹어본 사탕처럼 달콤했다. 나는 혀를 놀려가며 알약을 핥았다. 하지만 사라져 없어질 때까지 달았던 사탕과는 달리 알약은 이내 본색을 드러냈다.

"아이고, 써라!"

나는 알약을 툭 뱉어버렸다. 엄마와 아빠는 그 소중한 소화제를 무려 세 알이나 낭비하며 내 뱃속에 넣으려고 애를 썼다. 하지만 나머지도 전부 하얀 맨살을 드러낸 채 방바닥 어디에 쿡 처박혔다.

진땀을 빼는 사이에 뱃속도 좀 가라앉는 것 같았다. 그러자 내 손은 절로 방구석에 쌓아놓은 과일 더미로 향했다. 잠이 쏟아지지 않았다면 커다란 사과 하나를 전부 먹어치웠을 것이다.

내가 기억하는 한, 과식, 아니 폭식의 습관은 그날 처음 생겼다. 이후 평생을 따라다닐 섭식 장애의 기원이다. 또한 그때 나는 처음으로 똥과 오줌뿐만 아니라 토사물이 내 몸 어디에 존재한다는 것을 알게 되었다. 구토 없는 실존이 불가능하다는 깨달음의 시작이다.

*

불이 반쯤 꺼진 응급실의 적막을 핸드폰 소리가 깨놓았다. 수아였다.

"뭐냐? 수업도 안 오고 웬 전화질이야?"

나는 병원에 누워 있다고 얘기했다. 내 귀를 때리는 내 목소리가 제법 처량했다. 잠에서 막 깬 탓이었다. 하지만 환자역을 맡는 것이 본능적으로 마음에 들어 일부러 더 힘이 없는 척 군 것도 사실이다.

반 시간쯤 뒤 수아는 내 옆에 와 있었다. 나의 환자연하는 처지가 꽤 부러웠던 모양이었다. 당황하고 놀라워하는 수아의 얼굴이 재미있었다.

"아니, 이걸 이렇게 그냥 두면 어떡해요? 저렇게 계속 토를 하는데!"

수아는 토사물이 가득한, 내 침대 옆 쓰레기통을 가리키며 소리를 질렀다. 애꿎은 조무사는 입을 삐죽 내밀며 쓰레기통을 들고 나갔다.

"그렇게 대책 없이 살 때 알아봤어. 민영이 너, 일부러 이런 거지, 엉?"

어깃장을 놓긴 했지만 수아는 나를 은근히 부러워하는 것 같았다.

"연애는 잘돼가?"

"지금 네가 남 연애 걱정하게 생겼냐?"

수아는 한 반 시간쯤 앉아 있다가 기숙사로 돌아갔다.

요즘 수아는 연애의 몽상에 젖어 희망이라는 괴물을 붙잡고 있었다. 오랫동안 짝사랑해온 남자가 드디어 수아에게 마음을 열어준 것이다. 적어도 수아의 말로는 그랬다. 나는 연애의 몽상보다는 그 희망이라는 괴물 때문에 수아를 조금은 질투했다. 역시나 그 때문에 수아가 그 남자와 연결되지 않기를 바랐다. 연애의 몽상이 실현되면 희망이라는 괴물도 꼬리를 감출 테니까. 가히, 유치한 생각이었다. 하지만 이런 생각이 유치하다는 것을 안다는 이유로, 나는 나를 성숙한 남성의 형식쯤으로 간주하고 뿌듯해했다.

이튿날 아침, 수아가 잠이 덜 깬 얼굴을 하고 나타났다. 지금껏 관객의 등장을 기다린 양 나의 구토는 절정을 향해 치달았다. 증세는 어젯밤보다 더 심해져, 싯누렇고 쓰디쓴 시큼한 액이 뱃속 깊은 곳에서 숨을 헐떡이며 기어 올라왔다. 내가 의식하는 나는 조그만 쓰레기통에 머리를 처박고 구토에 몸을 내맡긴 나였다. 이쯤 되면 연극이 아니었다. 이제 그만 이 구토하는 더러운 실존을 때려치우고 뱃속에다 음식물을 가득 채워 넣는 아름다운 실존이고 싶었다. 하지만 나의 바람을 깡그리 무시하고 시골 의사는 청천벽력 같은 말을 던졌다.

"저 학생 말이야, 어디 큰 병원으로 데려가."

과잉된 친절이 쏙 빠진, 건조하면서도 정감 있는 어투였다.

"예? 그렇게 심각해요?"

"아니, 저 학생이 심각한 게 아니고 우리 병원이 심각해. 병실이 없어."

"병실요? 그럼 입원해야 돼요?"

"글쎄, 그게 지금쯤은 나아져야 되는데 저렇게 계속 구역질을 해댄단 말이야. 도무지 왜 그럴까? 알다가도 모르겠어. 애가 선 것도 아니고, 무슨 죽을병에 걸린 것도 아니고……"

시골 의사는 만화 속 주인공처럼 머리 위에 물음표 하나를 그린 채 고개를 갸우뚱거렸다. 그의 솔직함에 나는 은근히 감동했다.

한편, 수아는 생명의 은인으로 거듭났다. 수아의 부축을 받으며 나는 택시를 탔고 근처에서 제일 가까운 종합병원으로 옮겨갔다. 모든 검사가 다시 시작됐다. 그동안에도 나에게 내가 살아 있다는 것을 끊임없이 각인시킨 것은 저 살인적인 구토였다.

정신을 차렸더니 어느 병실의 구석 침대였다. 담당 의사는 위장 내시경을 권했다. 머릿속에 동네 병원의 시골 의사의 잔영이 남아 있는 탓인지 그는 왠지 도시 의사라는 말이 어울려 보였다. 내가 인상을 쓰자 젊은 도시 의사는 언뜻 미소를 내비쳤다.

"요즘은 수면 내시경이 있어서 별로 힘들지 않습니다."

실은 내시경이 아니라 수면이 싫었기 때문에 나는 있는 힘껏 말했다.

"그냥 해도 돼요."

내 목소리가 너무 작은 것이 나 스스로도 놀라웠다.

"그럼 그러시죠."

도시 의사는 사라졌다.

뱃속은 어차피 하루 종일 비어 있었다. 간호사는 불쾌한 물약을 갖다 주었다. 끈적끈적하고 질척질척한 물약이 입안으로 들어가자 목구멍까지, 식도까지 한 대 얻어맞은 양 얼얼하게 마비되는 느낌이었다. 절로 인상이 써졌다.

"야, 내시경에 정들었냐? 또 내시경 하려고 일부러 밥 굶었지?"

수아가 옆에서 연신 툴툴댔다. 서울로 유학 온 뒤 위장 내시경을 한 것이 벌써 세번째다. 그때마다 수아는 내 옆에 있어주었으니 툴툴댈 권리쯤은 충분히 있는 셈이다. 물론, 나의 내시경의 근원은 수아가 알 리 없다.

*

중학교는 읍내에만 있었다. 몹시 추웠던 1월 말, 나는 아빠와 함께 읍내로 향했다. 간만의 외출이라 정류장 앞에서부터 마음이 달떴다. 하지만 멀리서 달려오는 버스를 보자마자 속이 메슥거려 왔다. 신기한 노릇이었다. 어른들의 등에 업혀 갈 때는 전혀 보이지 않던 것이 보였다. 구토 덩어리였다. 구토가 내 몸안이 아닌, 내 몸 밖에도 존재할 수 있다니. 온몸에 소름이 돋았다. 버스, 아니, 모든 탈것에 대한 공포의 시작이었다.

버스 안으로 들어가자 시큼한 기름 냄새가 코를 찔렀다. 몸은 점점 더 쪼그라들었다. 나의 고통에는 아랑곳하지 않고 버스는 달리기 시작했다. 덜커덩거리는 소리와 진동이 뱃속은 물론 머릿속과 마음속까지 휘저어놓았다. 5분도 지나지 않아 토악질이 시작됐다. 아빠는 머리에 쓰고 있던 털모자를 황급히 벗어 토사물을 받아냈다. "아이고, 무슨 멀미를 이래 하노? 아를 잡네, 잡아."

귀갓길은 더 참혹했다. 뱃속의 내장이 제 맘대로 꼬이며 구토를 턱턱 뱉어냈다. 장터에서 아빠와 함께 먹은 뜨끈하고 얼큰한 돼지국밥이 내 뱃속에 잠시 머물렀다가 추한 모양새를 하고 뭉텅뭉텅, 다시 세상에 나왔다. 버스에서 내렸을 때 나는 끓는 물에 삶아낸 우거지 꼴이었다. 집까지는 가파른 산길을 한 시간쯤 올라가야 했다. 아빠는 나를 등에 업었다. 달빛을 받은 거무스름한 산길과 검푸른 하늘 위에 금강석처럼 톡톡 박혀 빛나는 별들 사이를, 열네 살짜리 딸을 업은 마흔 살의 남자가 가로지르고 있었다.

며칠을 고민한 끝에 부모님은 나를 읍내로 보내기로 결정했다. 마침 고등학생인 육촌 언니가 읍내에서 하숙을 하고 있던 덕분이기도 했다. 우리의 방은 조그맣고 아담했는데, 초등학교 교사 부부가 사는 정갈한 양옥집에 딸려 있었다. 봄이면 몇 그루의 감나무가 노란 감꽃을 소보록하게 피웠다. 하지만 나의 자취 생활은 감꽃처럼 다부지고 예쁘지는 못했다. 주중은 금식의 시간이었고, 주말은 폭식의 시간이었다. 집에만 올라가면 주중에 오그라뜨려놓은 배를 풍선처럼 부풀리겠다는 듯 다섯 끼, 여섯 끼를 먹어댔다.

그렇게 2년이 흘렀다. 3학년이 되면서 학업에 강도가 붙었다. 거창고등학교에 들어가면 좋겠다는 꿈도 생겼다. 꿈이 커지면서 희망이라는 괴물들이 어디선가 스멀스멀 기어나와 내 뱃속을 간질였다. 어떨 때는 그 괴물들이 내 뱃속을 다 점령해버려 속쓰림을 고스란히 안은 채로 날밤을 새우기 일쑤였다. 그러던 어느 날, 나는 배를 부둥켜안고 쓰러졌다. 척추가 끊어지는 것 같은 느낌과 처음 만난 순간이었다.

엄마가 소식을 듣고 내려왔을 때는 이미 응급실에서 하루를 보낸 뒤였다.

"어린 처자가 몸이 이래 부실해서 우짜겠노?"

의사는 내시경을 권했다. 당시로선 드물게 여자 의사였는데, 몸집이 푸짐하고 뽀글뽀글한 파마머리에 검은 뿔테에 두툼한 돋보기안경을 낀 할머니였다. 그녀는 거창 출신이었고 이른바 대처에 나가 공부를 한 뒤 다시 거창으로 돌아와 읍내에 조그만 병원을 하나 열었다. 여자 슈바이처가 되겠노라는 어릴 적 꿈을 그녀 나름대로 옹골차게 실현한 셈이었다. 진찰실 벽에는 학사모를 쓴 젊은 그녀의 모습을 담은 흑백 사진 한 장이 걸려 있었다. 사진 바깥의 늙은 여자와 사진 속의 처녀. 그들이 같은 사람이라는 것을 얘기해주는 유일한 표지는, 볼록렌즈 때문에 두세 배는 더 커져버린, 쌍꺼풀이 또렷이 진

큰 눈과 그 눈망울 속에 담겨 있는 어떤 온기였다.

시커멓고 굵은 호스가(물론 호스의 색깔까지는 기억할 수 없지만 왠지 그것이 시커멨으리라는 생각이 든다) 목구멍을 넘어 식도를 타고 뱃속까지 무자비하게 기어 들어왔다. 하지만 그것은 구토의 연장일 뿐, 통증과는 거리가 멀었다. 내 몸은 굼벵이처럼 웅크려져 통째로 진동하는데도 나는 말하자면 의연했다. 검사가 끝났을 때 의사가 겸연쩍은 표정으로 말했다.

"어린 아가 평소에도 속이 안 좋다캐서 어디 큰 이상이 있는 줄 알았는데, 고마 염증이 좀 있네. 이럴 줄 알았으면 이 고생 안 해도 됐는데…… 얼라 낳는 연습 좀 했다고 생각해라."

미안한 마음에 덧붙인 말이 또 이것이었다. 아무래도 여자가 겪을 수 있는 가장 큰 통증이 산통인 모양이었다.

"어야, 니 자꾸 그래 밥 잘 안 먹고 밤새고 그카면 나중에는 뱃속에 빵구난대이. 위염이 위궤양 되고 그게 위암이 되는 기다. 인자 밥 잘 먹을 기제?"

엄마와 함께 병원을 나갈 때 의사는 손녀를 어르듯 일러주었다. 나의 뒤통수 너머로 그녀가 혼잣말로 웅얼대는 소리가 싸늘한 겨울바람에 실려 왔다.

"하긴 니가 클 때쯤이면 위암 같은 거야 웬만큼은 안 고치겠나."

몇 년 전, 서른을 갓 넘긴 이모가 위암으로 죽었을 때도 그녀는 비슷한 말을 했더랬다. 20년만, 아니 10년만 더 늦게 태어났어도 이렇게 부질없이 가지는 않았을 것이라고.

*

당연하지만, 모종의 오기에서 나는 의학을 신뢰하지 않는다. 의사라면 더더욱 신뢰하지 않는다. 대신 그 할머니 시골 의사가 죽은 후에도 괴물 같은 속도로 발전을 거듭한 의료 기구는 신뢰한다. 추상적인 개념도, 구체적인 인간도 아닌 까닭에 그것을 신뢰하기는 참 쉽다.

목구멍과 식도가 흐리멍덩하고 무뎌졌을 때 가느다란 호스가 내 안으로 기어 들어왔다. 내 얼굴 앞에 모니터가 설치되어 있었다. 몸은 구역질에 점령당했지만 두 눈과 의식만은 바투 부여잡은 채 나는 내 뱃속을 들여다보려고 애썼다. 자그마한 부스러기들이 흩어져 부유하는 괴상한 공간, 언젠가 요나 얘기를 처음 듣고 상상해본 고래 뱃속과 같은 불쾌한 표면, 어딘가 에이리언의 분비물을 연상시키는 끈적끈적한 질감. 모니터로 걸러진 내 뱃속은 어떤 말로도 쉽게 설명되지 않았다. 어떻든 저것은 손가락이나 발가락, 콧구멍과는 달리 내 몸이 아닌 것 같았다. 그럼에도 바로 저것이 거침없이 타액과

202

점액을 흘려보내고 척추를 몇 번이나 끊어놓는 것 같은 통증을 유발하는 구토의 진앙이었다. 호스가 몸 밖으로 나가는 순간, 내 뱃속도 사라졌다. 그런데도 구토는 남아 있었다. 나는 계속 꽥꽥거렸다.

잠시 뒤, 도시 의사는 구토에 파묻힌 나를 앞에 두고 헬리코박터균 운운하며 열심히 설명을 늘어놓았다. 내 식으로 요약하자면, 위염과 위궤양과 심지어 위암 사이에 반드시 어떤 발전적 관계가 있다고 단언할 수는 없으나 현재와 같은 만성 위염 단계에서 조심하지 않으면 좋지 않은 결과를 초래할 수 있다는 것이었다. 한마디로, 아이 낳는 고통 어쩌고 하는 얘기만 빼면 오래전 할머니 의사의 말과 별반 다르지 않았다. 그 때문인지 그의 말보다 내 뱃속을 담아놓은 사진이 더 인상적이었다. 왠지 물컹하고 끈적거리는 것 같은 사진과 반질반질 윤기가 흐르고 탄력이 넘치는 의사의 얼굴을 번갈아 쳐다보았다. 문득 궁금해졌다. 저 의사의 뱃속은 어떤 모양새일까. 사람은 뱃속도 얼굴처럼 다 다르게 생겼을까. 휠체어에 앉은 채 병실로 올라가며 수아에게 물었다.

"네 뱃속이랑 내 뱃속이랑 사진 찍어놓으면 구분할 수 있을까?"

수아가 뭐라고 대답을 했지만 나는 구토의 기습을 받으며 고꾸라졌다.

다시 눈을 떴을 때는 또 침대였다. 구토가 내 정신을 되돌려놓았다. 이제는 위액은커녕 담즙도 올라오지 않았다. 토사물 없는 구토의 연속. 구토의 흔적 내지는 구토의 추억 같은 것이랄까. 그것이 명치끝에서 맴돌며 나를 고문하는 동안, 갈증이 입안과 목 안을 넘어 뱃속까지 잡아먹고 있었다. 온몸이 늦가을의 나뭇잎처럼 바싹바싹 타들어갔다. '금식' 딱지가 붙은 뒤로 음식은 물론 물 한 모금도 마실 수 없었다. 갈증이 통증을 더 부채질했다. 괴로움을 호소하자 간호사가 진통제를 놓아주었다. 통증이 가라앉는 환상이 제법 행복했다. 하지만 그것도 잠시, 척추가 끊어지고 온몸이 짜부라지면서 명치끝에서부터 숨 막힘이 턱턱 올라왔다. 어디까지 가는지 보자, 라는 오기는 온데간데없이 사라졌다.

"아까 그 주사 다시 놔주시면 안 돼요?"

나는 숫제 울먹이고 있었다.

"그거 자꾸 맞으면 안 돼요."

"아픈 걸 어떡해요?"

나도 모르게 눈물마저 찔끔찔끔 흘러나왔다. 이쯤 되면 코미디가 따로 없었다. 민망해졌다. 하지만 눈물은 멎기는커녕 그 정도의 권리는 충분히 있다며 뻔뻔스럽게 콸콸 쏟아지기 시작했다. 빌어먹을 구토 때문에 온몸이 너무 아파서 어린애처럼 엉엉 울고 있는 스물일곱의 나. 참 추악하지만 참 정직

하기도 한 이 실존을 나는 멈출 수가 없었다.

"원래 그렇게 아픈 거예요."

간호사가 병실을 나가며 던진 마지막 말은 계시나 다름없었다. 통증은 그냥 참아내는 수밖에 없었다. 결국 또 어디까지 가는지를 지켜보는 수밖에. 그 어디의 끝은 의식을 잃는 것이었다.

악몽이 기승을 부리는 가운데 더러 아름다운 것들이 섬광처럼 나타났다. 고향집 앞마당의 자두나무에 열린 못생기고 작은 자두들, 읍내 자췻집 마당의 감나무와 노란 감꽃, 주인집 마루의 미닫이 유리문, 할머니 의사의 곱디고운 처녀적 사진…… 그러다 보면 또다시 고약한 것들이 나를 덮쳐왔다. 끝없이 이어지는 고등학교의 복도, 아이들과 함께 마룻바닥에 머리통을 처박고 벌을 받고 있는 나, 똥오줌 떨어지는 소리가 천둥처럼 크게 울리는, 이제 막 청소를 한 고향집의 변소, 다소곳한 찔레 덤불 한구석에 유령처럼 번져 있는 뱀의 허물, 도라지밭을 매던 호미 끝에 반 토막이 난 채 딸려 올려온 허옇고 두툼한 굼벵이 몸통…… 비명을 지르며 나는 잠에서 깼다. 마침 맞은편 환자를 돌보고 있던 간호사가 달려왔다.

"세상에, 이렇게 몸부림을 치면 어떡해요?"

간호사의 목소리에서 짜증이 배어났다. 링거를 꽂아둔 팔뚝이 붉은 피로 물든 채 퉁퉁 부어 있었다. 침대 시트, 이불

에도 핏방울이 보였다. 간호사는 링거 위치를 바꿔 반대 팔에
바늘을 꽂으려 했다. 하지만 바늘이 좀처럼 혈관에 꽂히질 않
았다.

"무슨 혈관이 이렇게 가늘어요?"

처음부터 오른팔의 혈관이 너무 가늘어 왼팔에 꽂은 것을
잊은 모양이었다. 간신히 바늘을 꽂긴 했지만 간호사는 울상
이었다. 그녀의 입술이 턱턱 갈라지고 얼굴이 까칠까칠, 거뭇
거뭇한 것이 그제야 보였다.

*

금식 딱지가 사라지고 미음이 나왔다. 마음 같아서는 돼지
갈비라도 뜯을 수 있을 것 같았다. 하지만 아직도 구토의 흔
적이 남아 있는 뱃속은 미음도 간신히 받아들였다. 그럴수록
머릿속에서는 음식 생각이 간절해졌다. 식사 시간마다 풍기
는 반찬 냄새와 쩝쩝대며 음식 씹는 소리에 질투마저 생겼다.
마침내, 죽이 나왔다. 새로이 찾아온 참한 식욕에, 구토의 흔
적을 떨쳐버린 뱃속에 나는 감사했다. 병원에 들어온 지 닷새
째였다.

내 맞은편에 누워 있는 환자가 눈에 들어왔다. 기억을 되살
려보니 그녀는 처음부터 그곳에 누워 있었다. 항상 누워만 있

었다. 더러 간병인이 와서 상체를 세우는 일이 있었지만 아주 잠시였다. 간병인이 그녀를 상대로 무슨 일을 하는지는 알 수 없었다. 그때마다 침대 주변에 커튼을 쳤기 때문이다. 항상 누워만 있는 그녀도 간혹 제힘으로 몸을 살짝 돌리는 일이 있었다. 침대에 바싹 붙여놓은 작은 탁자 위에 노트북이 있었다. 그녀는 그쪽으로 한 손을 뻗어 마우스를 클릭하며 인터넷을 했다. 그녀에게 윈도우는 정녕 세상을 보여주는 유일한 창이었다.

"이제 좀 나아졌어?"

내 옆 침대의 할머니가 말을 걸어왔다.

"들어올 때는 곧 죽을 것 같더니만. 난 암이라도 걸린 줄 알았지, 뭐야."

농담이었는지 할머니는 키득키득 웃었다. 내 시선은 계속 맞은편 침대에 머물러 있었다.

"젊은 나이에 안됐어. 교통사고야. 얼마 전에 남편이 다녀 갔는데 결국 이혼했지. 애들도 있고 한데."

할머니는 소리를 죽여 말했다. 그때 의료진이 나타났다. 할머니는 유난히 들떴다.

"또 오셨어요? 지난주에 나가셨잖아요?"

수간호사는 약간은 놀리는 투로 아침 인사를 건넸다.

"팔을 못 들겠는 걸 어떡해? 어휴, 이것 좀 봐, 이제는 요만큼도 못 들겠어."

"예, 푹 쉬다 가세요."

"쉬긴 어떻게 쉬어! 치료를 받아야지, 치료를! 얼른 고쳐줘!"

의료진 일동은 더 안으로 들어갔다. 나와 맞은편 여자를 빼면 전부 노인이었고, 그들은 대개 말이 없었다. 이 병실이 시끄러운 건 오직 일이 주 간격으로 입원과 퇴원을 반복해온 옆 침대 할머니 덕분이었다.

이틀 뒤, 담당 의사는 나에게 밥을 '처방'해주었다. 은색 식판에 소복이 담긴 밥알 더미와 맑은 북엇국, 아직 온기가 남아 있는 구운 고등어 한 토막, 파릇파릇한 시금치 무침. 나는 조심스럽게 국 한 숟가락을 입안에 넣었다. 이어, 밥 한 숟가락과 시금치가 들어갔다. 구토의 흔적은 내 몸 어디에도 남아 있지 않았다.

다음날 나는 퇴원했다. 의사는 아무짝에도 쓸모없는 진단서를 굳이 떼주었다. 내 병명은 급성위장염이었다. 그리고 괄호 속에 과로와 영양실조라는 말이 들어갔다. 장염이야 영원한 트렌드이지만, 마지막 두 개는 극히 시대착오적인, 병명 같지도 않은 병명이었다. 나는 대단히 실망했다. 최소한 결핵처럼 어딘가 좀 있어 보이는 병을 기대했는데 말이다.

병원 건물을 나왔다. '완쾌'라는 말에 생명을 부여해주는 화창한 날이었다. 나 혼자 두 다리로 서서 맑은 정신으로 바깥 공기를 맛보는 것이 일주일 만인가. 나는 두 발을 움직이며 가볍게 제자리걸음을 해보았다. 내 맞은편에 있던 환자가 생각났다. 아마 그녀가 잃어버린, 어쩌면 언젠가 되찾기를 갈망하는 실존이 이런 것이겠지. 내 사정은 좀 달랐다. 나는 다시 건물 안으로 들어갔다. 그리고 그곳 편의점에서 담배와 라이터를 샀다. 건물 옆에서 들이켠 담배의 첫 모금은 몸이 다나았다는 신호였다. 흡연하는 나, 심지어 내 의지로 흡연을 멈출 수도 있는 나, 그 실존이 되돌아왔다.

*

몇 통의 링거를 꽂아두었던 팔뚝의 부기가 가라앉았다. 그 자리에는 허연 버짐과 같은 얇은 각질이 일어났다. 허물을 다 벗자 새살이 돋아났다. 변태의 작업이 끝났을 때도 나는 여전히 골초였다. 그래도 뱃속이 염려되어 식사 시간을 엄수하고 소화하기 쉬운 것만 먹고 있었다. 그럼에도 또한 스물셋의 삼월처럼 각혈을 꿈꾸고 있었다. 정작 각혈은 다른 곳에서 터져 나왔다.

한밤중에 수아가 전화를 했다. 다 죽어가는 목소리였다.

"수아, 너, 또?"

아니나 다를까 '또'였다. 다만, 이번엔 쥐약이 아니라 수면제였다. 나는 부리나케 수아의 자취방으로 달려갔다. 도중에 119도 불렀다.

수아가 처음 약을 먹은 건 대학교 1학년 때였다. 우리는 같은 기숙사 건물, 같은 방에 살고 있었다. 한밤중에 수아가 배를 붙잡고 우는소리를 하며 나를 깨웠다. 당최 왜 쥐약을 골랐는지 알 수 없었다. 자살을 하려고 했던 이유는 더 '당최'였다. 구태여 이유를 캐보자면, 그냥 자살을 하고 싶었다는 것밖에 없을 것 같다. 그게 아니라면 쥐약이 무슨 맛인지 궁금해서, 즉 미학적인 이유에서였을 것이다. 그 무렵 우리는 둘 다 평범한 삶을 혐오했고 카인의 표지를 달고 싶어 안달했다. 실상 그래본들 우리가 모범생 콤플렉스에 갇혀 아주 조금씩 변덕을 부려보는 정도에 지나지 않는다는 것도 알고 있었다. 하지만 그렇기에 더더욱 우리는 청춘의 한가운데를 갈라놓을 각혈의 기습을 꿈꾸었는지도 모르겠다.

쥐약이 두려웠던 나머지 수아는 아주 조금밖에 먹지 않았다. 솔직히, 진짜 맛만 봤다고 해도 되겠다. 덕택에 위세척을 하고 다음날 바로 병원을 나왔다. 이번엔 수면제를 골랐기 때문에 좀 많이 먹어버렸다. 내가 병상에 누워 있는 동안 동네 약국을 이곳저곳 돌며 수면제를 사 모으는 수아의 모습이 그려졌다. 이어, 의식이, 생명이 끊어지길 기다리다가 '헉, 이건 아니야!' 하며 느닷없이 핸드폰 버튼을 누르는 수아의 모습이. 실소를 금할 수 없었다. 하지만 스무 살 적 수아가 미학적 고뇌로(즉, 아무 이유 없이!) 자살을 기도했다면 스물일곱의 수아는 사물의 세계에 좀더 가까이 가 있었다. 희망이라는 괴물이 얌체같이 꼬리만 잘라놓고 도마뱀처럼 싹 사라져버렸던 것이다. 간단히, 실연이었다.

수아 덕분에 예의 그 시골 의사를 한 번 더 볼 수 있게 됐다. 그는 수아와 내 얼굴을 번갈아 보며 말했다.

"허허, 이번엔 친구야? 거참, 골치 아픈 처자들이구먼."

수아는 또 위장을 말끔히 씻어냈다. 하지만 세척액이 수아의 마음속과 머릿속까지 비워주지는 못했다. 그 속의 자갈들까지 모조리 쓸어갔으면 좋으련만. 그게 쉽지 않아 수아는 사흘을 병실에 누워 있었다. 요양이 따로 없었다. 시골 의사는 아침마다 수아를 보러 왔고 그때마다 혀를 끌끌 찼다. 한번은 저녁 무렵, 병원 건물 옆에 서 있던 나를 슬쩍 불렀다.

"저 친구, 대체 무슨 일이야?"

수아의 위신을 생각해 '스물일곱 살이오—오월이오—불면이다'여서 그랬다고 말하고 싶었다. 그러나 수아의 작태가 왠지 나에게 복수를 하는 것이라는 생각이 들어서 심술이 났다. 게다가 이 좋은 오월을 내도록 병원을 들락날락하며 보내고 있잖은가.

"쟤 남자 친구한테 차였어요."

"어이쿠, 연애 문제야?"

시골 의사의 얼굴에 갑자기 화색이 돌았다. 퇴근길이었음에도 그는 나를 붙잡고 계속 질문을 던졌다. 그의 호기심을 충족시키려고 나는 이야기를 최대한 미화했다. 그 이야기 속의 수아는 정녕 비련의 여주인공이었다. 7년을 해바라기처럼 바라보며 연모해온 남자, 그 남자와 함께한 선운사에서의 달콤한 하룻밤, 다시 옛 여자에게로 돌아간 그 남자, 그 남자의 뒤태를 바라보며 한숨짓고 눈물짓는 이 여자, 사경을 헤매다 이제 간신히 깨어나 병상을 지키는 이 여자……

"저런, 저런……"

뒤돌아서는 시골 의사의 눈에는 눈물마저 고였다. 너무 웃겨서 나는 혼자 키득댔다. 여자 친구와 잠깐 다툰 틈에 질투 작전을 펴보고자 수아에게 접근한 그 녀석은 차라리 충분히 진지했다. 하지만 수아는 뭔가. 그 빤한 수작을 다 알면서도 지고지순한 사랑의 관념을 떠받드는 관대한 연인의 역을 맡으려고 안달복달하다니.

다음날 오전, 퇴원하면서도 수아는 헛소리를 지껄여댔다.

"아, 정말 나도 평범한 여자처럼 살고 싶은데, 연애 한번 하기 힘들다!"

"지랄, 네가 무슨 마릴린 먼로쯤 되냐? 이제 우리도 애 엄마가 돼도 이상할 것 없는 나이야, 정신 차려. 아니, 어차피 너한테 별로 마음 없는 거 안 보이디?"

"마음이 영 없지는 않았어……"

뭔가 하고 싶은 말이 더 있는 눈치였지만 수아는 입을 닫았다. 다시 입을 열었을 때는 병원을 나온 뒤였다. 어조도 사뭇 달랐다. 오랜만에 따사로운 봄볕의 세례를 받은 덕분이리라.

"감자탕 사줘."

"먹자도 아니고 사줘는 또 뭐야? 속 부대낄 텐데 괜찮겠어?"

이렇게 물은 건 실은 퇴원 후 열흘째 육식을 삼가고 있는 내 뱃속이 걱정된 탓이었다.

"돼지 등뼈도 다 씹어 먹을 것 같은데."

"그럼, 나도 슬슬 시작해볼까?"

우리는 기숙사 룸메이트 시절부터 다닌 감자탕 전문집으로 들어갔다.

감자탕 중자를 다 바닥내고서 우리는 식당 벽에 등을 기대고 앉았다. 물론 등뼈는 먹지 못했지만 감자 조각 하나, 무청 줄기 하나 남지 않았다. 음식물이 우리의 뱃속에 무사히 자리 잡았음을 증명하듯 거나한 트림이 올라왔다. 우리 둘 다 이 트림이 반가웠다. 그것은 뭔가가 새로이 시작되는 것을 알리는 신호음이었다. 서른을 앞두고 또 한번 살아봐도 될 것 같았다. 단, 이번에는 그저 마냥 사는 거다. 우리는 우리의 마음속과 머릿속에 숨겨두었던 냉소와 위악과 가식의 약병을 슬그머니 치워버렸다.

*

스물일곱 살이오—오월이오—구토다.

'훈이네복덕방'
아줌마는
손이 컸다

1988년, 우리 가족은 월세 단칸방에서 방이 세 칸이나 되는 전셋집으로 이사 갔다. 우리 동네에는 '뭉치슈퍼' '구슬동자' '승리반점' '대포마을' '익돌이피아노' 등 없는 게 없었다. 하나같이 우리 삼 남매에게, 아니면 엄마 아빠에게 꼭 필요한 곳이었다. 하지만 우리 집 골목 어귀에 있는 '훈이네복덕방'은 아무리 봐도 뭘 하는 곳인지 통 알 수 없었다. 아무것도 사고팔지 않고 뭘 가르쳐주지도 않는 이상한 가게였다. 그 집 큰아들은 최근에 교사가 되었고 작은아들도 내년에 제대하면 얼마 안 있어 졸업이라고 했다. 아이들이 다 크면 어른들은 저렇게 놀아도 되는 모양이고 '훈이네복덕방'은 어른들의 놀이터라는 것이 우리의 결론이었다.

'훈이네복덕방'의 아줌마와 아저씨는 아침 9시면 2층에서 내려와 문을 열었다. 문이 닫히는 시간은 일정하지 않았다. 날이 어둑해지고 손님들이 일어나는 시간이 곧 하루 일과를 접는 시간이었다. 그곳에는 늘 한두 명, 많으면 서너 명쯤 되는 사람들이 낡은 소파에 옹기종기 앉아 있었다. 오구작작 수다를 떨기도 했지만 아무 말 없이 장기를 두거나 각자 신문이나 잡지를 읽기도 했다. 탁자 위에는 늘 요깃거리가 있었고 때로는 밥상이 차려져 있기도 했다. '훈이네복덕방' 아줌마가 손이 큰 것은 동네 사람들이 다 알았다. 때문에 아예 작당을 하고 배를 채우러 오는 사람도 있었다. 아줌마는 아주 추울 때가 아니면 미닫이 유리문을 항상 반쯤 열어두고 손님을 기다렸다.

언제부터인가 우리 삼 남매도 '훈이네복덕방'의 손님 아닌 손님이 되었다. 아들딸이라고 하기에는 많이 어리고 손자 손녀라고 하기에는 제법 큰 우리를 '훈이네복덕방'은 참 예뻐해 주었다. 우리 부모가 부전시장에서 과일 도매상을 한다는 것을, 그 때문에 아이들을 방치할 수밖에 없다는 것을 알고 난 뒤에는 더 그랬다. 부전시장 갈 일이 있으면 꼭 '성득상회', 즉 우리 가게에도 들러주었다.

새 학년이 시작된 지 두 달쯤 지난 어느 날이었다. '훈이네복덕방' 아줌마는 봄볕을 쬐며 복덕방 앞을 서성였다. 저쪽에서 낡아빠진 추리닝에 면 티셔츠를 입은 형우가 걸어오고 있었다. 가방끈이 양쪽 모두 거의 팔꿈치까지 내려와 있었지만 바로잡을 마음도 없었다. 배에서는 꼬르륵 소리가 났고 텅 빈 집 안으로 들어설 생각에 벌써부터 힘이 쪽쪽 빠졌다.

"형우야, 인자 오나?"

"예."

"점심은?"

형우는 시무룩한 표정을 지으며 고개를 내저었다.

"큰누나는 아직 안 왔제?"

"중학생이 지금 집에 오면 쓰나? 작은누나는?"

가게 안에 있던 아저씨가 끼어들었다.

"작은누나도 6학년이라서 늦게 와요."

"놀아도 밥은 먹고 놀아야제."

아줌마의 손에 이끌려 형우는 '훈이네복덕방' 안으로 들어 갔다. 탁자 위에는 온기가 느껴지는 고등어조림이 놓여 있었다. 붉은 양념을 머금어 고등어의 푸른 빛깔이 더 선연해 보였다.

"야한테는 좀 매울라나……"

"계란이라도 하나 부쳐주지 그라나?"

아저씨가 신문 너머에서 한마디 했다.

"아, 맞네. 형우 니 일단 먹고 있으래이."

아줌마는 후다닥 2층으로 올라가더니 금방 노른자에 따뜻한 윤기가 흐르는 계란 프라이를 갖고 내려왔다. 형우는 고개한 번 들지 않고 걸신들린 것처럼 허겁지겁 먹어댔다. 아줌마는 형우한테서 눈을 떼지 않았다.

"한창 클 때라서 엄청 먹네, 엄청! 어여, 훈이 아빠, 우리정훈이랑 성훈이도 저 나이 때는 이래 잘 먹었는데…… 갈라고? 여, 물 마셔라."

아줌마는 나이가 무색할 만큼 뽀얗고 고운 손으로 형우에게물을 따라주었다. 형우는 물 한 컵을 또 벌컥벌컥 들이켰다.

"잘 먹었습니다!"

"그래, 그래. 아가 인사성이 참 밝대이."

꾸벅 절을 하고 나가는 형우를 보며 아줌마가 말했다. 형우는 가방을 한 손에 들고 후다닥 골목 안으로 뛰어 들어갔다.
5분도 안 돼, 딱지 주머니를 든 형우가 '훈이네복덕방' 앞을쏜살같이 지나갔다.

"형우야, 니 숙제 안 하고 어딜 가노?"

아줌마가 소리쳤다.

"딱지요!"

그러고는 대답을 해주는 시간도 아깝다는 듯 얼른 내빼버렸다.

"자가 착하긴 착한데 공부를 너무 안 하는 거 같네요."

아줌마의 말에 아저씨는 보던 신문을 내려놓았다.

"아직 어린데 착하면 됐지, 뭐. 저녁때는 두루치기 좀 해봐라."

"왜요? 돼지고기 먹고 싶어요?"

"뭐 그것도 그렇고 소주 한잔할 일이 있을 거 같아서······"

아저씨의 기대대로 오랜 벗들이 찾아왔다. 그날 '훈이네복덕방'은 11시까지 불이 켜져 있었다. 다음날 아침, 그 집 앞에는 오랜만에 소주병 몇 개가 얌전히 서 있었다. '뭉치슈퍼'보다 더 신이 난 건 고물장수 할아버지였다.

형우가 5학년이 되고 해수가 중학교 2학년이 되던 해 여름, '훈이네복덕방'에는 경사가 났다. 지난봄에 결혼한 작은아들이 아이를 낳은 것이다. 손바닥만한 동네엔 일찌감치 작은아들이 속도위반을 해서 결혼을 서둘렀다는 소문이 돌았더랬다. 하지만 '훈이네복덕방'은 사람들의 쑥덕거림을 듣는 둥마는 둥 마냥 즐거워했다. 나이 찬 아이들이 둘이 좋아 애부터 만들었는데 그게 뭐 그리 흉이냐는 투였다. 이게 또 옳은소리여서 동네 사람들도 그들의 즐거움에 동참했다. 다만, 맞은편에 있는 '구슬동자' 아줌마만은 끝까지 눈을 흘겼다. '훈이네복덕방'이 날을 잡기 위해 이웃 동네에 있는 '천상선녀'

를 찾은 탓이었다.

작은아들 내외가 갓난애를 안고 부산에 온 날, '훈이네복덕방'은 온 동네가 떠나갈 듯 시끌벅적했다. 마침 그 옆을 지나던 형우가 호기심에 안으로 들어갔다.

"우아, 벌레 같다!"

형우의 입에서는 이런 말이 튀어나왔다.

"형우 니 갓난아 처음 보제? 니도 엄마 뱃속에서 나왔을 때는 딱 요렇게 생겼을 긴데."

이 말에 형우는 인상을 팍 썼다. 얼굴이 불그죽죽하고 쭈글쭈글한 것이 영락없이 벌레였다. 벌레는 팔다리 같지도 않은 몰랑몰랑한 살덩어리를 추켜올리는 시늉을 하고 마디도 보이지 않는 작은 손발을 희한하게 꼼지락거렸다. 형우는 이 벌레가 신기해 오랫동안 그 옆에 붙어 있었다. 그사이에 젊은 아줌마가 건네준 노랗고 길고 몰랑몰랑하고 부드러운 과일을 씹어 먹었다. 왜 아빠는 이런 건 사오지 않는 걸까. 이렇게 귀한 걸 남한테 선뜻 주는 걸 보면 이 벌레의 엄마 아빠는 참 부자일 것이라고 형우는 생각했다.

"얘가 바나나를 처음 먹나 봐요, 어머니. 하나 더 먹을래?"

형우는 또다시 냉큼 바나나를 거머쥐며 생각했다. 부자는 예쁘고 착한 데다가 서울말을 쓴다고.

'훈이네복덕방'의 작은아들 내외는 다음날 오전에 서울로 올라갔다. 멸치젓, 명란젓, 깻잎과 콩잎 장아찌, 고들빼기김치 등 차 안의 트렁크로도 모자라 많은 짐들이 차의 뒷좌석에 실렸다.

"매실즙은 배 아플 때 물에 타서 먹으래이. 그게 위에 그리 좋다 안 하나."

"얼른 다 먹을 테니까 다음에 오면 또 주세요."

"그래, 그래. 조심해서 가고."

'훈이네복덕방' 내외는 웃으며 아들 내외와 손녀를 배웅했다. 차가 동네에서 사라진 뒤에도 아줌마는 여전히 작고 뽀얀 손을 흔들고 있었다. 눈에는 눈물마저 글썽였다. 아저씨가 아줌마의 어깨를 다독거리며 나지막하게 훈수를 두었다.

"암탉도 병아리가 꽁지가 나면 옆에 오지 말라고 부리질을 안 하나. 원래 자식은 나이 들면 다 저래 떠나는 기다."

물론 아저씨도 가슴 한구석이 쓸쓸해지는 건 어쩔 수 없었다. 큰아들도 경상남도를 떠돌며 교사 생활을 하고 있는 데다가 작은아들마저 멀리 있으니 말이다.

식구라고는 단둘뿐이었지만 '훈이네복덕방' 아줌마는 여전히 손이 컸다. 비 오는 날 부침개를 만들어도 온 동네 사람이 다 먹을 수 있을 만큼 많은 양이었다. 육개장을 끓여도 한 솥 가득이었다. 감자나 고구마, 옥수수도 부전시장에 갖다놓고 하루 종일 팔아도 될 만큼 잔뜩 쪘다. 두 내외의 수입과 두 아들이 주는 용돈이 모두 식비로, 그것도 남의 식비로 들어가는 셈이었다. 하지만 그것이 그들의 낙이기도 했다. 뙤약볕이 내리쬐는 가운데 왁자지껄 떠들면서 '훈이네복덕방' 앞을 지나가는 해수와 친구들을 보자 아줌마는 또 유혹의 손길을 뻗쳤다.

"해수야, 여 들어와서 수박 좀 먹고 가래이."

"친구들은요?"

"아이고, 딸아들 먹으면 얼마나 먹는다고! 다 들어와라!"

아이들이 안으로 들어오자 아줌마는 선풍기를 그쪽으로 돌려주었다.

"이거 너거 집에서 산 수박이니까 실컷 먹으래이. 너거 아빠가 너거 먹여 살리려고 그래 고생을 한다 아이가. 날도 이리 더운데."

형우라면 모를까 해수는 아빠가 시장에서 과일 장사를 하는 게 딱히 부끄럽지 않았다. 더러 2반 반장은 과일 장수 딸이라고 놀리는 아이들도 있었지만, 생선이나 연탄을 파는 것보다는 과일을 파는 것이 낫다고 생각했다. 냉장고에서 막 꺼낸 달콤한 수박이 해수의 생각에 맞장구를 쳐주는 것 같았다.

"좀 있으면 쌍꺼풀도 만들어준다던데."

"해수 니, 나중에 진짜로 할 기가?"

"아이고, 야들이 지금 무슨 소리를 이리 하노? 해수 니 눈이 어떻다고?"

"아줌마, 나 못생겼죠? 언니도, 형우도 다 쌍꺼풀 있는데 나만 없어요……"

"아이고, 야 좀 봐라, 니 얼굴이 얼마나 귀여운데."

"사람들은 보통 안 예쁜 여자한테 귀엽다고 말해요."

해수는 입술을 삐죽 내밀었다. 그 와중에도 입안에서 맴도는 수박씨를 혀를 놀려 추려선 톡톡 뱉어냈다.

"아이고, 훈이 아빠, 야 말하는 것 좀 봐요. 이것들은 지금 자기들이 얼마나 예쁜지 모른다니까요."

"치이, 아줌마는 아줌마니까 그렇죠."

진영이가 끼어들었고 다른 소녀들도 깔깔댔다. 기미로 뒤덮인 누리끼리한 얼굴에 뱃살이 두툼하게 찐 아줌마도 한 시절엔 열다섯 살 소녀였다는 걸 알기엔 다들 너무 어렸던 거다.

"아이고, 요것들아, 옛말에, 머리 좋은 여자 얼굴 예쁜 여자 못 따라가고, 얼굴 예쁜 여자 팔자 좋은 여자 못 따라간다고 했다. 사람은 다 타고난 복으로 사는 기다."

"그래도 예뻤으면 좋겠다!"

"흠, 지금은 얼굴이 문제가 아니고 공부할 때 아이가? 중학생이 이래 놀아서 쓰겠나, 어?"

아저씨가 양손에 들린 신문을 살짝 내리며 근엄한 표정을 지었다. 소녀들은 이때다 싶었는지 일제히 자리에서 일어났다.

"잘 먹었습니다! 안녕히 계세요!"

소녀들이 떠나자 아줌마는 수박 껍질을 치웠다.

"저녁엔 콩국수 어떻노?"

아저씨가 양쪽으로 펼쳐진 신문 뒤에서 말했다.

"그거 좋겠네요, 손도 많이 가고."

"니도 참, 손이 많이 가서 좋을 건 또 뭐 있노?"

"그게 말이에요. 요새는 시간이 남아돌아서 딱 죽겠어요."

"그래도 조금만 해라. 인자 먹을 사람도 없는데."

"방금 왔던 얼라들은 뭐예요? 어차피 콩만 좀 많이 갈면 되는데."

다음날 동네 사람들은 거의 다 '훈이네복덕방'의 콩국수를 먹었다. 쫄깃쫄깃한 면이야 흔하지만 입안에서 아작아작 씹히는 고소한 콩가루가 이렇게 많이 든 콩국수는 돈 주고 사 먹으려 해도 힘든 거였다.

다음해, 나는 고등학교 3학년이 됐다. 동생들도 다 한 살씩 먹고 한 학년씩 올라갔다. 키도 조금씩 컸고 체중도 늘었다. 아니, 조금씩이 아니었다. 해수는 언제부터인가 나랑 키가 비슷해지더니 요 일 년 사이에 부쩍 커버려서 누가 봐도 언니처럼 보였다. 나는 기어코 150센티조차 넘지 못한 키를 원망했고, 해수는 키가 크면서 덩달아 불어버린 체중을 원망했다. 밤마다 '아이참'을 붙여도 도무지 생길 기미가 보이지 않는 쌍꺼풀을 또 원망했다. 형우는 공부에 통 취미를 붙이지 못해 밖으로만 나돌았다. 마땅히 그 때문은 아니었지만 아빠는 주기적으로 술을 마셨고 그때마다 엄마는 바가지를 긁었다. 변변찮은 가재도구가 날아다녔고 엄마가 울부짖었고 아빠가 고함을 질러댔다. 우리는 나이를 잊고 엉엉 울었다. 집안은 늘 시끄러웠다.

하지만 우리 집과 겨우 몇 발짝을 사이에 둔 '훈이네복덕방'은 조용하다 못해 고즈넉했다. 그곳은 숫제 시간을 먹지 않은 공간 같았다. 수험생이 된 나에게는 특히나 더 그렇게 여겨졌다. 엄마와 아빠는 샛별을 보며 시장에 나갔고, 나는 그 샛별이 사라지고 해가 뜰락 말락 할 때 아직도 자고 있는 두 동생을 버려두고 학교에 갔다. 그렇게 하루 종일을 학교에서 보내고 야간 자율학습까지 마친 뒤 집에 오면 거의 자정이었다. 나와 친구들이 세낸 봉고차는 정확히 '훈이네복덕방' 앞에 섰다. 그 시각이면 복덕방 문은 굳게 닫혀 있었다. 토요일에는 9시면 집에 오는 날도 있었다. '훈이네복덕방'이 슬슬 문 닫을 채비를 했다. 아줌마는 안쓰러운 듯 혀를 끌끌 찼다.

"인자 오나? 아이고, 공부가 뭐라고, 아를 잡네 잡아⋯⋯"

내가 골목 안으로 들어가자 목소리를 죽여 가며 아저씨에게 속닥댔다. "이래 캄캄한데 딸아 마중도 안 나오고 진수 엄마는 잠이 오는가…… 나는 저런 딸 있으면 밖에도 못 내놨을 거 같아요." "오죽 피곤하면 그렇겠나?" "하긴……" 두 내외는 서글픈 눈길을 주고받으며 느릿느릿 집으로 들어갔다.

서울 가서 학력고사를 보고 돌아온 날, 나를 맞아준 것도 '훈이네복덕방'이었다. 코끝이 떨어져 나갈 것처럼 날씨가 매서웠다.

"진수야, 야야, 시험 잘 봤나? 여 들어와서 따뜻한 커피라도 한잔 먹고 가래이. 엄마는? 엄마가 같이 안 갔더나?"

아줌마는 나를 안으로 들이며 질문 공세를 퍼부었다. 복덕방 안의 훈훈한 공기 때문에 안경에 뽀얗게 서리가 끼었다. 나는 안경을 벗어 소맷자락으로 렌즈를 닦았다.

"같이 갔었는데요, 부산역에서 곧장 시장으로 갔어요."

"그래, 너거 엄마가 억척이다. 억척. 몸보다도 마음이 더 피곤할 긴데. 우리 훈이 시험 볼 때도 내가 서울까지 안 갔나. 시험 보는 날은 해마다 와 이리 춥노! 택일을 영 잘 못하는 기라."

"참, 여편네, 미신하곤. 어차피 다 끝난 거니까 진수 니도 오늘은 고마 푹 쉬래이. 진인사대천명이라고 그만큼 공부했으면 결과도 안 좋겠나."

아저씨, 그만큼 공부 안 한 아이들이 어디 있어요! 이런 말이 목구멍까지 기어 올라왔지만 커피만 꿀걱 삼켰다. 열아홉 살의 겨울은 그런 거였다. 어차피 아직 내 것도 아닌 미래에 대한 불안으로 애가 끓었다.

이듬해, 봄이 오기 전에 나는 조그만 배낭을 짊어진 채 집을 나섰다. '상경'이라는 말이 무색할 정도로 내 짐도, 집안도 썰렁했다. 아빠는 사과를 사러 김천인지 상주인지 어디 산골에 가 있었고 엄마는 시장에서 어제 떼 온 과일을 팔고 있었다. 제각기 다른 방식으로 사춘기를 겪고 있는 동생들은 일찌감치 어디론가 놀러가버렸다. 골목을 나와 큰길로 들어섰을 때 '훈이네복덕방'의 유리문이 열렸다. 아줌마가 기다렸다는 듯 조그만 꾸러미 하나를 들고 튀어나왔다.

"오늘 가제? 어제저녁에 너거 가게에 갔었다 아이가."

오지랖 넓고 인정 많은 아줌마는 꾸러미를 건네며 내 손을 꼭 잡아주었다. 아줌마의 뽀얗고 작은 손이 마냥 따뜻했다. 하지만 정작 아줌마는 스웨터 하나만 달랑 걸친 채 잔뜩 움츠린 몸을 바들바들 떨었다. 집 떠나는 게 애초 꿈꾸었던 것과는 달리 마냥 유쾌하지만은 않았던지, 나는 어젯밤부터 참았던 눈물이 왈칵 쏟아질 것 같았다. 그래서 어색하게 고맙다는, 어서 들어가시라는 말만 하고서 얼른 몸을 돌렸다. 봄이 언제 오려는지 바람은 차기만 했다.

통일호가 밀양을 지났을 때 꾸러미를 풀어보았다. 삶은 계란 세 개, 종이에 곱게 싼 소금, 반짝반짝 윤이 나는 사과 하나. 말로는 싱싱한 과일을 싸게 사려고 우리 가게에 간다고 했지만, 그 역시도 같은 동네 사람에게 조금이나마 돈벌이를 해주려는 마음에서 나온 것이었다. 음식과 술 냄새를 풍기는 시끌벅적한 객실 안에서 나는 계란을 까서 소금에 찍어 먹었다. 세 개를 연거푸 먹고 나자 목이 메서 사과를 아작아작 씹어 먹기 시작했다. 아빠가 김천인지 상주인지 어디 산골에서 사 온 사과를.

내가 졸업반이 됐을 때 해수가 대학에 들어갔다. 드디어 해수의 전성시대가 시작됐다. 초등학교 친구, 중학교 친구, 고등학교 친구 들에 덧붙여 해운대 백사장 모래알만큼이나 많은 친구들이 또 새로 생겼다. 그사이에 해수의 주량은 웬만한 남자를 능가할 정도가 됐다. 엄마 말대로 조상의 핏속에 술독이 들어 있는지 해수는 수시로 음주가무를 즐겼다. 한번은 새벽 2시가 넘어서 집에 들어왔다가 아빠한테 호되게 야단을 맞기도 했다. 여름 방학 때는 '롯데리아'에서 아르바이트해 번 돈으로 기어코 쌍꺼풀 수술을 하고 덤으로 머리까지 갈색으로 물들였다. 집안이 발칵 뒤집어졌다. 아빠는 "신체발부 수지부모!"를 외치며 일장 훈계를 늘어놓았고, 해수는 애써 눈물까지 짜내며 깊이 반성하는 척했다. "아빠, 다시는 안 할게요!" 이렇게 말해서 일단 사태를 수습한 뒤, 나중에 또 제 뜻대로 하는 게 해수의 깜찍한 처세술이기도 했다. 반년 뒤 해수의 머리카락은 짙은 밤색이 되었고 집안이 또 뒤집어졌다. 하지만 이번엔 '발칵'이 아니라 그냥 '살짝'이었다. 해수의 깜찍한 말썽은 형우가 벌인 소동에 비하면 콩국수 위에 얹힌 풋풋한 오이채 같은 것이었다.

형우는 고등학생이 되면서 명실상부한 문제아로 거듭났다. 일단 책가방을 들고 학교에 가긴 갔지만, 그건 친구들을 만날 수 있는 가장 편한 곳이 학교였기 때문이다. 학교를 파한 뒤에는 친구들과 함께 유흥가를 전전했다. 엄마 아빠가 새벽에 책상 위에 얹어두는 용돈은 담뱃값, 술값으로 나갔다. 오다가다 '훈이네복덕방' 내외와 마주쳐도 인사만 할 뿐, 얼른 어디론가 내빼버렸다. 이젠 밥을 준다 해도, 바나나 한 송이를 통째로 다 준다 해도 머리가 굵어진 형우를 붙잡아둘 수 없었다.

내가 서울에서 직장을 잡았던 해, '훈이네복덕방'의 아줌마가 칠순을 맞이했다. 설 연휴를 맞아 집에 내려갔더니 해수가 아줌마한테 목도리라도 사드리자는 말을 꺼냈다. 연일 용돈 타령을 하며 완전히 개념을 놓고 사는 것 같던 형우도 웬일인지 5천 원이라는 거금을 내놓았다. 아줌마는 목도리를 목에 둘러보며 수줍게 웃었다.

"아이고, 코 묻은 돈으로 이런 걸 다⋯⋯"

그러면서 사람 사는 집엔 사람이 들끓어야 되는데, 요즘은 너무 조용해서 병이 날 정도라며 가볍게 넋두리를 늘어놓았다. 사실 '훈이네복덕방'의 쓸쓸함은 누구나 다 알만한 것이었다. 결혼 초에는 그래도 두세 달에 한 번씩은 부모를 찾던 자식들도 이젠 명절이나 되어야 얼굴을 봤다. 어쩌다 두 내외가 함께 거제도의 큰아들 집, 서울의 작은아들 집을 찾기도 했지만 길어야 일주일을 넘기지 못했다. 방학이면 더러 손자 손녀들이 '훈이네복덕방'에 오기도 했다. 하지만 서울에서 자란 아이들에게 부산의 누추한 달동네는 따분하기 짝이 없는 곳이었다. 큰아들 내외가 사는 곳도 거제도 안의 번화가여서, 그 아이들의 눈에 이곳은 촌구석이나 다름없었다. '훈이네복덕방' 앞의 '뭉치슈퍼'는 아이들이 가장 경멸하는 곳이 되었다. 과자라곤 새우깡밖에 없고 아이스크림이라곤 돼지바가 전부였다. 도무지 고를 수 있는 즐거움이라는 게 없었다. "아저씨, 빈츠 없어요?" "에이, 아이스크림이 다 찌그러졌잖아! 아저씨, 월드콘 없어요?" 아이들은 '뭉치슈퍼' 아저씨를 골려 주기 위해서라도 꼭 없는 것만 찾았다. '훈이네복덕방' 아줌마가 정성껏 만든 콩국수도 손자 손녀들에게는 냉대를 받았다. 아이들은 차라리 해수 이모의 손을 잡고 서면 구경 가는 걸 더 좋아했다. 시끌벅적한 시내에서 햄버거와 프렌치프라이를 먹으며 아이들은 또 '뭉치슈퍼'를 비웃었다.

손자 손녀들이 떠나면 '훈이네복덕방' 내외는 한동안 허함에 시달렸다. 그 허함을 잊으려는지 아줌마는 더 열심히 음식을 만들었다. 뽀얗고 곱던 자그마한 손에 굵은 주름과 거뭇거뭇한 반점이 생기기 시작했음에도 아줌마는 여전히 손이 컸다. 하지만 우리 앞에 내놓은 아줌마의 음식은 뭔가가 이상했다. 부침개는 너무 짰고 고구마는 덜 익었고 김치에서는 풋내가 났다. 부침개와 함께 나온 양념장에는 쪽파가 빠져 있었다.

"어떻노, 맛있나?"

"그럼요. 그런데 조금 짠 거 같아요, 헤헤."

해수의 말에 아줌마는 기다렸다는 듯 자아비판을 시작했다.

"짜다고? 요새 내 혀가 미쳤는갑다. 통 간을 못 보네."

"아니에요, 맛있어요, 아줌마. 원래 해수가 좀 싱겁게 먹어요. 건강에 예민하거든요."

이렇게 말하는 나도 좀처럼 부침개에는 다시 손이 가지 않았다.

"그래, 건강은 젊었을 때 지켜야지. 우린 이제 늙어서……"

"안 그래도 여 훈이 엄마가 요즘 노망났다 아이가. 잠바에다가 다리를 집어넣질 않나……"

아저씨가 신문을 내려놓으며 말했다. 전에 없던 돋보기안경이 아저씨 코 위에 걸쳐져 있었다.

"이 양반도 참, 그냥 웃자고 장난친 걸 갖고 괜히 또 이란다."

"생로병사 두려울 거 뭐 있나, 자연의 이치지."

아저씨는 그윽한 표정을 지으며 고개를 주억거렸다. 옛날과 다를 바 없는 몸짓, 표정이었지만 어느새 아저씨의 머리가 하얗게 세버렸다. 전에 없이 말수도 많아진 것 같았다.

"아직 내 발로 변소도 가고, 이래 살 집 있고, 또 이래 죽을 집도 있고…… 그래, 진수 니는 인자 돈을 번다고?"

나와 해수는 우리의 근황에 대해 좀더 얘기한 뒤 '훈이네복덕방'을 나왔다. 소금에다 밀가루 반죽을 섞어 넣은 것 같은 파전과 설익은 고구마가 우리가 그곳에서 먹은 마지막 음식이었다.

우리 삼 남매는 밥벌이 문제를 두고서 제각기 고군분투했다. 해수는 3년 동안 학문의 상아탑 안에서 원 없이 놀다가 어느 날 갑자기 수학능력시험을 다시 봤다. 그렇게 덜커덩 교대에 입학했고, 뭘 잘못 먹었는지 머리에 물도 안 들이고 화장도 전혀 안 하고 4년 동안 공부만 했다. 결국 해수는 우리 모두의 예상을 뒤엎고서 교사가 되었다. 한편, 형우는 경찰서와 병원을 들락날락하며 부모 속을 태우다가 급기야 고등학교를 중퇴했다. 그러고도 한동안 코뼈와 이빨을 부러뜨리고 남의 차를 부수고 남의 오토바이를 훔쳐 타고 야단법석을 떨었지만 스물다섯을 넘기면서 그나마도 잠잠해졌다. 그렇게 간신히 철이 들었을 때 형우는 이미 환갑을 코앞에 둔 아빠의 사업을 슬슬 물려받는 중이었다. 명함도 따로 팠다. 빨간 사과와 보라색 포도 그림이 촌스럽게 들어간 명함엔 '성득상회 사장 김형우'라는 이름이 들어갔다. 이건 사실 엄마와 아빠가 형우의 미래를 상상하며 가장 바라지 않았던 모습이었다. 형우는 바싹 여윈 몸을 트럭에 실은 채 연일 산지를 오갔다. 갈 때는 말짱해도 부산으로 내려올 때는 술에 절어 있었다. 그렇게 트럭 안에서 잠을 잔 뒤에는 밤새도록 과일 선별을 했다. 형우의 얼굴은 뙤약볕에 시커멓게 그을린 데다가 늘 푸석푸석했다. 형우가 안쓰러웠던 엄마는 '훈이네복덕방' 아줌마가 오면 넋두리를 늘어놓았다.

"우리는 이래 시장 바닥에서 살았어도 우리 아들만은 몸 쓰는 일 안 하고 펜대 굴리며 살았으면 싶었는데…… 그게 참, 뜻대로 안 되네요."

"아이고, 변변찮은 직장보다 장사가 훨씬 낫다. 그라고 아착하면 됐지, 또 뭘 바라노? 이제 참한 딸아 구해서 장가만 잘 보내면 되겠구먼. 진수 엄마가 애 셋 데리고 이리로 이사 온 게 엊그제 같은데…… 지금 봐라, 얼마나 좋노. 옛날엔 우리가 와도 이래 앉아서 노닥거릴 여가도 없었다 아이가. 진수 엄마가 그만큼 마음이 편하다는 기라. 시장도 그냥 놀기 삼아

오면 안 되나."

'훈이네복덕방' 내외는 그만 일어났다. 별로 크지 않은 토
마토 상자였지만 두 노인이 들기엔 꽤나 무거워 보였다. 형우
가 좀 있다가 직접 갖다 주겠다고 해도 한사코 마다했다. 두
노인이 사라졌을 때 엄마가 형우를 보며 말했다.

"팔아줘서 고맙긴 하지만 저 많은 걸 노인 둘이서 우째 다
묵을라노? 요새는 '훈이네'도 한산하던데."

사실이 그렇기도 했다. '훈이네복덕방'의 큰아들 내외가 부
산으로 전근을 오긴 했지만 먹을 입이 크게 늘어난 것 같지는
않았다. 어느덧 중학생, 고등학생이 되어버린 손자들은 얼굴
보기도 힘들었다. 어쩌다 거실에 함께 있게 되어도 다들 텔레
비전에 코를 박아두었다. 친구들은 늙고 죽어서 떠나버리고
그 많던 동네 아이들은 자라서 떠나버렸다. '훈이네복덕방'
내외는 간판에 붙은 두 글자 '복'과 '덕'을 어떻게든 나눠주려
고 고심했다. '복'과 '덕'은 무릇 음식의 양에 있다고 생각했
는지 아줌마는 요즘도 음식을 하면 옛날처럼 가득이었다. 손
자들한테 냉대를 받아도 꿋꿋했다. 남은 음식은 대개 최근 들
어 부쩍 늘어난 노숙자나 길거리 점쟁이들 차지가 됐다. 그들
을 먹이기 위해, 아니 음식을 만들 명분을 찾기 위해 '훈이네
복덕방' 아줌마는 수시로 서면 일대를 순례했다. '성득상회'
에서 사온 토마토도 하나씩 끼워 넣었다. 그러는 동안 유리문

을 모자이크 벽지처럼 뒤덮은 종잇장들은 빛이 바래갔다. 아저씨가 펜으로 멋을 부려가며 써놓은 전세, 월세, 매매 등의 문구와 숫자도 고색창연하기만 했다.

건조하고 쌀쌀한 탓에 투명한 햇살이 더 따뜻하게 느껴지는 겨울날이었다. 남자 친구는 '부전역'을 나오자마자 "완전히 시골이라더니 있을 거 다 있는데?"라고 말했다. "그러게 말이야……" 전철역 근처에 닥지닥지 붙어 있던 추레한 가게들은 사라지고 그 자리에 대형 마트, 유명 제과점, 유명 음식점이 들어섰다. 학창 시절 고무신 공장이 있던 자리엔 아파트 단지가 터줏대감처럼 버티고 있었다. 남루한 차림의 노동자나 노점상들 대신 말쑥한 회사원들이 거리를 채웠다. 아파트 단지 주변에는 조그만 정원도 조성되어 있었다. 횡단보도를 건너자 눈에 익은 파출소가 나왔다. 각종 범죄자의 몽타주나 사진이 붙어 있는 건 여전했다. 그 맞은편엔 기어코 또 다른 아파트 단지가 자리를 잡았다. 그와 함께 편의점, 사설 학원, 피트니스 클럽 등도 잔뜩 들어왔다. 하지만 그로부터 불과 2, 3미터 떨어진 곳의 풍경은 예나 지금이나 똑같았다. '뭉치슈퍼' '구슬동자' '승리반점' '대포마을'…… 오직 '익돌이피아노'만이 '예쁜제머리방'으로 바뀌어 있었다. '익돌이피아노'의 주인공인 익돌이, 즉 해수의 초등학교 동창 가족이 얼마 전에 다른 동네로 이사를 간 탓이었다.

골목 어귀, '훈이네복덕방'은 문이 닫혀 있었다. 두어 걸음을 떼자 골목 안쪽에 전에 없던 검정 가죽 소파가 놓여 있는 것이 보였다. 그 소파 한쪽에 복덕방 아줌마, 아니 할머니가 다소곳이 앉아 있었다. 한 손에는 조그만 책 한 권이 들려 있었다. 책장이 노랗게 바랜, 활자가 세로로 이어지는 오래된 책이었다.

"안녕하세요?"

하지만 나의 인사에 할머니는 묵묵부답에 무표정이었다. 주름과 백발로 덮인 얼굴과는 대조적으로 눈동자가 몹시 영롱했지만, 예전처럼 다정다감한 생기는 찾아볼 수 없었다.

"저 진수요, 기억 안 나세요?"

할머니의 눈동자는 여전히 어딘가에 고정된 채 꿈쩍도 안 했다. 숨소리조차 들리지 않았다. 가벼운 겨울바람에 낡은 책장이 팔랑거리자 할머니는 책을 쥔 손에 아주 약간 힘을 주었다. 그 순간, 할머니의 눈에는 예전에는 볼 수 없었던, 맛있는 것을 뺏기지 않으려는 어린애의 욕심 같은 것이 어리었다. 내 시선은 다시 할머니의 손으로 향했다. 뽀얗고 곱던 자그마한 두 손에 충격처럼 내려앉았던 굵은 주름과 누르스름한 반점이 이제는 어엿한 주인처럼 보였다. 저 두 손이 형우에게 점심을 차려주고 해수와 친구들에게 수박을 잘라주고 먼 길 떠나는 내게 계란을 삶아주었던 것이다.

할아버지가 내 등 뒤로 나타났다. 백발도 이제 몇 가닥 남아 있지 않았다.

"어, 이게 누구고?"

할아버지가 반색을 표하자 나도 숨통이 좀 트였다. 할머니의 표정에도 미약하나마 떨림이 일었다.

"안녕하셨어요?"

"그래, 그래. 훈이 엄마한테는 인사해도 소용없다. 노망이 거든, 허허, 내 여편네가 노망이 들다니, 참. 닭개장이 먹고 싶어 죽겠는데, 여편네가 이 모양이니 원. 그래, 니는 결혼 안하나? 올해 몇 살인고?"

"서른셋요. 올봄에 이 사람이랑 결혼하려고요."

남자 친구가 가볍게 묵례를 했다.

"아이고, 인물이 훤하네. 그래, 아들딸 낳고 잘살아야제. 요즘 세상에 위아래가 따로 있나, 어데. 언니가 못 가면 동생이라도 얼렁 가야제."

이 말에 나는 곧장 웃음을 터뜨렸다. 아저씨한테 걸핏하면 동생보다 작은 언니라며 놀림 받던 일이 생각나, 나도 모르게 성장기로 돌아갔다.

"에이, 아저씨, 제가 언니고 해수가 동생이라니까요! 키 작다고 무시하지 마세요!"

"무시는 무슨! 세상이 아무리 변했어도 시집은 언니가 먼저 가야 되는 법이다. 오빠는 요새 뭐하노?"

"오빠요?"

이쯤 되자 자연스레 할아버지의 얼굴을 살피게 되었다.

"너거들 오빠가 맨날 추리닝 입고 안 다녔나. 고놈 참, 딱지 주머니를 들고 여 와서 점심 먹고 그랬는데 요새는 통 안 보이네. 그래, 니 시집은 언제 가는고?"

"지금 가려고요. 이 사람한테요."

"아이고, 인물이 훤하네! 그래, 니라도 여 이래 있으니 안 좋나. 진수 서울 간 뒤로 너거 엄마, 아빠가 그래 허전해하는데. 하긴 니도 언니가 없어서 심심하제? 근데 진수는 대학은 졸업했는가?"

"졸업도 하고 취직도 하고 이제는 좋은 사람 만나 시집가요……"

나는 할아버지에게 인사를 하고 돌아섰다. 대문 안으로 들어설 때도 곁눈질을 하게 되었다. 이제 할아버지도 조용히 할머니 곁에 앉아 있었다. "훈이 엄마, 저어기 '성득상회'네는 이제 호강할 일만 남았어. 진수는 졸업하고 해수는 시집을 간다네. 아참, 가들 오빠 소식을 못 들었다. 글마 이름이 뭐였더라? 형우는 저어기 '천상선녀'네 집 손자고……" 할아버지는 할머니 손을 꼭 잡은 채 종알종알 수다를 떨었고, 할머니는 멀뚱멀뚱 눈알을 굴렸다. 아무래도 겨울치곤 햇볕이 너무 좋은 날이었다.

　그해 가을, 해수는 오랫동안 사귀어온 남자에게 시집갔다. 해수의 남편도 형우처럼 말하자면 가업을 이어받은 젊은 사업가였다. 하지만 얼추 같은 동네에 있는 가게라도 '영진선루프'는 '성득상회'와 급이 달랐다. 해수의 월급은 '영진선루프' 사장의 수입에 비하면 고급 레스토랑 음식의 팁에 불과했다. 물론 그래도 해수는 일을 그만두지 않았다. 다음해에 아이가 태어났을 때도 마찬가지였다. 지금처럼 아이들을 가르치다가 나이가 들면 어린이집이나 유치원을 차리는 것이 해수의 꿈이었다.

　그렇게 우리 애를 태우던 형우도 서른을 넘긴 뒤에 제 짝을 만나 장가를 들었다. 올케는 형우보다는 제법 어렸지만 생활력이 강하고 허영심이라곤 없는 여자였다. 하긴 안 그랬다면 시장 바닥에서 막일하는 남자의 아내가 되진 않았을 거다. 형우 내외는 '훈이네복덕방'의 작은아들처럼 결혼식 거의 직후에 아이를 낳았다. 형우처럼 커다랗고 동그란 눈에 쌍꺼풀이 깊고 애 엄마를 닮아 얼굴이 뽀얀 딸아이였다. 88년에 전세로 들어온 집을 나중에 아빠가 완전히 샀기 때문에 이 집은 형우의 집이 될 것이었다. 엄마와 아빠는 시장 일을 슬슬 접고 손녀 보는 재미로 살았다. 아래층에 사는 형우 내외는 오래전 엄마와 아빠가 그랬듯 새벽같이 일어나 별을 보며 시장에 나가고 또 별을 보며 집에 돌아왔다. 결혼 전엔 걸핏하면 농땡이를 치던 형우도 이젠 아이까지 생긴 터라 악착같이 일에만 매달렸다. 물론, 젊은 날의 아빠처럼 주기적으로 술을 마셔 마누라 속을 발칵 뒤집어놓았지만, 역시나 젊은 날의 아빠처럼 술을 마신 다음날에도 머리통이 깨질 것 같은 통증을 참으며 시장에 나갔다. 아옹다옹, 옥신각신하는 와중에 그들의 아이는 무럭무럭 커갔다.

서른일곱번째 생일을 맞은 해수의 눈에 '훈이네복덕방'은 참 새삼스러워 보였다. 앙다문 입술처럼 굳게 닫힌 미닫이 유리문 너머로 낡은 소파, 낡은 탁자, 낡은 난로가 보였다. 난로 위의 싯누런 주전자도 군데군데가 우그러져 주글주글했다. 복덕방의 유리문 위에 붙여진 종잇장들에서는 왠지 오래 묵힌, 벌레마저 슬기 시작한 폐지 냄새가 나는 것 같았다. 모든 것이 너무도 낯익어, 오히려 작년인가에 고용한 젊은 직원의 모습이 낯설어 보였다. 해수는 곧 골목 안쪽으로 발길을 꺾었다. 오늘도 낡은 검정 소파가 보였다. 어김없이 '훈이네복덕방'의 노부부가 앉아 있었다. 이제는 노부부 없는 검정 소파를 상상할 수 없을 정도였다. 해수는 웃으며 인사를 건넸다.

노부부는 모두 말이 없었고 표정도 전혀 변하지 않았다. 겉표지도, 속지도 노랗게 바래다 못해 바스러질 것만 같은 책이 오늘도 할머니의 손에 들려 있었다. 할머니 옆에 음전한 신부처럼 다소곳이 앉아 있는 할아버지는 천연산 장식품 같기도 했다.

해수가 집을 떠날 때 엄마는 늘 그렇듯 골목 앞까지 배웅을 했다. 노부부는 여전히 자연의 손이 만들어놓은 최고의 박제처럼 소파에 앉아 있었다. 할머니의 고개가 할아버지 쪽으로 약간 기울어졌다. 할아버지의 손이 할머니의 손을 살포시 쥐고 있었다. 그렇게 소파에 앉은 채로 노부부는 죽은듯 잠을 자고 있었다. 그들의 목엔 큰아들의 이름과 전화번호가 적힌 명찰이 걸려 있었다.

"좀 춥지 싶은데?"

엄마의 말에 해수는 '훈이네복덕방' 안으로 들어갔다. 해수가 말을 꺼내자 아까부터 그곳을 지키던 젊은 남자는 복덕방 한쪽에 개어져 있는 담요를 내밀었다.

"괜히 깨우지는 마시고요."

"자주 저러시나 봐요?"

"저 정도면 점잖죠. 접때는 두 양반이 손잡고 초읍까지 갔다 아입니까. 공원에서 간신히 찾았어요. 요즘은 멀리 나가 봐야 저 앞 파출소지만."

해수는 담요를 꺼안고 '훈이네복덕방'을 나왔다. 담요를 덮어줄 때도 노부부는 꿈쩍도 하지 않았다. 그들의 콧구멍과 살짝 벌어진 입에서는 웅장한 합창에 붙은 조용한 후렴구처럼 낮은 숨결이 뿜어져 나왔다. 그 따뜻한 숨결에는 성별을 구별할 수 없는 늙은 몸뚱어리의 향내가 배어 있었다.

"얼렁 가자."

해수의 손을 당기며 엄마가 말했다.

"저 양반들, 그래도 곱게 늙었제. 저라다 하나가 죽으면 다른 쪽도 금방 죽을 기라. 나랑 너거 아빠도 저래 늙으면 좋겠구먼."

하지만 이렇게 말하는 엄마도 이미 '늙으면'이라는 가정법이 별로 어울리지 않는 나이였다. 버스나 전철을 타도 경로우대증만 보이면 됐다. 그렇기에 엄마는 누가 자기를 '할매'라고 부르면 하루 종일 별일 아닌 것에도 짜증을 냈다. 그러다 갑자기 생각이 난 듯 "미친놈, 누가 할매라고!"하며 투덜대기도 했다.

이듬해 여름, 엄마 말대로 '훈이네복덕방'의 노부부는 거의 동시에 죽었다. 먼저 마지막 숨을 내쉰 건 할아버지였다. 골목 어귀 낡은 검정 소파의 한 귀퉁이를 할머니 혼자 지킨 시간은 일주일 정도였다. 그 짧은 시간 동안 할머니는 말과 표정을 되찾는 일이 더러 있었다. 한번은 음식을 만들겠다며 하루 종일 부엌에서 부산을 떨었다. 예의 그 큰 손이 건재함을 증명이라도 하듯 아무도 먹을 수 없는 미역국을 잔뜩 끓인 다음 사람들에게 나눠주겠다고 국그릇에 하나하나 담았다. 손놀림이 서툴러 온 집 안이 미역국 천지가 됐다. 마룻바닥을 뒤덮은 미역을 닦아내다가 며느리는 급기야 울음을 터뜨렸다. 그날 밤 '훈이네복덕방' 2층은 초상집이나 다름없었다. 바로 그 뒤에 할머니는 목숨을 놓았다. 부산의 낮 기온이 30도를 훨씬 웃도는 후텁지근한 날이었다. '훈이네복덕방'은 청도에 있는 선산에 묻혔다. 시신은 화장할 것이며 유골함은 반드시 목재를 쓸 것이며 또 봉분도 만들 필요 없이 그냥 오래된 나무 밑에 묻어달라는 것이 정신을 놓기 전 그들의 유언이었다.

지난 추석에 내가 집에 내려갔을 때 '훈이네복덕방'은 사라지고 없었다. 그 젊은 남자가 아예 그곳을 임대한 것이다. 그는 '미래 공인중개소'라는 간판을 내걸고 '대표:정원섭'이라는 말까지 당당히 붙였다. 몇 발짝을 떼놓기가 무섭게 공인중개소가 넘쳐났지만 그는 자신만만했다. 사실 우리 동네도 조만간 재개발 물살에 휩쓸리게 될 테니 영 근거 없는 자신감은 아니었다.

'훈이네복덕방'은 없어졌지만 골목 어귀의 검정 소파만은 그대로 있었다. 뜻밖에 그곳을 지키고 있는 건 엄마였다. 나도 모르게 할머니의 환영이 겹쳐지면서 소리를 질렀다.

"엄마! 뭐할라고 거 앉아 있노?"

"니 마중 나왔다 아이가. 백서방은?"

"저 밑에 마트에 잠깐 들른다고."

"그래, 그래. 세상 참 좋아졌제, 진수야. 서울역에서 기차 탔다고 전화한 게 언젠데 벌써 이래 왔네. 백지 차 몰고 올 필요도 없는 기라."

"형우네는?"

"처가 갔다 아이가."

"형우 얼굴 보기 진짜 힘드네. 희은이 엄마는 잘지내나?"

올케의 안부를 묻자 엄마는 말이 길어졌다. 처음에는 "세상에 그만큼 똑똑한 며느리가 없다"라는 칭찬이었지만 슬슬 흉을 보기 시작했다. 입이 짧아서 마른 명태같이 빼빼 말랐다는 둥, 어른 말에 꼬박꼬박 말대꾸한다는 둥, 시답잖은 일에도 고집을 부린다는 둥…… 나는 맞장구를 쳐주다가 요즘 시부모랑 같이 살아주는 것 자체가 무조건 고마운 거라며 엄마를 타일렀다. 졸지에 며느리 때리는 시어머니 말리는 손위 시누이 역할을 맡자니 민망해졌다.

"소파 이거는 왜 안 치웠는고?"

"고마 이래 오가는 사람들 쉬라고 그냥 뒀겠지. 근데 진수야, 훈이네 복덕방 노인들이 저래 정신을 놓았어도, 신통방통

246

하제, 아침이면 딱 7시 반에 일어나고 9시에 귀신같이 복덕방 문 열고 안 했나. 노상 둘이 손 꼭 붙잡고 다니고……"

이 대목에서 엄마는 갑자기 거의 들릴 듯 말 듯 목소리를 죽이며 속삭였다.

"근데 마지막엔 결국 간병인을 썼다 아이가. 저 집 며느리 그리 효부라도 나중에는 노상 얼굴을 찌푸리고 다니더만. 사실 구구절절이 말을 안 해서 그렇지, 옆에 사람도 할 짓이 아니었던 기라. 장례식 때도 눈물 한 방울 안 흘리더라. 나이 앞에 장사 없고 긴 병에 효자 없는 기라. 아무리 그래도 요즘 세상에 병원 안 가고 제집에서 죽기가 쉽나, 어데?"

말을 쉬며 한숨을 내쉴 때는 눅눅한 감정이 섞여 나왔다. 행여나 자기에게 그런 일이 생겨도 병원에 갖다 버리지는 말 아달라고 애원하는 듯.

"제집에 있어서 그런지 저 노인들 고마 자는 잠에 곱게 죽었다 아이가. 너거 아빠랑 나도 저래 죽어야 될 긴데……"

"우리 좀 편하게 둘이 한날한시에 죽든가."

나도 진담이었지만 엄마도 역정을 내지도 않고 진지하게 응수했다.

"그래 딱 죽으면 좀 좋겠나? 근데, 진수야, 아는 안 낳을 기가?"

큰사위 기다린다는 핑계를 대고 엄마는 소파에서 일어날

생각을 안 했다. 나도 그냥 엄마 옆에 앉아버렸다. 그간 비가 와도 몇 번은 왔을 텐데 누구 손을 탔는지 소파는 무척 깨끗했다.

"낳고 나면 니 때문에 내 하고 싶은 일도 못한다고 원망할 거 같은데."

"아이고, 한번 낳아봐라, 그런 소리가 나오나. 아한테 더 못해줘서 니를 원망하면 모를까. 한 살이라도 젊을 때 낳아야제. 삼신할매 노하면 큰일난다. 피임 오래 하면 안 된다고 몇 번을 말해도 안 듣고."

사위가 나타나자 엄마는 금방 입을 닫아버렸다. 남편이 소파에 대해 묻자 엄마는 나한테 했던 얘기를 반복했다.

"아, 그럼, 저도 한번……"

남편은 그러고서 내 옆에 털썩 앉았다. 가을 햇살이 따사로웠다. 우리도 적어도 마음만은 가을걷이가 끝난 논에서 햇볕을 받으며 뛰노는 아이들 같았다. 집 안에서 큰딸 내외를 기다리다 지친 아빠가 급기야 골목 어귀로 나왔다. 때마침 반대쪽에선 해수 부부, 그리고 내년이면 초등학생이 될 그들의 아들의 모습도 얼핏 보였다.

"할머니, 할아버지! 승호 왔어요!"

녀석의 목소리가 어찌나 우렁찼는지, 쌀쌀맞기로 소문난 '뭉치슈퍼' 아저씨, 아니 할아버지까지 히죽 웃을 정도였다.

아지랑이

1

시퍼런 빛이 식칼의 서슬처럼 깔려 있는 싸늘한 방. 긴 탁자 위에 내가 죽어 누워 있다. '그'가 내 곁으로 다가온다. 무심한 시선을 한 번쯤 주기도 한다. 곧 뭔가가 내 몸에 닿는다. 싸늘하면서도 부드럽고 축축한 감촉. 내 몸이 닦이기 시작한다. 발, 종아리, 무릎, 허벅지…… 손을 놀리는 솜씨가 제법 노련하다. 떨림도 전혀 느껴지지 않는다. 그 손길이 나의 허리께에 닿는다. 이어, '그'는 다소간 힘을 주어 내 다리 하나를 들어올린다. 그렇게 엉덩이까지 닦인다. 이제 나의 하복부를 건드린다. 그다음, 배꼽을 스쳐 지나간다. 배꼽 근처에서 '그'가 잠깐 숨을 가다듬는다. 그러곤 손에 힘을 잔뜩 주어 배를 누르다시피 훔쳐낸다.

　꺼-억.

　죽어 누워 있는 내 배에서 꺼-억 소리가 깊은 울림을 내며 올라온다. 트림? 설마! 하지만 싸늘한 방이 위액이 뒤섞인 시큼한 음식 냄새로 가득 찬다. 순식간에 서슬 퍼런 빛이 와장창 깨진다. 나도 모르게 몸뚱어리가 나무토막처럼 진동한다. 또 한 번 꺼-억 소리가 흘러나온다.

　꺼-억 소리는 자명종 소리에 묻혀버렸다. 눈을 떴다. 속이 쓰리다. 머리도 묵직하다. 또 이 꿈이라니. 나를 향해 돌아누운 아내의 모습이 눈에 들어온다. 아내는 내 가슴팍에 손을 댄 채 어린아이처럼 곤히 자고 있다. 아침 6시 30분. 아내에겐 한밤중이나 다름없는 시간이다. 간단히 샤워를 하고 다시 방으로 왔을 때도 아내는 똑같다. 그래도 내가 옷을 입는 동안엔 잠시나마 눈을 떴다.

　"출근하는 거야?"

　반쯤 감긴 눈엔 배시시 미소가 감돌고 목소리는 졸음에 겨워 나른하다.

　"빨리 들어와. 맛있는 거 해놓을게."

　두번째 말은 제대로 들리지도 않았다. 아내는 언제 잠에서 깼냐는 듯 다시 곯아떨어졌다. 그러고 보니 오늘은 아내가 쉬는 날이다. 보나마나 정오까지 침대에서 자다 깨다를 반복하면서 허리가 아플 때까지 누워 있을 것이다. 그렇게 중간중간 끊기는 몇 개의 꿈을 이어서 웬만한 시나리오 하나쯤은 거뜬히 구성한 뒤 남은 잠마저도 싹 소진시켜버리는 게 아내의 해묵은 습관이었다.

문을 한번 확인한 뒤 나는 집을 나섰다. 몸은 아까 꿈속에서와는 달리 자동인형처럼 빈틈없이, 쉴 새 없이 움직였다. 차바퀴가 굴러가기 시작하자 간밤에 축적된 뉴스가 내 귓전을 단조롭게 맴돌았다. 얼마 뒤엔 대로로 나왔다. 신호등 앞에 이르러, 차가 섰다. 순간, 지금까지의 기계적인 움직임을 바꾸려는 듯 몸이 움찔했다. 꺼-억. 아침을 너무 급히 먹었나? 뉴스를 전하는 아나운서의 목소리 사이로 또다시 그 소리가 들려왔다. 하지만 내 뱃속에서 올라오는 트림인지 내 귓전을 맴도는 꺼-억 소리의 환청인지 나도 헷갈렸다. 신호가 바뀌었고 다시 차바퀴가 굴러가기 시작했다. 꺼-억 소리는 집요하게 내 귀를 후벼파서 급기야 뇌수로까지 잠입한 미국 대선 뉴스에 묻혀버렸다.

8시 45분. 사무실로 들어가 커피 한 잔을 타서 책상 앞에 앉았다. 다시 머리가 돌아가기 시작했다. 꿈 자체는 새로운 것이 아니었다. 그것은 오래전부터 간헐적으로 계속 나의 무의식 속을 찾아들어선 나의 의식을 흩뜨려놓곤 했다. 하지만 한

동안 뜸했던 그 꿈이 결혼 이후에 더 빈번해진 이유는 무엇일까. 아니, 그보단 15년쯤 전에 한 친구한테서 그 꿈을 넘겨받은 것 같은 기괴한 느낌이 왜 자꾸 드는 걸까.

2

대학교 1학년 때였다. 한 친구가 시체 닦는 아르바이트를 해보지 않겠냐고 권했다. 학과 동기라는 인연으로 함께 수업을 듣고 간혹 모임에서 술을 함께 마시곤 하는 사이, 전화를 하려면 번호 두어 자리가 생각이 안 나 수첩을 뒤적여봐야 하는 그런 사이였다. 나는 선뜻 그러자고 했다. 특별히 용돈이 부족해서도, 인생의 경험을 쌓기 위해서도 아니었다. 돈이야 급하면 부모한테 갈취할 수도 있고 경험이란 원래 생활 속에서 자연스레 축적되는 것이지 인위적으로 얻어지는 게 아니니까. 한마디로, 친구 따라 강남 간 꼴이었다.

병원의 영안실에 도착했을 때 안내인은 우리 앞에 소주 두 병을 내놓았다. 쉰 살은 거뜬히 넘어 보이는 아저씨였다.

"일단 좀 마셔."

"에이, 안주도 없어요?"

"나중에 치우기 힘들어."

우리의 투덜거림에 아저씨는 알 수 없는 대답만 했다. 딱히 신경질적이거나 딱히 의뭉스럽지도 않은, 무뚝뚝하고 사무적인 어조였다. 우리는 잠깐 아리송하다는 표정을 지었지만 곧 술잔을 주고받기 시작했다. 친구는 소주 석 잔에 이미 얼굴이 시뻘게지고 해롱해롱한 상태가 되었다. 반면에 나는 한 병을 다 마시고도 꼭 각성제를 복용한 듯 정신이 또렷했다.

"다 마셨으면 냉큼 들어갈 것이지 왜 이리 빌빌거려?"

지금껏 묵묵히 먼산만 바라보고 있던 아저씨가 우리를 재촉하며 자리에서 일어났다. 툴툴대면서 우리는 아저씨의 뒤를 따랐다. 굳게 닫혀 있던 철문이 열렸다. 육중한 소리가 들리며 '영안실' '시체'와 같은 청각 영상이 떠올랐다. 온몸에 소름이 쫙 돋았다. 하지만 발길을 돌릴 틈도 없이 등이 떠밀려졌다.

"교통사고인데도 별로 안 망가졌더라고."

"예?"

우리가 거의 동시에 반문했다.

"시체 말이다, 시체. 배 좀 조심하고 시체 위에 토하지 마."

마지막 말은 두꺼운 철문이 닫히는 소리 때문에 제대로 들리지도 않았다. 곧이어 빗장을 내리는 소리가 들려왔다. 친구는 꼬인 혀를 놀리며 제법 호탕하게, 농담조로 소리쳤다.

"에이, 아저씨, 우리가 겁쟁이인 줄 아세요?"

하지만 밖에서는 아무 소리도 들리지 않았다. 우리는 푸르스름한 빛이 내린 비좁고 갑갑한 방 안에 남겨졌다. 시퍼런 불빛 아래 하얀 천으로 뒤덮인 시체가 누워 있었다. 그 옆으로 물수건이 담긴 세숫대야, 고무장갑 몇 켤레가 보였고, 초등학교 시절 교실에서나 볼 수 있었던 양동이도 눈에 띄었다. 친구가 나를 툭 쳤다. 나는 소스라치게 놀라 친구를 바라보았다. 친구의 얼굴에 번진, 알코올 기운에 반쯤 짓눌린 듯한 공포의 표정이 나의 공포를 더 부채질했다. 우리는 벌벌 떨면서 시체를 향해 한 발 한 발 다가섰다. 친구가 시체를 덮고 있는 하얀 천을 걷어올렸다. 시퍼런 빛을 받은 탓인지 시체는 살색과 회청색이 뒤섞인 기묘한 빛깔을 띠고 있었다. 힐끔 보기에도 서른을 넘겼을까 싶은 젊은 남자였다. 친구가 또 나를 툭 쳤다.

"야, 시작하자!"

"어……"

그러면서도 나는 멍하니 서 있기만 했다. 술기가 감도는 웃음을 흘리면서 친구는 고무장갑을 꼈다. 나에겐 시체의 발을 가리키며 저쪽을 담당하라고 말하고 자기는 손을 닦기 시작했다.

나는 기계적으로 고무장갑을 끼고 물수건을 들었다. 빗장을 거는 둔중한 소리를 듣는 순간부터 내 피부를 얼어붙게 한

256

기분 나쁜 소름이, 자잘한 벌레들이 혈관 속을 기어다니는 듯한 느낌이 점점 더 또렷해졌다. 그 때문에 오랫동안 닦은 것 같은데도 이제 겨우 무릎께였다. 하지만 친구는 술기운이 점점 더 강해진 때문인지 어느새 두 팔을 다 끝내고 어깨에까지 이르렀다. 친구의 입에서 농담 아닌 농담이 나왔다.

"야, 이 사람 눈뜨고 있어!"

"어, 그래?"

나는 여전히 무릎께를 뚫어져라 바라보면서 엉거주춤 대꾸했다.

"아까는 왜 못 봤지? 반쯤만 뜨고 있어서 그랬나?"

입을 한번 떼자 친구는 노래를 부르기 시작했다. 술기운에, 또 자기 입에서 흘러나오는 노래에 고무되어 친구의 손에는 더욱더 힘이 들어갔다. 어깨, 가슴팍은 금세 끝났다. 그때도 나는 다리 하나도 처리를 못하고 있었다.

"야, 이 남자 운동 좀 했나 봐. 복부 근육이 장난 아닌데."

친구가 감탄 비슷한 너스레를 떠는데, 갑자기 괴상한 소리가 울려 퍼졌다.

꺼-억.

"야, 너 트림했냐?"

친구가 흠칫 놀라며 내 쪽을 향해 거의 악을 쓰다시피 물었다. 침착해지려는 노력 때문에 목소리는 더 부들부들 떨렸다.

하지만 친구의 질문이 끝나기도 전에 나는 으악, 비명을 지르면서 벽 쪽으로 달아났다. 그걸 보자 친구도 내 쪽으로 달려왔다. 벽 쪽에 붙어서 보니, 아뿔싸, 시체의 입 주위로 토사물이 흘러내리고 있었다. 우리는 눈물을 쏟아내며 조금 전에 마신 소주를 마구 게워냈다. 마른 멸치 하나 먹지 않았기 때문에 시큼한 물뿐이었다. 구토가 진정되자 문을 잡아당겼다. 열릴 턱이 없었다. 우리는 두꺼운 철문을 두드리며 열어달라고 소리쳤다. 하지만 바깥에서는 아무 소리도 들리지 않았다. 배를 조심하라는 말이 상기됐다. 시체의 뱃속에서 꺼-억 소리가 날 거라는, 아니, 시체'도' 트림과 오바이트를 할 수 있다는 얘기까지 해주었더라면 좋았을 법했다.

이후, 우리가 어떻게 진정을 했는지는 도무지 기억나지 않는다. 문은 끝까지 열리지 않았고 우리는 다시 시체 앞에 섰다. 나는 거의 눈을 감다시피 한 상태에서 다리와 발, 골반 부분을 간신히 닦았다. 친구는 완전히 실성을 해버렸는지 상체는 물론이고 목, 얼굴까지 후다닥 다 닦았다. 친구가 시체의 뒷부분을 닦을 때는 내가 몸을 받쳐주었다. 그때도 나는 시체의 얼굴을 똑바로 볼 수 없었다. 차갑고 딱딱한 느낌, 등 뒤에 번져 있는 반점들만이 내 시야를 가득 메웠다.

일이 끝나자마자 우리는 함께 철문을 두드렸다. 철문이 열리자 냉큼 밖으로 나갔다. 뒤를 돌아보니 바깥의 하얀빛이 서슬 퍼런 방 안을 비스듬히 비추었다. 아무래도 죽기엔 너무 젊고 또 너무 건강해 보이는 몸이었다. 가늘게 뜨인 눈도 보였다. 하지만 그건 그냥 눈일 뿐, 시선은 아니었다. 어떤 우수나 미련이랄지, 아니면 서러움이나 분함이랄지(저렇게 젊은 나이에 죽었는데!) 하는 것들은 전혀 보이지 않았다. 아저씨가 안을 둘러보곤 금방 나왔다.

"왜 아쉬워? 그럼 나중에 또 와."

이렇게 말하며 우리를 쳐다보는 아저씨의 시선은 아까처럼 무뚝뚝하고 사무적이었다.

"처음이라면서 시체 위에 토를 하지도 않고."

칭찬 아닌 칭찬 뒤에 돈 봉투가 우리 손에 쥐어졌다. 병원 밖을 나와 우리는 봉투를 열어보았다. 그러곤 곧장 술집으로 향했다. 돈은 그날로 다 날아갔다.

3

그날 일은 묵직한 추처럼 어딘가 내 기억의 밑바닥으로 가라앉아버렸는지 좀처럼 수면 위로 떠오르지 않았다. 적어도 방학이 끝나 그 친구를 다시 만나기 전까지는 말이다.

"야, 너 그 뒤로 괜찮았어?"

친구는 이렇게 말문을 열었다.

"난 기분 되게 더럽더라. 자꾸 이상한 꿈을 꾸는 거야. 그 사람이 나타나서 내 배를 닦아준답시고 배꼽 주위를 꾹 누르더라고. 나도 모르게 뱃속에서 꺼-억 소리가 들리는 거야. 나 참, 그런 일은 왜 했는지, 원. 자고 일어나면 밤새도록 오바이트 한 기분이야."

입을 다무는 친구의 표정은 심드렁했다.

바로 그날 밤 나는 처음으로 시체 꿈을 꾸었다. 흡사 탈이 난 배를 만져주듯 내가 시체의 배를 꼭꼭 눌러가며 주물러주는가 하면 반대로 시체가 내 배를 손가락으로 사정없이 쿡쿡 찌르기도 했다. 그때마다 누군가에게서는 또 어디선가는 꺼-억 소리가 났다. 이후 꿈은 조금씩 변주됐다.

나 혼자 햇빛이 환히 드는 방 안에서 창문 너머로 불어오는 시원한 바람을 맞으며 신나게 시체를 닦고 있었다. 시체는 자기 알아서 팔다리를 들어주면서 내 일을 거들었고 말동무 역할까지 해주었다. "물가는 계속 오르는데 과외비는 늘 30만 원이에요." 내 말에 시체는 곧장 대꾸를 했다. "그래? 요즘은 40만 원씩 받는 애들도 있던데. 꺼-억, 꺽. 아이고, 아까 먹은 김치찌개가 소화가 덜 됐나." "내가 아저씨 배를 너무 세게 눌렀나 봐요. 어떻게 하면 40만 원을 받아요? 아, 나도 몸값을 좀 높여야 되는데."

한번은 도서관에 앉아 있는데 누가 내 등을 톡톡 쳤다. 고개를 돌려보니 내가 닦았던 알몸의 시체였다. 나는 아닌 게 아니라 반갑기도 해서 들뜬 목소리로 대뜸 물었다. "아저씨 벌써 깨셨어요?" "어, 푹 잤어. 그런데 털도 좀 닦아주지 그랬냐? 아직도 뭐가 묻어 있잖아." 그는 서운한 기색을 내비쳤다. 심지어 거웃에 붙어 있는, 이미 딱딱하게 굳어버린 희뿌연 액을 손으로 가리키기까지 했다. 꿈속의 나는 간밤의 자위 행위를 생각하며 괜히 민망해했다. 하지만 시체 아저씨는 내 표정을 다른 뜻으로 이해했던 모양이다. "에이, 그런 표정 짓지 마. 내가 더 미안해지잖아." 그러곤 무엇 때문인지 내 배를 손가락으로 꾹 눌렀다. 내 입에서 나온 꺼-억 소리가 도서관을 가득 메웠다. 그는 부끄러워하는 나를 혼자 남겨두고 꿈의 뒤편으로 사라졌다.

또 한번은 체중이 70킬로그램은 될 것 같은 거구의 여자 시체가 나왔다. 내가 영안실 안으로 발을 내디뎠고 뒤에선 두꺼운 철문의 빗장을 닫는 소리가 들렸다. 서슬 퍼런 빛이 깔린 가운데, 긴 탁자 위에는 이제 막 주문한 듯한 피자와 스파게티, 족발과 보쌈, 자장면과 탕수육이 가득 쌓여 있었다. 시체는 두툼한 뱃살을 몇 겹으로 접은 채 게걸스럽게 음식을 먹어댔다. 상대가 식사 중이라 좀 주저됐지만 투철한 직업의식에 사로잡혀 나는 조심스럽게 말을 꺼냈다. "저어기 지금 저어기 뭐냐, 닦아야 되는데요⋯⋯" 그러자 시체는 입에 커다란 족발을 문 채로 인상을 팍 쓰며 말했다. "아니, 밥 먹을 때는 개도 안 건드린다는 말 몰라요?" 결국엔 식사를 다 끝낸 뒤에야 내게 몸을 내주었다. "자, 이제 닦든 말든 맘대로 하세요. 아, 배불러!" 그리고서 시체는 만사가 딱 귀찮은 듯 대자로 뻗어버렸다. 10인분도 훨씬 넘는 음식물이 막 들어간 시체의 배는 어린아이의 무덤만큼 부풀어 있었다.

나는 친구와 만나 이런 꿈에 관한 얘기를 해보고 싶었다. 하지만 뭉그적대는 중에 친구는 군인이 됐고 나는 영영 기회를 놓치고 말았다. 딱히 그 때문은 아니었겠지만 시나브로 다시 영안실을 찾게 됐다. 술이 너무 셌기 때문에 그 친구보다 갑절로 느껴야 했던 그 공포감을 이번에는 꼭 정복하고야 말겠다는 의지의 발현이었을까. 어떻든 공포감은 사라지지 않았다. 간혹 공포감이 잦아들거나 감각 자체가 무뎌질 때는 있었지만, 그건 구토가 날 만큼 불쾌한 혐오감이 다른 감정을 압도한 덕분이었다. 부검 이후에 얼기설기 봉해놓은 몸, 가재 수건만 닿아도 살갗이 찢어질 만큼 혹독한 화상을 입은 몸, 하체가 몽땅 분쇄된 몸, 그 어떤 몸에도 고귀한 생명이니 숭고한 죽음이니 하는 것은 없었다. 하지만 어느 순간부터 감긴 눈, 반쯤만 열린 눈, 동그랗게 열린 눈 등에서 시선을 보기 시작했다. 그것은 곧 이 시체가 조금 전까지도 인간이었음을 말해주는 표지이기도 했다. 그럼에도, 아니, 어쩌면 그랬기에 얼굴, 아니 머리통이 거의 다 뭉개진 시체를 본 순간, 나는 문자 그대로 기절해버렸다. 응급실의 침대 위에서 눈을 떴을 때도 맨 먼저 보인 건 내 위로 드리워져 있는 어머니의 근심에 찬 얼굴이 아니라 끔찍한 사고로 얼굴을 완전히 날려버린, 얼굴 아닌 얼굴이었다. 또한 그것이 내가 마지막으로 본 시체의 얼굴이기도 했다.

하지만 대체로 여기엔, 시작이 그러했듯, 특별한 이유가 있지는 않았다. 시간이 제 맘대로 흘러 나한테 억지로 나이를 먹였다는 이유가 아니라면 말이다. 더 이상 입대를 미룰 수 없었다. 전역한 뒤엔 곧바로 1년간 외국으로 어학연수를 다녀왔고 복학했을 때는 어느새 고학년이 되어 있었다. 그때 연애에 빠져들었고 또한 그녀와 이별했으며 이와는 무관하게 졸업하고 취직했다. 다시금 이와는 거의 무관하게 시체 꿈은 내가 인지하지도 못하는 사이에 내 무의식의 지평 너머로 사라져버렸다. 역시나 이와는 완전히 무관한데, 헤어졌던 옛 애인과 이제는 사회인으로 다시 만났다. 우리는 5년씩이나 헤어져 있다가 다시 사귀게 된, 드물면서도 은근히 흔한 일에 상당한 의미를 부여했다. 우리의 운명적인 사랑과 상호 신뢰의 근거를 여기서 찾기도 했다. 이십대 때 어떤 현실적 배려 없이 순수하게 연애에만 몰두했던 만큼이나 이번엔 결혼이라는 목표

점을 향해 돌진했다. 이것만이 우리의 해후를 기념할 수 있는
유일한 선물이라는 듯.

4

사무실에 앉아 있는 동안 계속 가까운 곳에서 꺼-억 소리가
들려왔다. 집에 돌아온 뒤에도 그 여운이 남아 목구멍 언저리
와 귓전이 불쾌하도록 간지러웠다. 저녁 식탁에 시래기 된장
국이 떡하니 올라와 있는 것을 보자 신물이 가득 섞인 굵은
트림이 참 오랫동안 참아줬다는 듯 기세등등하게 올라왔다.
꺼-억.

"도대체 사흘째 시래기야? 시래기에 걸신들렸냐?"

"아니, 이틀 동안 아무 말 없이 잘만 먹더니 왜 그래? 요령
이 생겨서 오늘 게 제일 맛있는데, 괜히 시비는 시비야!"

아내가 아무리 변명을 해도 이 된장국은 최악이었다. 시래
기는 너무 질겼고 된장국에서는 왠지 시큼한 냄새가 났다. 억
지로나마 밥 한 공기를 비우긴 했지만 훈수를 두지 않을 수
없었다.

"시래기를 씻을 때 손이 좀 많이 가더라도 껍질을 한 번 벗
겨내. 그리고 된장에다가 미리부터 마늘, 고춧가루, 청양고

264

추, 멸치 가루를 죄다 넣어서 버무려놓는 버릇은 어디서 배웠어? 귀찮아도 국 끓일 때마다 재료를 다듬으란 말이야. 잠만 아홉 시간으로 줄여도 시간이 철철 남겠다."

"아니, 여기서 잠 얘기가 왜 나와? 다음부턴 네가 끓여! 요렇게 말할 줄 알았지?"

그러면서 아내는 잠깐 킥킥거리다가 혼잣말처럼 웅얼댔다.

"어쩨 된장 맛이 좀 이상하더라. 그래도 설마 된장이 쉴 줄은 몰랐네. 허브도 맛이 가는 것 같던데."

아내가 설거지하는 동안 베란다로 가봤다. 역시나 로즈메리는 바싹 말라 있었다. 어지간히 오랫동안 방치해둔 모양이었다.

"이봐, 마누라, 또 죽였어?"

"뭐? 죽었어?"

"빛이야 하늘에서 오는 거고 물만 제대로 줘도 절대 안 죽는데, 벌써 몇 개째야? 라벤더도 말려 죽였잖아? 이제 그만 좀 사. 시체 치우기 힘들어."

나는 베란다 쪽으로 걸어오는 아내를 흘겨보았다. 하지만 아내는 깔깔 웃으며 딴청을 피웠다.

"좀 따뜻해지면 봉숭아 씨를 뿌려야겠다."

"싹도 안 날걸."

"야, 서방님아, 뭘 죽이려고 해도 일단 싹은 나야 할 거 아냐."

　아내의 말에 나는 혀를 끌끌 차면서 로즈메리 화분을 처리
했다. 화분을 치우는 김에 베란다도 한번 쓸어내고 거실 청소
도 했다. 5층짜리 빌라 건물의 4층에 있는 우리 집은 전망이
좋았다. 오늘따라 남한산 기슭에 피어 있는 진달래꽃이며 무
성하게 싹을 틔운 나무들이 아름다웠다. 신록의 푸른 냄새도
유쾌했다. 하지만 아직은 제법 쌀쌀한 바람이 불어 들어와,
아내가 털갈이하는 고양이처럼 여기저기 떨어뜨려놓은 머리
카락이 검은 잠자리처럼 날리곤 했다. 나는 아내의 머리카락
들을 주워 올렸다. 그것은 몸뚱어리에서 막 떨어져 나온 팔다
리가 꿈틀대듯 아직도 윤기를 뽐내며 하늘거렸다.

　"혜민아, 요즘 밤마다 이상한 꿈을 꿔."

　"이상한 꿈? 전에 말했던 그거?"

　"어, 내가 언제 말한 적이 있던가?"

　"시체 어쩌고 하는 꿈 아니야?"

　아내의 말에 나는 깜짝 놀랐다. 아내는 서운한 기색을 감
추지 않으며 커다란 눈알을 굴렸지만 나는 여전히 어리둥절
했다.

　"너도 참 큰일이다. 정말 생각 안 나? 나름대로 첫날밤이었
는데…… 아침에 눈떴을 때 네가 헛소리를 했잖아. 혹시 트
림했냐고. 무슨 소리냐고 했더니 시체가 배를 누르는 꿈을 꿨

다고 했잖아. 그 아르바이트 얘기도 해줬고."

"어, 그랬나?"

아내의 말에도 기억은 영 되살아날 생각을 안 했다.

"그뿐인 줄 알아? 그날이 4월 초순이었잖아. 다음 주말엔 봄놀이를 가야 된다고 박박 우겼더니 아르바이트하러 가자는 거야. 지금 생각해봐도 참 어이없는 일이지. 대체 무슨 아르바이트냐고 물었더니 네가 무뚝뚝한 얼굴로 시체 닦는 아르바이트라고 하더라. 이래도 생각 안 나?"

"아, 그건 생각난다. 네가 '그렇게 무서웠다면서 가서 뭐하게?'라고 물었고 나는 '둘이 꼭 부둥켜안고 엉엉 울자'라고 했었어. 그래, 그러고선 정말로 갔던가?"

"당연히 안 갔지! 미쳤어? 영안실에서 데이트하는 커플이 어디 있어? 아니, 그 꿈은 또 왜 꾼 거야?"

"몰라. 그냥 결혼한 뒤로 계속 그래. 한 일 년 됐나."

"뭐! 그럼 나 때문이란 소리야?"

아내는 순간 버럭 화를 냈지만 금세 시무룩해졌다. 그 친구의 존재를 나한테 상기시키기도 했다. 한번 연락을 해보라는 거였다. 나는 손사래를 쳤다. 사실 이젠 이름조차 가물가물한데 친구는 무슨.

그날 밤 우리는 사랑을 나누었다. 평소에는 몹시 수다스러운 아내도 관계를 가질 때는 벙어리가 됐는데, 오늘은 웬일로 혼잣말처럼 뭐라고 웅얼댔다. 우리 아이 만들까. 대충 이런 말이었던 것 같지만 아내는 곧장 내 가슴팍에 얼굴을 묻어버렸다. 얼마 뒤 나는 잠이 들었다. 눈앞으로 진분홍빛의 진달래가 어른거렸다. 그것은 아까 베란다를 쓸면서 본 그 진달래꽃이면서 동시에, 당시엔 여자 친구였던 아내와 처음으로 밤을 함께 보낸 뒤 기괴한 제안을 했던 그날 몽산포의 어느 펜션 앞마당에서 보았던 그 진달래꽃이기도 했다.

5

6월이 중순을 넘겼을 때도 나는 여전히 그 꿈과 환청을 가벼운 감기처럼 달고 살았다. 동문회 게시판에서 그 친구의 청첩장을 보게 된 건 이 무렵이었다. 짙은 와인색 드레스를 입은 신부와 하얀색 턱시도를 입은 친구가 스튜디오 안에서 촬영한 사진도 첨부되어 있었다. 윤상원. 그렇다, 바로 이 이름이었다. 그때 아내한테는 손사래를 쳤지만 나도 모르게 결혼식 날을 기다리게 됐다.

반팔을 입어도 후텁지근할 만큼 햇빛이 강하고 바람 한 점 없는 날이었다. 그 친구, 그러니까 윤상원은 작년에 사법연수원을 졸업하고 모 법무법인에 들어갔는데, 거기서 지금의 신부를 만난 것이었다. 오랜만에 만난 학과 동기들은 신랑 신부를 본 뒤 서로 인사를 나누고 명함을 주고받았다. "변호사 판사 부부의 탄생" 어쩌고 하며 의례적인, 심지어 의무적인 부러움을 내비치기도 했다. 그러곤 삼삼오오 짝을 지어 지정된 테이블로 가서 앉았다. 내 머릿속에선 그 꿈 얘기가 곪을 대로 곪은 종기처럼 속을 썩이고 있었다. 하지만 지금 저 친구의 얼굴을 보란 말이다. 원래도 진취적이고 밝은 성격이긴 했지만, 오랜 노력의 결실로 원하던 직업을 갖게 됐고 서른다섯이라는 적지 않은 나이에 이십대 후반의 미모의 여성을 신부로 맞이한 그의 얼굴 어디서도 그날 저녁의 흔적은 찾아볼 수 없었다. 특히, 꺼-억 소리와 토사물 때문에 그의 얼굴에 번진 경악과 공포, 어린애 같은 울음은 그의 기억 창고 어디에도 없을 것 같았다.

결혼식이 끝난 뒤 호텔 근처 호프집에서 조촐한 술자리가 마련됐다. 나는 나를 다소 불편하게 여기는 친구들의 시선을 무릅쓰면서까지 자리를 지켰다. 윤상원은 바쁜 와중에도 내게 말을 걸어왔다.

"야, 네 결혼식 못 가서 미안하다. 워낙 바쁜 때여서……"

"뭘 그런 거 갖고……"

이렇게 응수를 하면서도 내심 허탈했다. 한 시절엔 그래도 밥 한끼 정도는 서걱거림 없이 먹을 수 있는 사이였건만 이제는 사교적이고 외교적인 말들, 훈련되고 다듬어진 표정들로 시간을 견뎌야 하는 관계가 돼버렸다. 윤상원도 사정은 비슷하여 허망한 말들만 내뱉었다.

"공기업이라 좀 편하긴 하지?"

"요즘은 딱히 그렇지도 않아. 연봉도 적고."

사실 연봉이 적다는 생각은 딱히 안 해봤지만, 피로연에 참석한 동창들이 대부분 고시 합격자라서 괜히 의무적인 주눅을 느꼈는지 이런 말까지 무심결에 덧붙어버렸다.

"그냥 밥 먹고 살면 되지, 사람 사는 거 별거 있냐? 부자라고 하루 다섯 끼 먹는 것도 아닌데. 아이는?"

"어, 아직 없어."

"서둘러. 우리도 이제 나이가 있어서 뜻대로 잘 안 된대. 혜민이던가, 걔도 이제 중반이잖아."

그러면서 윤상원은 자리에서 일어났다. 화장실을 가는 것 같아 나도 따라 일어섰다. 그제야 비로소 용기를 좀 내볼 수 있었다. 기껏해야 한두 번 학교에서 마주친 것이 전부일 텐데도 친구의 여자 친구, 아니, 아내의 이름까지 용케 기억해낸 녀석한테 갑자기 신뢰가 생긴 때문인지도 몰랐다. 나는 최대한 완곡한 표현을 써서 그때 일이 기억나느냐고 물었다. 윤상원은 얼굴을 찌푸렸다.

"아휴, 동훈이 너도 웃긴 놈이다. 그 옛날 일을 아직까지 기억하고 있어?"

"그게 말이지, 네가 그 꿈 얘기를 해준 뒤에 내가 그 꿈을 꾸게 됐거든."

"뭐?"

"왜 감기를 산다는 말 있잖아? 그렇게 너한테 꿈을 산 것 같더라니까."

나의 곤혹스러운 표정에 친구 역시 꽤 심각한 표정으로 화답하며 그 나름의 고백을 했다.

"사실, 동훈아, 그때 나 병원에 좀 다녔어. 후유증이 꽤 오래가더라고. 너한테는 왠지 말을 못하겠더라. 네가 괜히 미안해할까 봐 신경도 쓰이고. 아니, 솔직히 말이 나왔으니 말인데, 너 그때 왜 나보고 같이 가자고 했었냐?"

나는 윤상원이 생각하는 것과는 전혀 다른 이유로 절절맸고, 윤상원은 잠깐 멋쩍은 웃음을 짓긴 했지만 쌓인 말들을 줄줄이 쏟아냈다.

"그때 네가 뭐더라, 기말 리포트를 대신 써준다고 했던가? 여하튼 뭔가 있었을 거야. 그렇지 않고서야 내가 그런 델 따라갔을 턱이 없잖아? 야, 그런데 그때 너 엄청나게 씩씩했었어. 그거…… 그러니까 그거도 네가 거의 다 닦았잖아. 진짜 대단한 놈이야. 술이 안 먹혀서 완전히 맨정신이었을 텐데, 그거…… 저어기 그 얼굴을 닦은 것도 너였잖아."

"어, 그랬었나……"

나는 이렇게 말을 얼버무렸다.

동일한 순간, 동일한 사건에 대해 친구의 기억과 나의 기억이 완전히 정면으로 대치되는 건 무엇 때문일까. 어느 한쪽이 무심결에 오해를 한 것일까, 아니면 아주 작당을 하고서 심리적 부담감을 최소화하기 위해 자기 편할 대로 과거를 재구성해버린 것일까. 아무리 그래도 그렇지, 자기가 먼저 나한테 권유를 해놓고선 꼭 내가 자기를 억지로 끌고 간 것처럼 얘기를 하다니 기가 막혔다. 하지만 기억을 재구성함에 있어 오류를 범한 사람은 윤상원이 아니라 나일 수도 있잖은가. 게다가 아무리 내 용건이 급했기로서니, 결혼식 날 친구한테 좋은 얘기는 못할망정 흉흉한 추억이나 상기시키다니. 헤어질 때 윤상원은 병원에 한번 가보라는 충고를 제법 진지하게 해주었다.

6

아내는 역시나 대자리 위에 나무늘보처럼 늘어져 있었다. 머리맡에는 읽다 만 책들이 엎어져 있었다.

"야, 너 거기다가 침 안 흘렸냐?"

"어, 또 졸았나. 결혼식은 어땠어? 신부는 예쁘디? 웨딩드

레스는? 요즘은 너 나 할 것 없이 죄다 탑을 입던데, 그쪽도 무슨 베라 왕이야? 밥은 잘 나왔어? 하긴 그래봐야 뭐 스테이크였을 거 아냐? 칼질할 때마다 핏물이 줄줄 흐르는 걸 다들 어쩜 그리 잘 먹는지. 차라리 국수나 갈비탕을 주지. 아 참, 그 친구랑은 얘기해봤어?"

나는 윤상원과 나눈 얘기를 전해주었다. 아내는 홍상수의 「오! 수정」이 생각난다면서 킥킥거리더니 주섬주섬 책을 정리했다. 책을 책상 위에 올려놓은 다음엔 갑자기 허리를 곧추세우고 거나하게 트림을 했다. 꺼-억.

"어, 동훈아, 나 왜 이래? 너한테 옮았나?"

하지만 아내의 표정은 장난스럽기만 했다. 순간, 베란다 너머 앞산에 진달래꽃이 만개했을 때 아내가 잠자리에서 모호하게 내뱉은 말이 떠올랐다.

"야, 너 혹시?"

"뭐? 아, 그거? 그거는 헛구역질이 나는 거고 이건 그냥 트림이잖아, 바보야."

"하긴…… 넌 어차피 키우는 거 잘 못하잖아. 저 봉숭아도 지금이야 멀쩡하지만 조만간 또 죽일 거 아냐?"

"내가 죽이는 거야? 제 수명이 다해서 죽는 거지."

아내의 얼굴에는 서글픈 기색이 감돌았다. 나는 아내가 그냥 가볍게 토라진 것이라고 생각했다. 감정 기복이 심한 편이니까 저러다 말겠지, 라고. 사실 서글퍼진 건 나였다. 연애할 때는 물론이거니와 결혼할 때도 우리는 아이를 원치 않았다. 이십대 때 그런 생각을 한 건 나름대로 원칙이 있어서였다. 그 어떤 아이도 자기를 낳아달라고 하지 않았건만 자기들이 원해서, 또 필요해서 아이를 만드는 것은 일종의 도덕적 만행이라고 여겼다. 더 무서운 건 철저하게 객체 내지는 대상에 불과했던, 심지어 추상적인 관념에 불과했던 아이가 태어나는 바로 그 순간부터는 어마어마한 주체로 변해버린다는 사실이다. 그 공포를 달래기 위해 걸핏하면 '우리가 너를 위해서 희생했다'라는 식의 말을 입에 달고 산다. 다소 우스꽝스럽지만, 이런 무책임한 행동을 젊은 날의 우리는 하지 않기로 했다.

다시 만나서 결혼까지 했지만 이제는 과거와는 다른 이유로 아이를 갖는 것이 꺼려졌다. 말도 안 되는 원칙 따위는 이미 사라져버렸지만 어쩌면 그 때문에 더 무서워졌다. 어차피 살아가면서 우리가 우리의 원칙이나 의지에 따라 할 수 있는 일은 거의 없지만 아이조차도 자연스러운 부부 생활을 거쳐 그런 식으로 태어난다는 게 무서웠다. 아마 이와는 무관하겠지만, 정사의 횟수가 줄어들수록 꿈을 더 많이 꾸게 됐다. 그리고 극히 산술적인 확률 원칙에 따라 그 꿈도 더 빈번해졌다.

아내가 어느새 명랑해져서는 뜬금없는 말을 꺼냈다.

"어쨌거나 꽃이 피면 손톱에 봉숭아 물을 들일 거야."

곧 아내 특유의 딱따구리 같은 웃음이 이어졌다. 내가 달려
들자 아내는 얼른 방 안으로 사라져버렸다. 나는 아내를 따라
갔다. 어린애들처럼 몸싸움이 시작됐다. 나는 몸을 잔뜩 웅크
린 아내의 몸 여기저기를 간질였고 아내의 방어가 약간이라
도 허술해지면 곧장 배를 공략했다. 최근 들어 아내의 배에
도톰하게 살이 올라 간질이는 것이 더 재밌었다. 나의 커다란
손이 아내의 배꼽 주위의 살에 닿는 순간, 아내는 버럭 소리
를 질렀다. "야, 이 변태야! 그만 좀 못해!" 그러곤 내 가슴팍
을 향해 거세게 발길질을 해버렸다. 꺼-억. 바로 그때 내 뱃속
깊은 곳에서 트림이 올라왔다. 환청인가.

"아이, 술냄새야. 안주는 치킨이었냐?"

"나 트림한 거 맞지?"

"당연하지. 방 안에 느끼한 냄새가 가득하잖아. 꺼-억. 꺼-
억. 꺼-억."

아내는 '꺼-억'을 몇 번씩 반복하면서 몸까지 힘껏 움츠렸
다. 그러곤 또 딱따구리처럼 자지러졌다.

"뭐가 그리 웃기냐? 숨넘어가겠다."

나는 침대 위에 벌렁 드러누워, 습관적으로 아내의 도톰한
배 위에 손을 올렸다. 아내도 역시나 습관적으로 몸을 움츠리
며 내 손을 꽉 붙잡았다. 그러자 또 장난기가 발동했다. 나는

아내의 배를 처음엔 살금살금, 점차적으로 더 무자비하게 간질이기 시작했다.

7

베란다 바깥의 산기슭이 온통 녹음으로 뒤덮여 있었다. 아내와 나는 여느 때처럼 한가롭게 각자 토요일 오후를 보내고 있었다.

"아이 가졌어."

"처제? 잘됐네."

대충 대꾸를 하긴 했지만 블로깅을 하는 중에 자꾸만 에러가 나서 신경이 곤두섰다. 두어 번 화면이 멎더니 급기야 컴퓨터가 먹통이 되어버렸다.

"에잇, 병신! 새로 사야겠다."

나는 자리에서 일어났다. 돌아보니, 베란다 너머의 푸른 숲을 배경으로 아내의 자그마한 등이 비스듬히 곡선을 이루고 있었다. 꼬부랑할머니 안 되려면 바른 자세로 앉아야 된다고 몇 번을 얘기했건만, 도무지 사람 말을 듣지 않고 꼭 저렇게 의자 위에 쪼그리고 앉았다. 나는 아내를 뒤에서 살짝 껴안았다.

"아이 가졌다니까."

"너 드디어 이모 되는 거야?"

"아니, 내가 아이를 가졌다고."

아내는 특별히 언성을 높이지는 않았지만, 단어 하나하나에 묵직하고 단호한 강세를 넣어 또박또박 말했다.

"뭐?"

나는 아내의 의자를 획 돌렸다. 두 다리를 의자 위에 세워놓았던 까닭에 아내의 몸도 획 돌아갔다. 우리의 시선이 마주쳤다. 낭패스러웠다. 갑자기 귓가로 '꺼-억' 소리가 들려왔다. 15년쯤 전, 내 손을 거쳐간 익명의 시체들의 시선이, 심지어 눈이 완전히 감겨져서 도저히 포착해낼 수도 없었던 시선 아닌 시선들까지도 순식간에 되살아났다. 그리고 무자비하게 일그러졌던, 아니 일그러질 것조차 없었던 얼굴 아닌 얼굴이 눈앞을 스쳐 지나갔다. 아내는 나의 혼란에는 아랑곳하지 않았다.

"아빠 되기 싫다는 소리는 하지 마. 벌써 오 개월째야."

"혜민아, 너 설마? 아, 그때 일부러 그런 거였구나……"

"응. 나름대로 노력했어. 병원 다니면서 배란일까지 체크했단 말이야. 혹시나 안 생길까 봐 겁도 나고."

"옛날에는 그렇게 당당하더니 이제는 왜 이래?"

"그때는 정말로 엄마가 되고 싶은 생각이 없었단 말이야.

너도 학생이었잖아. 또 아이 같은 건 언제든지 원하면 생기는 건 줄 알았지, 젊었으니까. 하지만 나도 넬모레면 서른여섯이야. 몸 나이는 마흔도 훌쩍 넘는단 말이야."

"나이는 너만 먹어? 왜 매사가 다 네 맘대로야? 나를 속여서까지 아이를 만드는 건 대체 무슨 횡포야? 의기양양하게 커가다가 비참하게 늙어가는 모습을 지켜보는 건 악취미 아니야? 대체 왜 기왕지사 죽을 생명을 만드는 거냐고?"

"이봐, 이동훈 씨, 그 문제라면 나도 할 말 많지만 처음부터 그렇게 냉소적일 필요는 없잖아. 인생이 별거 없다는 건 일곱 살짜리도 다 알아. 하지만 냉소에서 시작하면 결국 냉소로 끝난단 말이야."

"냉소고 뭐고 사실이 그렇잖아. 왜 이렇게 사람을 비열한 놈을 만들어? 내가 무슨 정자은행이야?"

"뭐!"

아내는 기가 차다는 듯 나를 노려보더니 방으로 획 들어가 버렸다. 나는 혼자 거실에 남아 베란다 밖의 공기를 마셨다. 역정을 내긴 했지만 낭패스러운 느낌은 생각보다 빨리 잊혔다. 서글퍼졌기 때문이다. 결혼 이후 내가 시체한테 복수를 당하는 동안, 아내는 자신의 허기진 배를 응시하고 있었는지도 모른다. 내 귓전을 맴도는 꺼-억 소리에 집착한 나머지 아내의 이런 허함을 전혀 알아채지 못한 것이다. 매일 한 침대에서 자면서도 아내의 달거리가 끊긴 줄도 몰랐다. 간혹 아내가 헛구역질을 하거나 속이 더부룩하다며 끼니를 거를 때도 그냥 논문 스트레스인 줄만 알았다. 틈만 나면 아내의 배를 간질이면서도 도톰해진 배가 그냥 나잇살이 좀 붙은 것이라고 생각했다. 지난 넉 달이 몇 장의 짧은 컷처럼 내 머릿속을 스쳐 지나가는 동안 뱃속에서는 꺼-억 소리가 요동쳤다. 갑자기 한여름의 초저녁, 선선한 바람이 거실 안으로 불어 들어왔다. 아내가 다시 거실로 왔다. 입술을 삐죽거리며 나를 쳐다보더니 어린애처럼 투덜거렸다.

"야, 이동훈, 너 뭐야? 잘못했으면 따라와서 용서를 빌어야될 거 아니야?"

아내의 어조는 발랄했지만 시선은 애처롭기만 했다. 그 시선을 감추고 싶었는지 아내는 얼른 내 가슴팍에 얼굴을 파묻었다. 나는 무조건 반사처럼 아내의 등을 토닥거렸다. 토닥거림이 잦아졌을 때 어디선가 뭐라고 묘사할 수 없는 소리가 들려왔다.

"들려?"

아내가 이렇게 묻지 않았다면 내 뱃속에서 기어 나오는 꺼-억 소리인 줄 알았을 거다.

"네 배였어?"

나의 질문에 아내는 고개를 끄덕이더니, 내 손을 잡아 자기 배에다가 갖다 댔다.

"아직 활발하진 않지만 그래도 조금은 느껴지지? 꽤나 시
끄러운 녀석이 나올 것 같아."

아내는 나를 바라보며 웃었다. 약간의 수줍음, 약간의 흐뭇
함, 약간의 미안함, 약간의 경이로움, 약간의 기쁨 등이 복잡
하게 뒤섞인 웃음이었다. 나는 대자리 위에 아내를 비스듬히
누이고 아내의 아랫배에 귀를 갖다 댔다. 눈이 스르르 감겼
다. 죽음 저편과 이편의 경계 어디에서 나오는 꺼-억 소리처
럼 없음과 있음의 경계 어디에서 뭔가가 꼼지락거리는 소리
가 들려왔다.

깍두기

"뭐야, 깍두기뿐이잖아!"

동생이 소리를 내질렀다.

"배추김치도 있잖아."

엄마의 말에 아빠도 거들었다.

"역시 설렁탕 전문집이야. 국물이 진국인걸. 이 기름 좀 봐."

아빠는 설렁탕 위에 둥둥 떠 있는 싯누렇고 굵직한 기름방울을 가리켰다. 하지만 동생은 시무룩한 표정으로 희뿌연 설렁탕 국물 속에 들어 있는 하얀 소면을 휘저을 뿐이었다. '외식'이라는 황홀한 말을 듣고 동생이 기대한 것은 외국어가 들어간 패밀리 레스토랑이나 피자집이었다. 고작 설렁탕집에 오려고 아침부터 이렇게 차려입었다니 억울하고 분했다. 스테이크, 파스타, 립, 포테이토, 킹크랩 등 힘들게 외운 메뉴들이 동생의 눈앞을 스치고 지나갔다. 그럴수록 희뿌연 설렁탕이 더 증오스러웠다. 반찬이라도 잘 나오면 참아줄 생각이었다. 하지만 보다시피 곧장 김치 세례였다. 특히 깍두기가 문제였다. 딱 쳐다보기도 싫은 녀석, 그것은 동생의 별명이다.

*

동생은 아들만 셋 있는 집의 막내였다. 당시로서는 제법 늦은 나이인 스물아홉 살에 결혼하여 이듬해에 아들을 낳은 엄마는 기고만장했다. 육 개월인가 지났을 때 또 임신을 했는데 그때만 해도 엄마는 아이의 성별에는 신경을 쓰지 않았다. 또다시 아들이 태어나자 거의 처음 못지않게 기뻐했다. 하지만 일 년 남짓 지나고 세번째로 애가 섰을 때는 사정이 달랐다. 아무리 아들이 좋다지만 사내애만 셋, 그것도 연년생으로 줄줄이 태어나는 것은 거국적이다 못해 희극적인 감이 있었다. 엄마와 아빠는 동생이 태어나기 전에 다소곳한 느낌의 이름부터 지었다. 정애. '정'은 형의 이름인 정철, 내 이름인 정수에서 온 것이었다.

동생은 어려서부터 자기 이름을 몹시 싫어했다.

"또 아들이 태어나서 서운했다 이거지? 이름이 이게 뭐야,

284

성질나게!"

엄마는 자기도 모르게 한숨을 내쉬었다. 동생의 이름에 얽힌 짧은 사연보다는 이 한숨이 더 문제였다.

"아니, 꼭 그런 건 아니고……"

"아니긴 뭐가 아니야……"

실제로 동생은 동물의 왕국 같은 우리 집에서 귀염둥이라기보다는 천덕꾸러기였다. 아빠는 세 아들을 그야말로 사자로 키우길 원했다. 어릴 때부터 시도 때도 없이 손발을 휘두르고 매를 든 건 말할 필요도 없겠다. 아빠의 이런 양육 시스템은 은연중에 우리 삼 형제의 관계 속으로 들어왔다. 형과 나는 어느 순간부터 체격이나 힘이 비슷해져 두 마리의 맹수처럼 가능하면 서로를 건드리지 않으려고 했다. 하지만 동생은 타고나길 약골이어서 항상 얻어맞고 살았다. 물론 우리가 매일 싸움질만 한 건 아니었다. 치고받은 날보다는 그래도 사이좋게 노는 날이 더 많았다. 이것이 동생에겐 더 큰 문제였다. 무슨 놀이를 하더라도 우리와 정식으로 한패가 될 수 없는 동생은 항상 깍두기 신세였다. 우리가 배드민턴을 치면 동생은 멀리 떨어진 공을 주워 오고 물을 갖다 주는 심부름꾼이었고 그도 아니면 그저 구경꾼이었다.

학교에서 동생을 챙기는 것도 우리 몫이었다. "형아, 나 또 얻어맞았어." 이런 말을 삼키며 질질 짜면서 우리를 찾아오는 동생을 보면 속에 천불이 났다. 우리는 가족의 치욕에 분연히 떨치고 일어나 복수전을 감행했다. 적당히 패주면 부모님이나 선생님한테 일러서 일이 커지니까 한번 패줄라치면 우리의 얼굴만 봐도 겁이 나서 벌벌 떨 만큼 죽도록 패주어야 했다. 아빠의 가르침대로 아주 혼쭐을 내준 다음에는 동생에게 훈수를 두지 않을 수 없었다.

"형들 하는 거 보이지? 남보다 힘이 세지 않으면 이 세상에서 살아남을 수 없단 말이다."

열 살을 겨우 넘긴 나이였지만 우리도 어느새 아빠의 어휘를 읊어댔다. 동생은 계속 훌쩍대며 고개만 주억거렸다.

"이정애, 평생 깍두기 노릇이나 하고 살 거냐? 깍두기는 옛날에 양반집에서는 김치 취급도 안 했던 거야. 요리하고 남은 무 찌꺼기를 모아서 만든 거거든. 저런 것도 딴엔 김치라고 우기지만 평생 보스가 될 순 없는 거지."

우리는 '보스'라는 말에 특히 더 힘을 주었다.

"지금은 네 옆에 우리 같은 보스가 붙어 있지만 나중엔 어쩔래? 이 깍두기 같은 놈아!"

이 말에 감동을 했는지, 아니면 겁을 먹었는지 동생은 더 서럽게 울어댔다. 귀여운 자식. 우리는 형제간의 우애 표시로 동생의 머리를 쥐어박고 주먹으로 배를 한 번 갈겨주었다.

"우씨, 왜 맨날 나만 갖고 그래!"

동생은 악다구니를 썼지만 대들기는커녕 그냥 그렇게 이를 갈다가 곧바로 제 방으로 들어갔다. 그리고 아령을 들었다.

중학생이 된 뒤에도 동생은 또래보다 체구가 작았다. 살이 좀 올라도 계집애처럼 볼만 통통해질 뿐, 키와 근육으로 가지는 않았다. 아직 근육을 자랑할 나이는 아니었지만 그래도 선망할 나이는 되었다. 샤워를 한답시고 욕실에 들어가면 반시간을 넘기기 일쑤였다. 우리에게는 심드렁한 이 일도 엄마에게는 어딘가 아쉬우면서도 비장한 사건이었다. 잠시 밖에 나갔다 들어와 욕실 문을 연 엄마는 욕조의 거울 앞에 팬티만 입고 알몸으로 서 있는 막내의 모습에 화들짝 놀랐다. 하지만 정작 동생은 천연덕스럽게 엄마를 쳐다보았다.

"샤워 다 했으면 얼른 나와. 엄마 오줌 마렵다, 이 녀석아."

동생은 아직도 뭔가 서운한 듯 뭉그적대며 욕실에서 나왔다.

"엄마, 나는 몸이 왜 이 모양이지?"

"그게 무슨 소리냐?"

"도대체 남자 몸이 아니야……"

"고추 달렸으면 남자지, 그러면 여자냐?"

엄마는 욕실 문을 닫았다. 변기 위에 앉아 엄마는 왠지 모를 안도감을 느꼈지만 또 다른 불안이 생겼다. 사람이 체구야 왜소할 수 있지, 문제는 열등감이다. 아빠도 연애 시절부터 체구가 왜소하여 수시로 주눅이 들곤 했다. 함께 장을 보러 가거나 외출을 할 때면 엄마가 일부러 굽이 낮은 신발을 신었음에도 알게 모르게 주위의 시선을 의식했다. 그리고 틈만 나면 아령을 들었다. 자라날수록 아빠를 더 많이 닮아가는 동생을 보자 엄마는 내심 걱정이 됐다. 나름대로 근거가 없지 않았다.

동생의 왜소한 체격은 아이들 세계의 권력 구도에 치명적인 영향을 미쳤다. 딱지치기, 구슬치기, 술래잡기, 숨바꼭질하던 어린 시절에도 동생은 항상 깍두기였다. 축구, 피구, 족구에서 깍두기 신세를 면하기는 더 힘들었다. 사실 깍두기라는 것은 '왕따'의 의미가 아니었다. 동생을 따돌릴 작정이었다면 아예 놀이에 끼워주지도 않을 테니까. 동생도 이 점을 잘 알았다. 동생이 못마땅했던 것은 바로 우정과 의리에서 나온 친구들의 '배려'였다.

"정애는 이번엔 저쪽 편에 가서 깍두기 해라."

"난 왜 맨날 깍두기만 해? 나도 잘할 수 있어!"

축구 시합을 앞두고 한번은 동생이 호언장담을 했더랬다. 워낙 고집을 부렸기 때문에 그때만은 당당하게 정식 선수로서 공을 찰 수 있게 됐다. 하지만 경기 시작하고 10분도 지나지 않아 덩치 큰 아이와 몸싸움을 벌이다가 옆으로 나뒹굴고 말았다. 가뜩이나 약하던 왼쪽 무릎의 인대가 나가고 뼈에 금도 살짝 갔다. 동생은 한동안 깁스를 하고 있어야 했다. 이후 아이들은 동생이 무슨 큰 사고라도 당할까 봐 더더욱 깍두기 역할만 맡겼다. 무릎 부상에 의기소침해진 동생도 깍두기 신세에 만족하기로 했다. 대신 집에 오면 항상 아빠처럼 아령을 들었다. 그리고 이종격투기를 보기 시작했다.

동생이 고등학생이 되었을 즈음 우리 집에 새 식구가 생겼다. 뭉치는 털이 긴 요크셔테리어였다. 원래 남의 집에서 키우던 것을 열흘쯤만 맡기로 한 것인데 약속된 기간이 자꾸만 연기되었다. 무릇 강아지는 꼬리를 치며 안기는 것이 매력인데, 뭉치는 생긴 것만 귀여웠지 애교가 통 없었다. 그래도 우리는 뭉치를 좋아했다. 서로 얼굴 보는 일도 드문 삼 형제가 이제는 매일 뭉치 주위로 모였다.

뭉치를 데리고 산책하러 갔다 오는 길이었다. 형은 없고 동생은 소파 위에 드러누워서 이종격투기를 보고 있다가 기다렸다는 듯 냉큼 일어났다.

"뭉치, 이 형아를 버리고 어디 갔었어, 엉?"

"야, 이정애, 애 좀 냅둬, 피곤해하잖아."

"피곤은 무슨, 야, 뭉치, 뛰어, 뛰어! 형아랑 같이 뛰자!"

"지금까지 뛰고 왔는데 아파트 안에서 뭐하러 또 뛰냐. 완전히 동물 학대라니까."

"뭐야, 자기는 실컷 데리고 놀아놓고선!"

뭉치는 아예 귀를 틀어막았는지, 듣고도 모른 척하는지 형 방의 침대 밑으로 기어들어가 조그만 방석 위에 자리를 잡기가 무섭게 잠들었다. 한번 잠이 든 뭉치를 건드리는 것은 금기였기 때문에 동생은 금세 우울해졌다. 뭉치마저도 두 형과 공유해야 하고 이 분배 관계에서도 자기가 깍두기 노릇을 해야 되는 것이 짜증스러웠다. 동생은 뭉치가 깨기를 기다리며 주야장천 뭉치 옆을 지켰다.

어느덧 형이 돌아와 핸드폰으로 얼마 전부터 사귀기 시작한 여자 친구와 통화를 했다. 퇴근한 아빠도 슬그머니 들어왔다. 형은 핸드폰을 든 채 자리에서 일어나 몸을 90도로 숙이며 아빠를 맞이했다. 아빠는 형을 한 번 쳐다보고는 형의 침대로 가서 엉덩이를 걸치고 앉았다.

"뭉치 이놈, 이리 와봐라."

아빠는 뭉치의 배 밑으로 손을 슬쩍 집어넣으면서 뭉치를 안아 올렸다. 뭉치는 단잠에서 깨어 "에~엥"이나 "어~엉"과 비슷한 신음 소리를 냈다. 아빠는 품에 안은 뭉치를 쓰다듬기 시작했다.

"허허, 요놈 참, 털이 완전히 똥색이네, 똥색, 허허."

아빠의 큰 목소리와 경상도 사투리는 그렇다 쳐도 '황토색' 도 아니고 '똥색'이라는 말이 정말 거슬렸다.

"어디 보자, 이놈이 수놈이가, 암놈이가?"

그러면서 아빠는 조그만 강아지의 뒷다리를 거침없이 짝 벌렸다.

"아이고, 이게 뭐꼬, 불알을 발라냈네, 발라냈어!"

마침내 형이 소리를 잔뜩 줄여가면서, 그러나 인상을 팍 쓰 면서 말했다.

"아빠, 여자 친구랑 통화하고 있잖아요!"

"어, 그래, 그래."

말은 이렇게 하면서도 아빠의 음담패설과 성추행은 계속되 었다.

"이거 뭐꼬, 개새끼가 왜 이리 조용해? 불알 없다고 짖지도 못해? 무슨 개새끼가 이래?"

아빠는 생식기 부분을 톡톡 치고 귀를 잡아당기고 주먹으 로 코를 누르고 꼬리를 꼬집고 털을 뽑아냈다. 그래도 뭉치는 재갈 물린 인질처럼 신음 소리만 낼 뿐, 도통 짖지를 못했다. 아빠의 장난질에 지친 형은 핸드폰을 귀에 댄 상태로 밖으로 나갔다. 참다못한 동생이 성을 버럭 내며 한마디 했다.

"아빠, 그만 하세요! 뭉치는 성대가 없단 말이에요."

"뭐라꼬? 성대도 제거했나? 아이고, 말세다 말세. 이기 무슨 강아지고!"

아빠는 실망했다는 듯 뭉치를 내려놓았다. 동생은 뭉치가 당한 능욕을 자기가 겪은 양 격분했다. 형이 들어오자 용기를 내보았다.

"형, 뭉치 오늘만 내 방에서 재우면 안 돼?"

"안 돼!"

그래도 동생은 여느 때와 달리 쉽게 단념하지 않고 뭉치를 자기 배 위에 얹어놓고 형의 침대에 아주 드러누웠다. 처음에는 오락을 하느라 동생을 방치해두었던 형도 밤이 깊어지자 인정사정없었다.

"야, 인마, 니 방 가서 자!"

동생이 막무가내로 버티자 형은 동생의 두 다리를 잡고 침대 밑으로 끌어내렸다. 동생은 안간힘을 쓰며 반항했지만 싸움은 응당 예측 가능한 방식으로 종결되었다. 동생은 자괴감과 패배감을 맛보며 뭉치를 두고 나와야 했다.

얼마 뒤 뭉치가 완전히 떠나자 동생은 시무룩한 표정으로 아령을 들고 이종격투기 시청에 몰두했다.

*

동생은 한 해 재수를 하고 대학생이 되었다. 대학교만은 더 이상 깍두기가 없는 곳이길 바랐다. 실제로 첫해는 그렇게 여겨졌다. 문제가 생긴 것은 군대 때문이었다. 체중도 너무 적고 이종격투기를 너무 열심히 본 탓인지 시력마저 나빠져 동생은 여차하면 면제를 받을 수도 있었다. 그런데 다들 안 가려고 하는 군대를 오히려 오기가 발동해서 굳이 가려고 들었다. 신체검사를 앞두고 동생은 연일 폭식을 하고 문자 그대로 잠만 잤다. 그 노력이 결실을 보아 현역 판정을 받았지만 훈련소에서부터 좌절을 맛보아야 했다.

"자, 행군 시작한다! 이정애는 열외!"

소대장이 이번에도 별다른 고민 없이 말했다. 동생은 참다 못해 고집을 부려봤다. 열외란 도무지 깍두기와 다를 바 없는 말이었다.

"저도 할 수 있습니다!"

소대장은 동생의 얼굴을 무성의하게 한 번 쳐다보고는 군장을 챙기라고 했다. 어깨에 한 짐을 짊어진 동생은 무릎을 세우고 숨을 한 번 내쉬고는 자리에서 일어났다. 다리가 부들부들 떨렸고 시뻘게진 얼굴에서는 비지땀이 뚝뚝 떨어졌다.

"저 새끼 저거 안 되겠는데."

"우길 걸 우겨야지."

사방팔방에서 쏟아지는 이런 소리가 동생의 귓전을 맴돌았다. 동생은 첫걸음을 떼려고 안간힘을 썼지만 역부족이었다.

기어코 오른쪽 발을 들어 앞으로 내딛는 순간 군장의 무게 때문에 몸이 뒤로 나자빠졌다. 이후 동생의 훈련소 생활은 시어빠진 깍두기 인생의 연속이었다. 자대 배치를 받은 뒤에도 마찬가지였다. 유격 훈련 한 번 제대로 못 받아보고 동생의 군 생활은 끝나버렸다.

어느덧 이십대 중반을 바라보는 나이, 복학을 하고 나자 분위기가 사뭇 달랐다. 동생의 기대대로 육체적인 힘의 우열은 별로 문제되지 않았다. 하지만 그보다 더 무지막지한 힘들이 만연해 있었다. 상류층 아이들은 질투, 아니 선망의 대상이었고 하류층 아이들은 처음에는 동정, 그다음에는 무시 혹은 망각의 대상이었다. 전자가 인생이 잘 풀리면 당연한 것이고 후자가 그러면 야망과 의지의 대가였다. 동생은 우리 집의 환경, 더 정확히는 아빠를 원망했다. 아빠는 그 시대에 대학 교육을 받았고 평생 성실한 직장인이었고 다섯 가족의 생계를 책임진 오십대 중반의 가장치고 연봉 6천은 절대 적은 수입이 아니었다. 동생이 딱 싫었던 것은 바로 이것, '너무 부자'도 '너무 가난뱅이'도 아닌 '중치'라는 것이었다. 그 역시 어딘가 '깍두기' 같은 것으로 여겨졌던 것이다. 굳이 이 해묵은 굴레를 뒤집어쓰고 패배 의식에 전 동생은 자신의 운을 시험하는 쪽을 택했다.

로또였다. 사람들은 토요일 저녁만 되면 흥분했다. 기대가 좌절당하면 또 다음을 기약했다. 이런 좌절과 기대의 변증법 역시 어찌나 인간적인 것인지, 로또는 누구나 다 꼬드겼다. 매주 꼬박꼬박 사도 5천 원짜리 하나 당첨된 적이 없음에도 동생의 집념은 식을 줄을 몰랐다. 또 하나, 동생이 열과 성을 다한 것은 외모 다듬기였다. 키높이 구두를 신고 옷차림에 신경을 쓰면 실제 키보다 5센티 이상은 커 보인다는 것이 동생의 확고한 믿음이었다. 어지간한 여자보다 고운 피부와 야리야리한 몸매도 '꽃미남' 열풍에 힘입어 장점이 되었다. 신입생 중에 눈이 가는 여자애도 있어 동생은 더 신이 났다.

동생은 미장원에 가서 옆머리는 짧게 깎고 윗머리는 좀 남겨둔 뒤 젤을 발라 위로 빳빳하게 세워 올렸다. 얼마 전에 새로 산 검은 정장에 애지중지하는 키높이 구두를 신고 신입생 환영회에 갔다. 지나치게 신경 쓴 차림새가 금방 주의를 끌었다.

"헐, 너 오늘 소개팅 있냐?"

"「매트릭스」에 나오는 요원들 같은데?"

"어 정말."

이 농담이 동생도 싫지만은 않아 킥킥 웃었다. 하지만 옆에서 다른 친구가 찬물을 끼얹었다.

"저렇게 비실비실한 몸으로?"

"그러게요. 보통 깍두기들이 정애 오빠 스타일 아니에요?"

이 말에 동생의 표정은 완전히 굳어버렸다. 이 말을 한 사람이 바로 동생이 점찍은 여자애였기 때문이다. 그날 동생은 꽤 오랫동안 고수해온 이른바 '깍두기 머리'를 바꾸었다. 외모에 대한 지나친 관심도 수그러들자 모든 정성이 오롯이 로또에 퍼부어졌다.

동생은 총 10학기를 다닌 끝에 무사히 졸업했고 반년 재수 끝에 취직도 됐다. 그러고도 항상 시무룩하고 우울한 표정이었다. 우리가 차례로 결혼을 하자 더 그랬다. 나는 분가했으나 형 내외는 부모님 집에 살았다. 흡사 장남 부부가 노부모에 덧붙여 노총각 시동생까지 꼽사리로 모시는 형국이었다. 하루하루가 위태롭게 지나갔지만 온 가족이 한자리에 모이자 폭탄이 터졌다.

"내 친구들은 다 할머니 됐는데……"

시어머니가 조심스레 운을 떼자 형수도 기다렸다는 듯 차근차근 말을 이어갔다.

"요즘은 사십대 초산도 의외로 많아요, 어머니. 애 맡길 데도 마땅찮고 우선은 기반부터 잡아야죠."

"애라는 것이 갖고 싶다고 막 생기는 줄 알아? 어차피 제 밥숟가락은 뱃속에서 물고 나올 텐데……"

무던한 말도 시어머니의 입에서 나오니 불쾌한 언어폭력이 됐다. 아이를 맡긴 것도 아닌데 시집살이를 하는 형수는 오죽할 말이 많을까. 어떻든 조만간 아이를 낳을 생각이고 그러고도 직장 생활을 계속하려면 아이는 시어머니가 키워주어야 했다. 지금 이 집도 필요했다. 그런데 아들이 셋이나 됐다. 형수는 잠시 입을 다물었다가 분위기를 바꾸어보려고 시동생에게 말을 걸었다.

"도련님, 이거 한번 들어보세요. 제가 주말에 담근 건데요……"

형수가 깍두기를 가리켰다. 동생은 형수를 한 번 쳐다보고는 생뚱한 표정을 지었다.

"깍두기 안 좋아하세요? 이름도 귀엽잖아요."

그래도 동생은 묵묵부답이었다. 동생의 민감한 표정 변화를 읽어낸 엄마가 한소리 했다.

"애는 원래 깍두기 잘 안 먹어."

며느리에 대한 염려도 조금은 깃든, 그러면서도 신경질이 가득한 목소리였지만 동시에 며느리는 어디까지나 예의를 갖춰야 되는 남이라는 생각에 그 신경질을 억누르는 기색도 역력했다. 엄마의 내적 투쟁을 형도 어느 정도 포착했다. 형의 화살은 동생에게 향할 수밖에 없었다.

"이 자식이 나이가 몇인데 아직도 편식이냐? 바쁜 형수가 고생해서 만들어놨으면 먹는 시늉이라도 해야 될 거 아냐!"

이쯤 되자 엄마도 더 이상 품위고 뭐고 없었다.

"아니, 너는 왜 애꿎은 정애를 탓하니? 요즘 맞벌이 아닌 부부가 어디 있어? 그러고도 애도 둘은 낳더라. 내가 꼭 아들을 낳으라는 것도 아니고 말이야······"

엄마는 형수 쪽은 쳐다보지도 않았다. 형수는 눈을 내리깐 채 침묵을 지켰다. 동생도 그러했는데, 당장 집을 떠나야겠다는 결심이 확고해졌다.

*

별것도 아닌 깍두기 사건 이후 동생은 반년 동안 주야장천 선을 보았다. 많이 갖춘 여성은 더 많은 것을 원했고, 덜 갖춘 여성은 그나마 가진 것을 특화시켜 신분상승을 꿈꾸었다. 그러다가 혼기를 놓친 서른여섯 살의 노처녀가 동생에게 호감을 갖게 되었다. 그녀는 수도권의 한 도시에서 무용을 가르치는 교사였고 간간이 무대에 서기도 했다. 자존감이 높고 자존심이 강한 그녀는 이 정도의 조건이면 여전히 버젓한 남편감을 구할 수 있다고 생각했다. 하지만 하나같이 늙수그레하거나 심지어 재취 자리였다. 그런 그녀 앞에 나타난 동생은 소박한 수입이나 왜소한 체격이 묻힐 만큼 풋풋한 청년이었다.

어서 빨리 유부녀 대열에 합류하고 싶은 제수씨의 욕망과 하루빨리 집을 떠나고 싶은 동생의 굳은 의지 덕분에, 양가 부모의 반대에도 불구하고, 결혼은 의외로 빨리 성사되었다. 만난 지 칠 개월 만이었다.

엄마의 우려와는 달리 제수씨는 거의 결혼하자마자 임신했다. 아이가 태어나자 동생은 전에 없이 활기를 띠었다. 뭉치가 우리 집에 들어왔던 그때 이후 십여 년 만이었다. 동생을 달뜨게 만든 것은 가장의 지위였다. 아내 옆에서도 깍두기 신세였지만 아들 앞에서는 왕이었다. 왕좌를 지키기 위해 동생은 전보다 더 열심히 로또를 샀다.

동생의 품안에 있던 준수가 슬슬 바깥세상으로 나가면서 어디선가 본 듯한 상황이 연출되었다. 왜소한 체구, 쉽게 주눅이 드는 성격, 타인의 배려에 대한 자괴감 등 준수의 모든 것이 동생의 유년을 방불케 했다. 그런 아이를 감싸주어야 할 엄마는 모든 것을 아빠에게 일임해버렸다. 제수씨를 보면 모성이라는 것이 생물학적이고 생래적인 본능이 아니라 사회학적으로 습득된 개념이라는 가설이 맞는 듯싶었다. 과연 소도시의 중학교 교사로 만족할까 싶던 제수씨는 점점 더 공연에 열을 올렸고 어느덧 대학원을 졸업하고 대학에 출강하더니 이제는 교수 자리까지 넘보고 있었다. 하지만 동생의 출세 가도는 정체의 연속이었다. 동생의 속도 음식물이 정체된 양 더 부룩할 것 같았다. 머리의 속살이 비칠 만큼 머리카락이 빠지고 그나마 남아 있는 머리카락마저 가늘고 하얘지기 시작한 것이 증거였다.

저녁 식탁, 한때는 동안이었지만 일이 년 사이 폭삭 늙어버린 왜소한 마흔 살짜리 아버지와 또래보다 턱없이 작은 여덟 살짜리 아들이 마주앉았다.

"엄마가 매일 늦는데 아빠는 왜 가만히 있어?"

"그야 엄마는 공연이 늦게 끝나니까. 뒤풀이도 해야 되고……"

동생의 대답에 준수는 한동안 말없이 밥알을 씹다가 다시 입을 열었다.

"애들이 놀려. 아빠가 엄마한테 꼽사리래."

'꼽사리'라는 말은 동생의 머릿속에서 곧 '깍두기'로 대체되었다.

"애들이 나한테도 꼽사리나 하래."

"요즘 애들은 참, 왜 그리 못됐냐."

동생이 얼떨결에 내뱉은 말은 참 무성의했다.

"아빠, 난 깍두기란 말보다 꼽사리가 더 싫어."

그러고 보니 식탁에도 깍두기가 올라와 있었다. 동생은 오랫동안 잊었던 깍두기라는 말을 곱씹으며 눈앞에 놓여 있는 깍두기를 물끄러미 바라보았다. 자기도 모르게 젓가락이 향했다. 입안에 넣고보니 무가 아삭아삭 씹히는 맛이 썩 나쁘지 않았다. 평생 처음 맛보는 것이었다.

"깍두기가 이렇게 맛있었나? 엄마는 김치도 참 잘 담그네."

준수도 깍두기를 입안에 잔뜩 집어넣고 씹기 시작했다. 입가로 빨간 고춧가루 물이 배어 나왔다.

동생의 희로애락은, 우리 모두의 인생이 그러하듯, 적절히 시소를 탔다. 이 단조로운 놀이에 로또가 한 번씩 추임새를 넣어주었다. 하지만 지금껏 단 한 번도 당첨된 적이 없는 동생이 7천2백만 원이라는 거금을 손에 넣은 것은 그야말로 횡재였다. 동생은 우리 가족을 죄다 불러 거나하게 한판 벌이고 엄마에게 밍크코트를 덥석 사주기도 했다. 경조사는 무조건 3만 원으로 일관해온 동생이 무려 10만 원이라는 돈을 주저 없이 내놓았다. 지금까지 옹색하게 애면글면 살았던 동생은 타인들 앞에서 호탕한 모습을 보임으로써 자신의 행운을 자축했다. 어지간한 고소득자의 연봉도 안 되는 돈 때문에 저토록 변한 동생의 모습이 안쓰럽다 못해 한심하기도 했다. 하지만 우리 처지나 동생 처지나 엇비슷했으니 이건 차라리 질투의 표현이었으리라.

연말에 불붙은 동생의 열광과 흥분은 정초까지 이어졌다.

서울의 체감 기온이 영하 30도를 기록한 그날도 동생은 밤늦도록 로또 잔치를 벌였다. 술판이 한창 무르익었을 때 동생은 만취한 채로 화장실에 갔다. 묵직한 문을 열고 들어가 소변을 보고 토악질을 한 다음 다시 문을 닫고 나오는데 발에 뭔가가 탁 걸리면서 그만 앞으로 고꾸라졌다. 무릎, 이어 오른쪽 뺨에 와 닿는 싸늘한 감촉을, 동생은 주점의 화장실 내부를 덮은 타일이라고 생각했다. 그러나 그곳은 실은 건물의 바깥, 완전히 한데였고, 동생의 발을 붙든 것은 조금 큰 돌멩이였다. 마침 커다란 가스통이 서 있는 왼쪽으로 넘어졌다면 즉사하고 말았을 것이다. 그나마 오른쪽으로 기우는 바람에 오른쪽 눈두덩과 뺨과 입술이 좀 찢어지고 코뼈가 부러진 정도에 그쳤다. 천만다행이었다. 하지만 동생은 그 상태로 한 시간이 넘도록 방치되었다. 술자리의 그 누구도 동생의 부재를 인지하지 못했던 것이다! 그나마 늦게라도 발견된 것은 술자리에 같이 있던 부장을 데려가려고 그의 부인이 차를 몰고 온 덕분이었다. 동생은 곧장 인근 병원의 응급실로 이송되었지만 이미 손을 쓸 수 없는 상태였다. 아무리 추웠기로서니 시베리아의 오지도 아니고 서울, 그것도 강남 번화가에서 뇌진탕이나 심장마비도 아닌 동사라니! 이 정황이 참 허허로웠다.

"최근 혹한과 폭설이 계속되고 있습니다. 늦은 밤, 과음은 자제하는 것이 좋겠습니다."

뉴스 끄트머리에 동생의 사망 소식을 전하는 앵커의 말이었다. 맥락이 빠져서 어처구니가 없는, 어딘가 깍두기 같은 멘트였다.

장례식이 치러졌고 부모님도, 우리도 서럽게 울었다. 글쎄, 부모님이라면 모를까, 우리는 확실히 동생의 죽음보다는 우리의 삶이 더 슬펐다. 물론, 어릴 때부터 동생을 깍두기라 놀려댔던 것에 대한 유효 기간이 한참 지난 죄의식도 없지는 않았다. 시무룩해져 있는 준수의 모습도 우리를 울적하게 만들었다. 하지만 내 새끼 낳고 보니 피붙이 조카도 남이다. 형은 형수와 함께 다부지게 설계한 가족계획이 잘 실현되지 않아 재작년부터 불임클리닉에 다녔고 지난가을 쌍둥이를 낳았다. 기쁨도 잠시, 마흔을 넘겨 갑자기 두 아들의 부모가 된 형 부부의 얼굴과 몰골은 말기 암 환자 수준이었다. 나는 나대로 이제 여섯 살이 된 둘째 아이가 발달이 늦어 치료실을 다니느라 정신이 없었다. 운동 발달은 현저히 늦지만 언어와 인지의 발달은 조금만 지체되어서 그나마 위안이었다.

우리는 종결된 동생의 삶과 진행 중인 우리의 삶을 동시에 애도했다. 죽음에 대한 갖은 이야기들이 난무하지만, 숭고한 비극의 카타르시스를 맛보기에는 죽음의 양상이 너무 웃겼고 희극의 기쁨을 맛보기에는 그 삶이 너무 애처로웠다. 숨이 꼴까닥 넘어간 우리의 깍두기 막내, 영면하라!

굿모닝, 코미디언

이소연(문학평론가)

1. 인생 초보라 그렇지요

인생을 한두 번 더 살 수 있다면, 다음번엔 좀더 현명한 선택을 하게 되지 않을까? 지나온 시간에 회한이 들 때면 우리는 종종 이런 질문을 던지곤 한다. 지금 생은 그냥 연습 삼아 한번 살아보는 거라고, 아직 삶의 본선은 시작하지도 않았노라고. 그러나 이는 그저 잠시 머무는 몽상에 불과할 뿐 우리에게 기회는 공평하게 주어진다는 것도 잘 알고 있다. 인간은 자신의 인생을 '처음' 사는 '유일한' 존재라는 점에서 예외가 없다. 일곱 살 아이도, 스무 살 청년도, 일흔 살 노인도 자신의 생 안에선 눈앞에 닥친 시간대를 처음 살아가는 초보자일 수밖에 없다. 이런 점에서 인간의 생은 '만인 초보의 법칙' 같은 것이 지배하고 있다고 생각해도 좋을 것이다. 따라서 우리는 매번 실수를 저지르고 비슷한 오류를 반복하며, 최선의 선택과 방도를 강구하지 못한 자신에 대해 불만을 갖기 마련이다. 그러나 어쩌겠는가. 시시각각 다가오는 새로운 시간 속에서 '왜 그때 그렇게밖에 할 수 없었는가, 분명 다른 선택의 기회가 있었을 텐데……' 후회에 잠겨본들 이미 너무 늦은 것이다.

김연경의 소설을 읽으면 나는 어리둥절한 표정으로 자신의 눈앞에 펼쳐져 있는 낯선 길을 더듬더듬 찾아나가는 남녀의 이미지가 떠오르곤 한다. 하지만 외부의 시선과는 달리 이 '보통 사람들'은 반복되는 일상에 갇혀 있으면서도 내면에서는 사실 매일 크고 작은 모험과 투쟁을 경험하는 사람들이다. 이것을 선택하면 저것을 포기할 수밖에 없는 상황, 이것을 갖기 위해 그에 상응하거나 더 가혹한 대가를 치러야 하는 일상 속에서 이들은 수시로 자신이 판단의 기로에 놓여 있다는 사실을 깨닫는다. 그러나 인생은 반복되는 시련 끝에 주어지는 '경험치' 같은 것을 용납하지 않는다. 그의 작중 인물들은 매번 변화무쌍하게 몸을 바꾸는 삶의 난관에 부딪혀 심각한 오류에 빠져들거나 좌초하곤 한다. 작가는 새로운 작품집에 실린 여덟 편의 이야기들을 통해 생의 무자비함과 변덕스러움을 견뎌내는 인간 군상의 모습을 세밀하게 소묘하고 있다. 그의 소설을 읽다보면 절로 이러한 탄식 소리가 머릿속에서 들려오는 듯하다. '아, 이 이야기들 속에 등장하는 인물들의 삶은 얼마나 하잘것없는가. 별수 없이 그 안에서 살아가야 하는 운명 때문에 이들은 또 엇비슷한 실수를 반복하고 있구나!' 우리네 삶이 작중 인물들의 그것과 크게 다르지 않다는 사실을 깨닫는 과정을 통해서 독자는 그의 소설에 차츰 빠져들게 된다. 소설은 이 인물들이 갇혀 있는 일상의 한계를 바닥까지 보여주지만 정작 그 안에 놓여있는 인물들은 자신을 가두고 있는 벽을 알아보지 못한다. 우리는 자신과 너무도 닮은 인물들이 곤경을 겪는 모습에서 한편으로는 깊은 비애를, 다른 한편으로는 자조 섞인 우스꽝스러움을 느낀다.

김연경은 이번 작품집에서 등단 20년 작가의 공력을 마음껏 펼친다. 어쩌면 그는 소설이야말로 인생의 아픔, 아쉬움, 회한, 고독과 슬픔을 절절하게 담아내는 일에 맞춤하도록 진화된 형식임을 증명하려 한 것이 아닐까. 그는 지나간 일에 대한 회한을 풀어내는 도중에 삶의 교훈을 길어내기도 하고 슬프고 고통스러웠던 순간들을 떠올린 후 이를 오묘한 웃음과 쾌감을 주는 이야기로 전화(轉化)시키기도 한다. 실로 놀라운 이야기의 마술이다. 김연경의 소설은 그렇게 인생의 본

질과 소설(쓰기)의 진실을 연결시키면서 스스로 이야기의 몸을 빚어나간다. 그의 소설들은 일찍이 말할 수도 없었고 이해할 수도 없는 어떤 것이 인생 속에 '그냥 그렇게' 존재하고 있다는 사실을 독자로 하여금 감지하게 한다. 따라서 그의 소설은 자아라는 한계에 갇혀 제대로 보지 못했던 인생의 진면목을 깨닫게 하는 축도이자 동시에 단 한 번으로 그치고 말 유한한 삶을 반복해서 경험하도록 만드는 실존의 상연장이라고 할 수 있다. 무엇보다도 김연경 소설의 요체는 우리가 살아가는 범속한 인생을 있는 그대로 받아들이게 만드는 인간 정신의 힘을 보여주는 장면에 자리하고 있다. 매일 반복되는 일상 속에서 진부함과 낯섦 그리고 속물성과 고귀함을 동시에 보여주는 평범한 인간들의 모습은 소소하지만 눈물겨운 사연들을 통해 사부작거리며 독자의 마음을 파고든다.

2. 존재의 참을 수 없는 가벼움

「소설학 개론」을 읽는다. 제목에서도 알 수 있듯이 이 소설은 메타픽션의 전통을 충실히 따르고 있다. 작가의 분신임을 짐작게 하는 소설의 주인공은 적지 않은 경력을 지닌 작가다. 그는 새로운 소설을 준비하면서 "현지답사, 자료 수집, 무엇보다도 인터뷰가 필요하"(159쪽)다는 말을 입버릇처럼 달고 산다. 어쩌면 실제 작가 역시 이러한 강박 관념, 즉 '소설이란 이러저러한 것이어야 한다'라는 소설 쓰기의 지침 같은 것에 시달려온 것은 아닐까? 그리고 작가는 소설 속에서 이러한 정언 명령들을 하나씩 아이러니컬하게 비틀어나간 것이 아닐까? 이를테면 주인공이 현지답사 차 떠난 일본에서 겪은 일 같은 것이 그러하다. 일본에서 그는 소설의 모델로 삼고자 했던 사람을 만나기는커녕 정처 없는 헤맴과 난데없이 만난 지진과 비바람, 긴 여행에 노곤하게 지친 심신만 얻은 채 소득 없이 한국으로 돌아오고 만다. 그러나 그는 집에 돌아오자마자 그렇게 애면글면 찾아다니던 '소설 같은' 사건이 자기 집 처마 밑에서 벌어지고 있다는 사실에 아연함을 느낀다. 그가 없는 동안 몰래 들어왔던 도둑이 그의 방에 터를 잡고 유유자적한 시간을 보냈음을 알게 된 것이다. 더욱이 그는 거의 자신의 방으로 여기고 집에 들어온 도둑과 함께 우스꽝스러운 대화까지 나눈다.

작가에게 소설은 진부한 일상을 낯설게 그려내는 수단이며 이는 보잘것없어 보이는 자신 주변의 사물, 인물, 나아가 자기 자신을 있는 그대로의 모습으로 받아들이는 긍정으로 가는 통로가 된다. 그러나 정작 그는 오랜 시절 친밀하게 지내온 남자 친구를 이성으로 받아들이는 일에 실패하고 뒤늦게

후회하는 낭패를 겪는다. 우리는 이 또한 인생 초보이기 때문에 겪는 아픔 가운데 하나임을 안다. 작가는 이 소설을 통해 글쓰기 또는 소설 쓰기가 삶에 대한 통찰과 연결되어 있다는 독특한 소설관을 피력한다. 그가 보기에 삶과 소설 쓰기를 비로소 가능하게 하는 것은 주어진 현실에 대한 수락, 또는 긍정이다. 그래서 소설의 말미에서 주인공은 자신이 영화를 "보는 내내 웃음을 멈출 수 없었다"(182쪽)고 고백하는 동시에 자신도 엑스트라로 어딘가 출연하지 않은 것에 대해 후회한다. 자신이 생의 엑스트라임을 수긍하는 것, 이러한 긍정의 철학은 김연경의 소설에서 슬픔을 웃음으로 슬쩍 바꿔놓는 기예로 활용된다.

「우연론과 인과론」에서 작가는 평범한 이웃, 소소한 일상, 지리멸렬한 사건들에 시선을 돌리는 특유의 '소설학'을 십분 활용하고 있다. 이러한 견해는 주인공의 남편이 혼곤함 가운데 응시하는 "Welcome to the real world"(131쪽)라는 한 문장에 집약되어 있다. 소설은 어린 시절 마치 왕자님처럼 여겼던 용태 삼촌의 모습과 현실 속 남편을 대비하고 있다. 영업사원으로 근무하며 전국을 누비고 다니는 남편은 이상 속의 왕자님이 아닌, 가족을 먹여 살리기 위해 이리 치이고 저리 치이는 중년 아저씨에 불과하다. 어디 그뿐인가. 주인공 부부는 먹고 사는 일에 더해서 한창 손이 많이 가는 나이의 두 아이를 양

육하는 일의 힘겨움에 치여 산다. 작가는 고단하고 지리멸렬한 삶, 그리고 낭만이나 환상의 흔적 같은 것은 남아 있지 않은 생활인의 모습을 냉정하리만치 선명하게 보여준다. 그리고 우리에게 다음과 같은 질문을 던진다. 우리의 운명을 결정하는 것은 우연론인가, 아니면 인과론인가? 그러나 주인공이 발견한 답은 우연론인지 인과론인지를 구분하는 것이 아니라 아리송한 법칙에 휩쓸려 살아가면서도 결국 우리는 모두 현실에 발을 디디게 되며 이 사실을 있는 그대로 수긍할 때 그런대로 웃음과 잔재미를 느끼며 살아가게 된다는 점이다. 소설 속에서 우연론과 인과론은 서로 상반된 것 같지만 궁극적으로는 계속 현실로 우리를 끌어당기는 세속의 힘으로 작용한다. "불현듯, 아무데도 가고 싶지 않다."(144쪽) 주인공은 자신도 그 일부를 이루고 있는 생의 법칙이 자신에게는 지금, 여기에 머물게 하는 힘으로 작용한다는 사실 앞에서 현기증을 느낀다.

거친 세상의 물살 속에서도 가까스로 균형을 잡으면서 각자에게 주어진 행복을 영위해나가는 인물들의 모습은 스피노자의 철학을 연상시키는 구석이 있다. 이러한 균형 잡기에 실패할 때 우리는 또다시 오류에 빠지게 되고 거센 운명의 흐름 속에서 난파하고 만다. 우리는 「파우스트 박사의 오류」에서 자신이 처한 난국에서 빠져나오지 못하고 실패한 인물의 대표적인 사례를 목격하게 된다. "인생이란 우리에게 지독히 하찮거나 평범한 행복을 줄 따름이면서 그 대가로 얼마나 많은 것을 요구하는가."(11쪽) 철학과 시간 강사인 최승휴가 남긴 유서는 철학을 연구하는 학자답게 인생의 비참을 정확히 꿰뚫고 있다. 그러나 소설은 최승휴에 대한 연민과 함께 그마저도 놓친 미량의 진실에 초점을 모은다. "다들 죽겠다고 하면서도 대략 살고 있는데 그는 진짜로 죽어버렸다."(13쪽) 한편 소설은 최승휴의 상대편에 동료 강사 박철진을 등장시킨다. 최승휴처럼 그 역시 교수직에 도전하여 여러 번 고배를 마신 이력이 있지만 그럼에도 불구하고 죽지 않고 마침내 살아남아 교수가 되는 데 성공한다. 그런 그의 눈앞에 예전에 죽은 최승휴의 유령이 나타난다. 최승휴와 박철진의 차이는 비참하고 더러운 한국 대학의 현실을 한 사람은 받아들이지 못하고 다른 한 사람은 받아들였다는 정도에 있을 것이다. 그러나 소설은 마지막 부분에서 독자에게 이런 의문을 던진다. 최승휴와 박철진 가운데 누가 '파우스트 박사'이며 치명적인 오류에 빠진 사람은 누구인가? 어쩌면 타인의 죽음에 인간적인 연민을 갖지 못하고 범속한 현실에 매몰되어버린 박철진과 동료 교수들이 오히려 오류투성이의 삶을 살고 있지 않은가?

「섬」의 주인공 동수는 연구소에서 계약직으로 근무하는 여

직원이다. 그는 한 해 전에 부임한 소장과 연인 사이가 된다. 소장은 백마 탄 왕자와는 거리가 먼, 중년에 접어든 보통 남자다. 대학교수라는 번듯한 직업을 갖고 있는 것 외엔, 그는 느지막이 연구소에 출근해 가끔씩 허름한 식당을 찾아다니는 일을 낙으로 삼는 보통 아저씨다. 주인공이 자신의 비참한 어린 시절의 기억을 회상하는 것으로 시작되는 이 단편은 연인이 차를 타고 고향집으로 향한 비탈길을 힘겹게 올라가는 장면으로 끝맺는다. 동수에게 삶이란 매일 부딪히는 일상 속에 뿌리를 내리는 힘겨운 과정을 의미하며 동시에 삶에 대해 가졌던 환상을 하나씩 깨뜨리는 과정을 동반하는 것이다. 소설은 나이 많은 중년 남자와 사귀고, 그와 사랑을 나누는 광경이 더할 나위 없이 어설프고 희극적인 행위임을 자각하고, 어린 시절 꿈꾸었던 이상향 즉 '섬'이 누추한 삶이 여전히 지속되는 지금 이곳임을 깨닫는 힘겨운 과정을 담담하게 그린다.

김연경의 소설은 인간을 억압하는 왜소한 일상 그 자체보다 엄혹한 현실에 짓눌려 살아가는 동료 인간들을 바라보는 따뜻한 시선과 깊은 공감에 초점을 맞춘다. 이러한 연민 어린 시선이야말로 비참한 삶을 한 편의 소극으로, 황량한 세계를 삶이 지속되는 보금자리로 만드는 힘이다. 나아가 이는 현실에서 이야기를, 한 편의 소설을 길어 올리게 만드는 결정적 계기가 된다. 우리의 눈에 들어오는 인간 존재란 정말 참을 수 없이 가벼운 존재들이다. 우리는 너무 쉽게 환경에 굴복하고 어이없는 계기로 목숨을 잃기도 하며 권력과 몇 푼의 이득 때문에 존엄함을 잃어버리기도 한다. 김연경의 소설은 우리 삶의 비참이 비극적 영웅의 몰락과는 거리가 먼, 지질하고 못난 인간들이 벌이는 희극에 가깝다는 사실을 폭로한다. 그리고 독자로 하여금 그 범속함과 저열함으로 인해 결국 웃음을 터뜨리게 만든다. 그의 소설에서는 아이디얼리스트에서 리얼리스트의 세계로 슬그머니 시선을 옮기는 과정이 코믹하면서도 유머러스하게 그려진다.

3. 정말, 웃어도 되겠습니까?

김연경의 소설은 비극을 희극으로 바꾸는 과정에서 특별한 힘을 발휘한다. 그가 세상을 견뎌내는 방식은 단순한 '거리 두기'나 '자기 절제' 같은 고전적 덕목과는 거리가 멀다. 그는 오히려 자신이 바라보는 세상을 희화시킴으로써 적극적으로 그 상황 깊숙이 우리를 개입시키고 있다. 알렌카 주판치치에 따르면 "상황이 우리 자신과 실제로 관련이 있고, 우리 존재의 핵심에 직접적으로 관련될 때, 우리는 오로지 희극으로서만 그것을 바라보고 상연할 수 있다"*고 한다. 다시 말해 "죽을 만치 심각한 일(the dead serious)"은 오직 희극을 통해서만 접근할 수 있다는 것이다. 그러나 주판치치의 글을 조금 더 인용하면, 정말 위기에 놓여 있는 것은 우리 존재의 파괴가 아니라 오히려 그 "출현(emergence)"이라는 것이다.** 이때 자아는 모든 의미를 폐기하고 그 바깥으로 자신의 존재를 돌출시킨다. 이는 설명할 수 없고 의미화할 수도 없는 파열이 출현할 때 우리가 웃음을 통해 그 메워질 수 없는 틈의 실존을 드러낸다는 것을 의미한다. 「구토, 혹은 청춘의 기록」에서 이러한 실존 내부의 간극은 끝없이 반복되는 구토와 같은 증상으로 표현된다. 주인공은 어린 시절 자신이 키우던 돼지를 잡아먹었다는 트라우마로 인해 섭식 장애에 걸린다. 폭식과 구토. 만성 위염에 시달리는 끔찍한 상황을 그는 희극적으로 받아들인다. "나도 모르게 눈물마저 찔끔찔끔 흘러나왔다. 이쯤 되면 코미디가 따로 없었다. 민망해졌다. (……) 빌어먹을 구토 때문에 온몸이 너무 아파서 어린애처럼 엉엉 울고 있는 스물일곱의 나. 참 추악하지만 참 정직하기도 한 이 실존을 나는 멈출 수가 없었다."(204~205쪽)

* Alenka Zupančiči, *The Odd One In: On Comedy*, Cambridge: The MIT Press, 2008, p.182.

** Zupančiči, *Ibid.*, p.182.

주인공이 "코미디가 따로 없었다"고 한탄하는 대상은 다름 아닌 자신의 '몸' 자체다. 우리는 몸을 통해 자신의 실존을 의식하지만 한편 자신의 몸이야말로 쉽게 처리할 수 없는 '낯선 것' 자체이기도 하다. 「구토, 혹은 청춘의 기록」에서 주인공이 겪는 끔찍한 소화기 장애는 현실이라는 낯설고 버거운 대상을 받아들여 자신의 삶으로 녹여내는 과정을 수행해야 하는 우리 모두의 힘겨운 운명을 대변하고 있다. 그가 자살을 시도한 친구 수아의 병실에서 "뒤돌아서는 시골 의사의 눈에는 눈물마저 고였다. 너무 웃겨서 나는 혼자 키득댔다"(212쪽)고 너스레를 떠는 이유는 두 사람이 겪어낼 현실이 오히려 너무 고통스럽기 때문일지도 모른다. 이 소설은 두 친구가 감자탕을 먹고 거나하게 트림하는 마지막 장면에 초점을 맞춤으로써 희극성을 극대화시킨다. "음식물이 우리의 뱃속에 무사히 자리 잡았음을 증명하듯 거나한 트림이 올라왔다. 우리 둘 다 이 트림이 반가웠다. 그것은 뭔가가 새로이 시작되는 것을 알리는 신호음이었다. 서른을 앞두고 또 한번 살아봐도 될 것 같았다. 단, 이번에는 그저 마냥 사는 거다. 우리는 우리의 마음속과 머릿속에 숨겨두었던 냉소와 위악과 가식의 약병을 슬그머니 치워버렸다."(213~214쪽)

「아지랑이」에서도 역시 작가는 젊은 시절 시체 닦는 아르바이트에서 받은 트라우마 때문에 고통을 겪는 주인공을 통해 유사한 주제를 변주하고 있다. 주인공은 시체가 낸 트림 소리가 기억에서 지워지지 않아 애를 먹는다. 소설은 그가 겪은 트라우마가 사랑하는 아내와 함께하는 일상 속에서 차차 마모되는 과정을 명랑하게 묘사한다.

"나 트림한 거 맞지?"

"당연하지. 방 안에 느끼한 냄새가 가득하잖아. 꺼-억. 꺼-억. 꺼-억."

아내는 '꺼-억'을 몇 번씩 반복하면서 몸까지 힘껏 움츠렸다. 그러곤 또 딱따구리처럼 자지러졌다.

"뭐가 그리 웃기냐? 숨넘어가겠다."(275쪽)

이 소리는 임신한 아이의 태동 소리로 연결됨으로써 주인공과 독자들에게 치유의 예감을 안겨준다.

그러나 소설 속에 등장하는 트라우마가 이미 지나간 일에 관련된 것이 아니라 현실에서 여전히 겪는 진행형의 고통일 때는 어떻게 대처할 것인가? 이를테면 막내의 인생 이야기를 중심으로 한 가족의 사연을 재치 있게 풀어나간 단편 「깍두기」의 경우를 보면, 우리는 막내 이정애의 갑작스러운 죽음 못지않게 그의 죽음을 애도하는 희극적인 어조에 당혹스러움을 갖게 된다.

우리는 종결된 동생의 삶과 진행 중인 우리의 삶을 동시에 애도했다. 죽음에 대한 갖은 이야기들이 난무하지만, 숭고한 비극의 카타르시스를 맛보기에는 죽음의 양상이 너무 웃겼고 희극의 기쁨을 맛보기에는 그 삶이 너무 애처로웠다. 숨이 꼴까닥 넘어간 우리의 깍두기 막내, 영면하라!(303쪽)

　　느닷없는 재난 앞에 당혹스러움을 감추지 못하는 서술자의 어조는 과장된 희극적 어조와 함께 독자의 마음을 어지럽힌다. 그리고 독자는 마침내 이 이야기가 삼 형제 가운데 유독 순탄치 못한 인생을 살았던 막내 동생 이정애의 슬픈 일생을 기리기 위한 애도의 서사임을 뒤늦게 알아차리게 된다. 독자는 비명횡사한 동생의 최후를 가리켜 "너무 웃겼"다고 표현한 대목에서 당혹스러움을 느낄 수도 있다. 그러나 정작 예측할 수 없는 사건에 맞닥뜨릴 때, 그 '어이없음'을 정확하게 표현하는 법을 아는 사람은 많지 않다. 유머는 때로 이렇게 부적절한 순간에 돌출하여 도무지 의미로 환원되지 않는 사건을 웃음으로 메워보려고 시도한다. 이정애의 생애야말로 애처롭지만 인간적이며, 난데없지만 도처에서 흔하게 볼 수 있는 우리 보통 인간의 삶, 그대로가 아니겠는가. 따라서 우리의 인생은 본질적으로 비극보다 희극에 어울리는 것인지도 모른다.

김연경의 소설은 어려운 현실에도 불구하고 이를 자신의 몫으로 오롯이 받아들이기 위해 애쓰는 우리네 보통 사람들의 모습에 애정 어린 눈길을 보낸다. 그의 소설은 삶에 들어오는 이물감, 낯선 사건, 황당스러운 재난을 꾸준히 받아들여 삶의 재료로 만들어가는 과정을 경이로운 눈길로 바라보게 한다. 「'훈이네복덕방' 아줌마는 손이 컸다」에서 주인공은 가난과 외로움에 힘들어하던 자신의 어린 시절을 견뎌낼 수 있게 도와준 마을 사람들에 대해 술회한다. 언제나 먹을 것을 푸짐하게 내어주던 복덕방 집 부부의 후한 인심이 자신의 가족을 어떻게 먹여 살렸던가 찬찬히 술회하고 있다. 덕분에 이들은 삭막한 현실을 내면에서 소화해서 일용할 양식으로 삼는 방법을 하나씩 익혀나간다. 먹는다는 것, 소화한다는 것, 이 모든 낯선 현실을 인간화해서 삶의 부분으로 만들어간다는 것, 김연경의 소설이 들려주는 삶의 원리는 이런 적응과 동화(同化)의 과정을 포함하고 있다. 김연경의 소설에는 짙게 배어 있는 삶의 페이소스와 더불어 어렵사리 추출해낸 유머와 익살이 양념처럼 버무려져 있다. 나는 그 이유에 대해, 그리고 그가 웃음 아래 숨겨둔 '진짜' 표정의 정체에 대해 오래 생각하는 중이다. 여전히 삶은 웃음보다 눈물을, 기쁨보다 슬픔을, 단맛보다 쓴맛을 더 자주 우리에게 안겨주는데도 우리는 그것을 포기하지 않고 오늘도 꿀떡꿀떡 여린 마음 안으로 밀어넣는다. 반복되는 하루를 목전에 바라보며 나는 누군가에게 이런 인사말을 건네게 될지도 모르겠다. 굿모닝, 코미디언. 무정하고 무의미한 인생을 향해 한 번 더 웃음 짓는 법을 알려주세요. 어쩌면 나는 오늘 그 방법을 스스로 터득하는 데 성공할지도 모르겠다.

작가의 말

『내 아내의 모든 것』 이후 십여 년 만에 소설집을 낸다.

행복하다.

2005년부터 2013년까지, 모두 삼십대에 쓴 소설이다. 예의 저 아름다운 관성의 법칙에 따라 매년 한두 편의 소설을 완성했다. 발표 당시와 많이 달라진 소설도 있다.

내 손으로 소설이 쓰이는 한, 소설이 나를 배반하지 않는 한, 계속 쓴다.

이번 소설은 일인칭 시점이 많지만 이십대에 즐겨 쓴 고백체가 아니다. 그 무렵의 내가 관계 맺음의 극적인 순간, 즉 접촉과 오류에 천착했다면 삼십대에는 그것의 산문적인 국면에 관심을 갖는다. 대부분 백 매 안팎의 분량이지만 생로병사의 흐름, 소위 시간과 서사에 (이제야!) 눈떴음이 감지된다. 소설은 이야기다. '아이'를 낳지 않으면 '이야기-역사'는 없다. 학구적인 에로티시즘이나 황량한 퇴폐주의도 (일단은!) 자취를 감추었다.

소설집이지만 1부와 2부로 나누어 소설들 사이에 엄연히 존재하는 시간과 문체의 차이를 강조했다. 제사를 통해 밝힌 출처 외에 동수의 꿈(「섬」)을 묘사할 때는 어릴 적 우리 가족이 살았던 슬레이트 지붕의 시멘트 집과 함께 손창섭의 「비오는 날」을 떠올렸고 최승휴의 '카이사르'(「파우스트 박사의 오류」)는 톨스토이의 「이반 일리치의 죽음」에서, 그의 "존재했다"는 사르트르의 『구토』에서 가져왔다.

총 여덟 편의 소설 중 일곱 편은 서울대 근처 원룸에서 밤새도록 줄담배 피워가며 썼고, 한 편(「우연론과 인과론」)은 비흡연자로 아이 낳고 밝은 대낮에 아파트 건너편 커피숍에 앉아 썼다. 그 의미가 각별하다.

2011년 여름에 태어난 아이가 어느덧 여섯 살이다. 아직도 걸음걸이와 손놀림이 어설프지만 말을 참 잘하고 책 보며 노는 것을 좋아하는 아이에게 "흘러가는 것에 대한 우수"(도스토예프스키, 『미성년』)를 삭이며 가없는 사랑과 격려의 말을 보낸다. 잘 자라다오, 나의 작은 호모사피엔스여!

2016년 가을
김연경

수록 작품 발표 지면

「파우스트 박사의 오류」_2012년 ARKO 문학창작기금 수혜 (미발표)

「섬」_『문학의오늘』 2013년 봄호

「우연론과 인과론」_『문장웹진』 2013년 2월호

「소설학 개론」_2015년 ARKO 문학창작기금 수혜 (미발표)

「구토, 혹은 청춘의 기록」_『문학과의학』 2010년 9월

「'훈이네복덕방' 아줌마는 손이 컸다」_『문장웹진』 2010년 1월호

「아지랑이」_『미네르바』 2009년 봄호

「깍두기」_『문장웹진』 2006년 10월호 (개작)

파우스트 박사의 오류

© 김연경

| 1판 1쇄 발행 | 2016년 10월 7일 |
| 1판 2쇄 발행 | 2017년 7월 31일 |

지은이	김연경
펴낸이	정홍수
편집	김현숙 이진선
펴낸곳	(주)도서출판 강
출판등록	2000년 8월 9일(제2000-185호)

주소	서울시 마포구 동교로17안길 21(우 04002)
전화	02-325-9566
팩시밀리	02-325-8486
전자우편	gangpub@hanmail.net

값 14,000
ISBN 978-89-8218-214-3　　03810

이 도서의 국립중앙도서관 출판예정도서목록(CIP)은 서지정보유통지원시스템 홈페이지 (http://seoji.nl.go.kr)와 국가자료공동목록시스템(http://www.nl.go.kr/kolisnet)에서 이용하실 수 있습니다. (CIP제어번호: CIP2016022119)

* 이 책은 2012년, 2015년도 ARKO 문학창작기금을 지원받아 발간되었습니다.
* 잘못 만들어진 책은 구입처에서 교환해 드립니다.